김석범 x 김시종

4·3항쟁과 평화적 통일독립

김석범 x 김시종

4·3항쟁과 평화적 통일독립

고명철·김동윤·김동현·김재용·하상일

보고사
BOGOSA

식민과 냉전의 동아시아와 재일조선인 문학

식민과 냉전의 한복판에서 생성된 한국문학은 서구 문학과 확연한 차이를 가진 반면, 다른 비서구 식민지의 문학과 강한 공통성을 갖고 있다. 그중의 하나가 바로 이산문학이다. 일제 강점기만 떠올려 보더라도 신채호, 염상섭, 조명희, 김사량, 강경애 등 유수한 작가들이 조국을 떠나 객지에서 유랑하였다. 근대 서구 문학에서는 거의 발견할 수 없는 이러한 한국문학의 특징은 현재까지도 큰 영향을 미치고 있다. 미국, 러시아, 중국, 일본 등지에서 활동하고 있는 한국계 작가들은 이산문학의 전통을 이어가고 있다. 그중에서도 재일조선인 문학은 가장 문제적이라 할 수 있다. 제국 일본의 언어였던 일본어로 글을 쓰면서 동시에 제국 일본을 해체하는 작업을 하고 있기 때문이다. 재일조선인 작가 중에서 일제 강점기를 몸소 겪었을 뿐만 아니라 현재 일본어로 소설과 시를 창작하고 있는 김석범과 김시종은 그런 점에서 문제적이다.

고령에도 불구하고 창작을 멈추지 않고 현역 작가로 활동 중인 이 두 작가 모두에게 제주도 4·3은 원풍경이다. 4·3을 직접 경험하지 않았던 김석범은 일찍부터 『화산도』를 통해 직접적인 방식으로,

남로당 당원으로 4·3을 직접 겪었던 김시종은 우회적인 방식으로 글을 쓰고 있다. 4·3을 고려하지 않고서는 이들의 문학에 온전히 접근할 수 없다는 점에서 오늘날 다른 재일조선인 문학과는 확연한 차이를 갖고 있다. 하지만 이들의 문학을 4·3의 울타리에 가두는 것도 결코 바람직하지 않다. 왜냐하면 이 두 작가의 문학이 지향하는 가장 중요한 지점이 바로 민주적 평화통일독립이기 때문이다. 실제로 4·3사건의 주체들이 지향했던 것은 미국 주도로 예정되어 있던 5·10 남한의 단선을 막고 남북협상을 성취하여 미국과 소련이 넘보지 못하는 통일독립 국가를 세우는 것임을 고려할 때 김석범과 김시종이 과거의 4·3에 머물지 않고 민주적 평화통일독립을 미래의 지평에 놓고 창작한 것은 너무나 자연스러운 일이다. 전쟁이 아닌 평화로운 방식으로 남북의 통일독립을 세우고자 했던 4·3 주체들의 꿈이 한반도 내에서는 좌절되었지만 남북으로부터 일정한 거리를 두고 있는 일본 땅에서는 이어졌던 것이다. 4·3과 직간접적 관계를 맺는 이 두 작가가 일본 땅에서 일본어로 창작하면서 지치지 않고 지속적으로 소설과 시를 세상에 내놓을 수 있었던 것은 바로 이 꿈을 버리지 않았기 때문이라고 할 수 있다.

평화적 통일독립은 제국 일본의 식민지에서 벗어나기 위해서는 필수적인 과정이라는 점에서 식민주의의 진정한 극복과 이어진다. '황국 소년'이었던 김시종 시인이 자신의 몸을 감싸고 있던 제국 일본을 일본어로 심문하면서 시로 썼던 것 역시 평화적 통일독립과 무관하지 않다. 제주 4·3의 주체들이 평화적 통일독립을 가로막고 있던 핵심 세력 중의 하나가 바로 친일 경찰이라고 간주했던 것을 감안하면 4·3을 직접 겪었던 김시종 시인이 제국 일본을 천착하는 것은 너무나 자연스럽다. '의식이 있는 청년'으로 해방을 맞이하였던 김석범 소설가가 그토록 친일파에 대한 비판을 강하게 하는 것역시 이런 맥락에서 이해되어야 할 것이다. 남북의 평화적 통일독립보다는 분단된 남한에서의 기득권을 유지하려고 하였던 친일 세력을 김석범은 여러 글을 통하여 강하게 비판하였다. 친일 잔재 청산과 4·3의 재현은 결코 분리될 수 없는 것이다. 이런 점들을 감안할 때 재일조선인 문학 특히 김석범과 김시종의 문학이 식민과 냉전의 동아시아 문학이란 큰 틀에서 중요한 자리를 차지하는 것은 너무나 당연한 일일 것이다.

1980년대 한국 민주화 이전에 이 두 작가는 우리에게 먼 존재였다. 풍문으로만 들려왔지만 그 실체를 파악하고 읽어내기에는 번역이 거의 없었다. 1980년대 한국 민주화의 성과로 재월북 작가들이 해금되는 것과 궤를 같이하여 이들의 작품이 소개되었지만 극히 일부분이었다. 『화산도』의 1부만이 번역 소개되고 이에 대한 평문이 회자될 정도였으니 당시 사정이 얼마나 척박하였는지 어렵지 않게 짐작할 수 있다. 이후 여러 연구자들의 소개와 번역을 통해 이 두 작가의 대부분의 작품이 한국 독자들에게 다가왔다. 이 책은 이러한 과정에 한 매듭을 짓는 것이다. 이를 계기로 김석범과 김시종의 작품이 더욱 넓게 읽히고 더 깊은 연구가 계속 이어지기를 바라는 마음 간절하다.

필자들을 대신하여

김재용

차 례

제1부

평화적 통일독립을 향한
김석범과 김시종

4·3과 남북협상의 평화적 통일독립

⊙

김재용

1. 남북에서의 4·3 인식의 굴절

현재 남한에서는, 노무현 대통령의 사과를 계기로, 4·3 문제는 새로운 차원으로 이행되었다. 토벌대들에 의한 무고한 제주 인민들의 희생에 대해서 그 진상조사도 자유롭게 진행할 수 없었던 냉전 시대의 폭압에 맞서 제주도의 활동가들이 현장을 뛰어다니면서 발굴하였던 그 비극적 참상의 실상이 백일하에 드러나면서 더 이상 국가가 외면할 수 없게 되었던 것이다. 국가의 사과 이후에 행해진 피해자 보상과 자유로운 추념식은 냉전의 국가 폭력에 맞선 민중들의 저항이 얼마나 큰 역사적 진전을 가져올 수 있는지를 웅변적으로 보여준다고 할 수 있다. 이러한 진전에도 불구하고 여전히 제대로 해명되지 못하고 있는 것은 당시 4·3에 나선 이들이 5·10단선에 반대하면서 성취하려고 했던 것과 그 역사적 의미에 대한 종합적인 평가이다. 당시 항쟁을 주도하였던 이들은 남로당 제주도당이었지만 상당히 많은 참여자들은 남로당과는 다른 차원에서의 통일독립 즉 남북협상에 의한 평화적 통일독립을 희구하였기 때문이다. 그렇기 때문에 4·3의 주체를 남로당에 국한해서 살피는 것은 이 시기 그 많은 제주도민들의 참가를 제대로 설명하기 어렵게 된다. 남로당의 지향과 전략을 분석하는 것도 중요하지만 더 중요한 것은 그들과는 다른 지향을 갖고 참여한 많은 제주도민들의 내적 인식과 열망에 대한 역사적 탐구이다. 4·3의 주체를 남로당으로만 보게 되면 토벌대와 무장대 사이에 끼어서 피해를 본 무고한 수난자에 국한되는 시각을 벗어나기 어렵게 된다.

남한과 달리 북한에서는 일관되게 민주기지론의 시각에서 4·3을 해석하고 있다. 제주도 항쟁을 주도하였던 남로당의 김달삼이 1948년 8월에 열린 해주인민대표자회의에 참가한 후 큰 변화 없이 지속되었다고 할 수 있다. 2차 미소공동위원회가 실패로 돌아간 후 삼팔선 이남의 남로당은 극심한 곤란에 처하게 되었다. 미군정의 탄압하에서 활동을 할 수 없게 되면서 삼팔선 이북으로 넘어가게 되어 해주를 기반으로 독자적인 전략을 세웠던 이들은 남쪽에서의 투쟁을 과대하게 선전함으로써 자신의 약한 지반을 강화하려고 하였다. 남쪽에서 올라간 이들은 남로당 중심으로 제주도 항쟁을 해석하고 이를 북한의 정권 수립과 연계시키는 쪽으로 방향을 잡아나갔다. 남로당 지도부가 했던 것을 중심에 놓고 해석하면서 이들과는 다른 방식으로 항쟁에 참여하였던 이들, 특히 남북협상에 의한 통일독립을 외쳤던 제주도민들의 저항은 사라지게 되었다. 당시 북로당은 이러한 정황을 어느 정도 헤아리고 있었지만 북한 정권의 수립과 민주기지론 때문에 구체적 실상을 애써 외면하게 된다. 해방된 북한을 기지로 삼아 남한까지 통합한다는 민주기지론 차원에서 이 남로당의 활동과 4·3을 해석하였다.

남한 국가를 대표하는 토벌대와 남로당의 무장대 사이에서 희생당한 이들을 추모하고 기억하는 남한의 방식과 민주기지론의 시각에서 보는 이 두 가지 시각이 표면적으로는 너무나 다르지만 그 내면에서는 매우 중요한 점을 공유하고 있다. 즉 4·3을 남로당의 항쟁으로 국한시키고 항쟁에 참여한 광범위한 제주도민들의 지향을 무화시킨다는 점이다. 당시 항쟁에 참여한 제주도민들은 단순히 남로당의 선전에 넘어간 것은 아니다. 그들은 미소가 첨예하게 맞서는 한반도의 상황을 고려하여 통일된 정부를 수립하여 진정한 독립을 쟁취하고자 나섰던 것이다. 이들의 지향과 소망을 제대로 읽어내지 않는 한 4·3은 여전히 어둠 속에 갇혀 있게 된다.

2. 비남로당계 주체와 평화적 통일독립론

4·3이 일어나기 직전에 한반도 특히 남쪽 사회에서는 남북협상의 통일독립론이 거세게 일어났다. 남로당이 그토록 강하게 지지하였던 미소공동위원회가 결렬된 후 남로당은 방향을 잃은 채 오로지 단선 반대의 '반미구국투쟁'만을 호소하였는데 그 실현 가능성은 대단히 희박한 것이었다. 삼팔선 이북에 거점을 갖고 있던 북로당은 미소공위에 의한 조선 임시정부 수립의 길을 접고 소련 후원하에 북한만의 국가를 건설하고 이를 토대로 한반도 전체의 완정을 수행한다는 계획을 세웠다. 이 와중에 강한 설득력을 갖고 등장한 것이

남북협상의 통일독립론이었다. 미소공위가 결렬된 마당에 미소 양
군의 조속한 철수와 남북의 협상을 통한 통일독립 정부의 수립이란
전망이 대두되었다. 그동안 반탁운동을 하였던 김구가 다시금 전면
에 나서게 되고 이를 지지하는 세력이 급증한 것은 바로 이러한 맥락
때문이었다. 염상섭, 정지용을 비롯한 많은 문필가들이 남북협상을
지지하는 성명을 내고 이를 계기로 김구, 김규식 등이 김일성과 김두
봉을 만난 것은 미소공위 결렬 이후의 한반도에서 평화적으로 통일
독립을 쟁취할 수 있는 유력한 방안으로 자리 잡게 되었다. 이 점은
제주도도 예외가 아니었다. 4·3에 참여한 주체들 중에는 남로당의
노선을 지지하는 이들뿐만 아니라 남북협상의 통일독립론에 입각하
여 단선을 반대하는 이들도 존재했던 것으로 보인다. 1947년 3·1
기념식 이후 경찰의 무분별한 폭력을 똑똑히 보았던 제주도민들은
이들이 주도하고 지지하는 이승만의 단독정부를 위한 단선을 반대하
고 남북협상에 기반한 통일독립을 희구하였다.

　이러한 점은 4·3 직후에 나온 항쟁에 관한 여러 글에서 어느 정도
확인할 수 있다. 4·3 직후 무장대와 토벌대 사이의 협상이 결렬된
직후에 제주도를 취재하여 쓴 김종윤의 「동란의 제주도」는 당시 항
쟁 주체의 다면성을 매우 치밀하게 보여주고 있어 흥미롭다.

　　현지 경찰 최고 책임자인 제주도 감찰청장 최천 씨는 4·3사건
　의 원인을 다음과 같이 말하여 주었다. "남로당은 현 단계를 프롤
　레타리아 혁명단계로 규정하고 이런 비인도적 살상행위를 하고 있
　는 것이며 이번 사건의 원인이 경찰에 있다는 것은 모략이다. 이에
　가담한 자들은 모두가 폭도인 것이다." 이러한 설에 대하여 도민

유지는 말했다. "제주도민은 누구보다도 평화를 사랑하며 또 실리주의자들이다. 남로당이 얼마나 권세 있는 정당인지는 모르나 남로당의 선전모략으로 이런 비참사가 발생하였다고 보는 것은 제주도의 실정을 모르는 것이며 제주도민이 자신의 이해관계 없이 총부리 앞에 나서서 폭도화할 리 만무한 것이다." 즉 경찰은 남로당 극렬분자에게 사건의 책임을 추구하는 것이며 제주도민은 생을 위한 반항이라고 말하고 있는 것이다. 또 어떤 유지는 말한다. "생의 위협에 전율하고 있는 제주도민을 선전선동하고 조직한 것은 남로당일 것이지만 원인의 전부가 남로당에 있다는 것은 정확한 판단이 아닌 것이다.[1]

오늘날 4·3의 주체 문제를 남로당으로 귀속시키는 것은 당시 경찰의 인식을 그대로 답습하는 결과일 수 있음을 이 기사는 아주 잘 보여준다. 4·3의 주체를 다루려고 할 때 남로당원 이외의 참여자들에게도 깊은 관심을 가져야 한다. 특히 이 시기에 미소공위 결렬 이후에는 남로당은 방향을 잃고 헤매다가 북한의 민주기지론에 흡수당하였던 반면, 그 외의 참여자들은 남북협상의 통일독립에 강한 지지를 보여주었기 때문이다.

그런 점에서 이 무렵에 이수형이 쓴 시 「산사람들」은 매우 문제적이다. 이수형은 당시 남북협상의 통일독립론에 기대어 활동을 하였던 시인으로 당시 이 노선의 좌장 역할을 하였던 정지용으로부터 시집 서문을 받을 정도로 이 방향에 열성적이었다. 아방가르드의 정치성을 흥미롭게 해석하면서 해방 직후의 현실에서 독자적

---

1) 김종윤, 「동란의 제주도」, 『민성』 4권 7·8호, 1948.8., 27쪽.

인 시작 활동을 하던 이수형은 1948년 들어 미소공위가 결렬되고 새롭게 남북협상론이 대두하자 호응을 하였던 것으로 보인다. 그 렇기에 4·3에 대해 각별한 관심을 갖고 이 시를 썼다.

XX포 해풍 속에서 어멍 어멍 부르다가 차돌같이 자라나 허벅구 덕 지고 물 긷기 바쁘던 비바리도, 해수를 자물러 머흘머흘 살아오 던 그 어멍도 끝끝내 '산사람' 되었단다.

원으로 오르나리며 나무꾼으로 겯늙다가 "왜놈이나 모색 다른 놈이나 인젠 어림없다"고 두 눈 부릅뜨고 XXXXX에 들어갔던 오 라방도 어처구니없이 XX 입은 채 XX 든 채로 XXX 속을 도망칠 쳤단다.

천길 만길 어굴히 한 많은 조국의 '산사람'들의 눈물인 듯 피인 듯 터져버린 화산 구멍에 백록담을 받쳐든 XXX 중허리 봉우리 모 롱이 벌집 같은 굴 속에선...

무얼 먹구 싸우나구요 조밥과 소금만으로 눈이 어두워지는 일도 생긴다마는, 탕 탕 총소리 들으면서도 나팔 불며 꽹과리 치며 메이 데이를 행사하고 돌비알 아득히 진달래 꽃사태 속에선 연기가 어 엿이 나불거려 오른단다.

정든 부락에선 보리는 익은 채 썩어가고 밭에서 붙잡혀간 외삼 촌은 재판도 없이 간데 온데 없어졌단다.

"네 아들 내놔라"는 모진 XX에 늙은 아방은 초옥 자빠진 돌벽

앞에서 두 눈이 빠진 채 숨넘어 갔단다

　요지음은 어떠냐구요 물페기 굼틀거리는 아람도리 통나무 충충
한 산중에서 돌바위 나뭇잎을 베고 덮고 깔고 어한을 하면서도,
기관지를 성명서 삐라를 인쇄하고 감물들인 흙자주빛 갈중이랑
XX복장이랑 입은 '산사람'들이 시뻘건 머리수건 동이곤 XX엘 달
려들 땐 아이구 정말 …… "주구키여"란 말 한마디도 없었단다.

　아 정월 대보름 때 바닷가 달 아래서 고깔 쓰고 북 치고 꽹과리
치곤 놀던 사람들, 지금쯤 어느 바위 틈바구니에서 대나무 창 칼을
깎고 있는 것일까.[2]

　제주 출신이 아니고 함경도 출신이었던 이수형이 이렇게까지
4·3에 대해 관심을 갖고 시를 쓰는 것 자체가 당시 보기 드문 일이
었지만 더욱 흥미로운 것은 4·3을 대하는 태도이다. 이 시에는 흔
히 4·3의 주체라고 할 수 있는 남로당원의 이미지를 담은 사람들
은 등장하지 않는다. 마을에서 일상적인 일을 하던 이들이 폭력적
인 경찰들이 주도하는 단선을 반대하기 위하여 산으로 올라가 싸
우는 것을 특기하고 있는 것이다. 또한 이 시에서는 초토화 이후
일반화된 피해자의 시각도 나오지 않는다. 토벌대에 의해 희생당
한 것을 드러내 보이지만 토벌대와 무장대의 중간에서 수난만을
당하는 그러한 정서는 보이지 않는다. 정월 대보름에 함께 어울릴
정도로 공동체가 강한 제주도민들이 폭력 경찰이 주도하는 단선을

---

2) 『문학』 8호, 1948.

반대하는 데 하나가 되어 일어나고 있는 모습을 보여준 것을 고려할 때, 4·3 주체가 일부 남로당원에 국한되는 것이 아니고 상당한 도민들의 참여에 의한 것임을 보여주고 있는 것이다. 그런 점에서 이 시는 남북협상의 통일독립론에 입각한 것으로 볼 수 있다.

4·3 직후에 나온 보고문과 시를 통해서 볼 때 4·3의 주체들 중에는 남로당원뿐만 아니라 남북협상의 단선 반대를 주장하던 이들이 상당히 많았던 것을 알 수 있다. 또한 이들에 공명하는 이들이 제주 도내는 물론이고 제주 바깥에도 상당히 많았음을 알 수 있다. 그럼에도 불구하고 오늘날 4·3 주체들을 남로당원에 국한하여 살피는 것은 당시 경찰이 만든 틀에 알게 모르게 흡수당하는 결과임을 알 수 있다. 그런데 남북협상의 통일독립론의 4·3관은 분단 이후 남북 모두에서 사라져 버렸다. 남에서는 토벌대와 무장대의 사이에서 피해를 입은 사람들을 중심으로 즉 수난의 개념으로 접근한 반면, 북에서는 민주기지론에 서 있다. 이런 점들을 감안할 때 재일조선인 문학인 특히 김시종과 김석범의 최근 작업들은 매우 시사적이라고 할 수 있다.

3. 김석범과 비남로당 항쟁 주체의 재현

김석범 역시 4·3을 통일독립의 차원에서 보고 있기에 1948년 10월 초토화 이후 형성된 피해자 혹은 수난사의 관점에서 4·3을 보는 태도와는 확연하게 선을 긋고 있다. 물론 작가는 이 시기에 자행된 폭력에 대해 강한 비판을 소설에 담고 있지만 그것으로 4·3을 환원시키지는 않는다. 『화산도』는 총련 탈퇴 후 한국어에서 일본어로 바뀌고, 4·3을 보는 눈도 많이 달라졌다. 총련 시기에는 4·3을 바라보는 시각이 민주기지론에서 자유로울 수 없었지만, 총련 탈퇴 이후에는 다른 각도에서 통일독립을 바라보게 되었다.

김석범의 『화산도』가 4·3 인식에 끼친 큰 기여는 바로 비남로당계 항쟁 주체의 상상이라고 할 수 있다. 1948년 말 이후 한반도와 바깥 지역에서 행해진 4·3담론은, 좌우를 막론하고, 항쟁주체를 남로당과 일치시켰다. 우파들은 자신들이 행한 폭력을 합리화하기 위하여 항쟁 주체들을 남로당 '빨갱이'로 간주하였고, 좌파들은 자신들의 행위를 구국항쟁으로 정당화하기 위하여 남로당으로 항쟁의 주체를 국한시켰다. 그런데 김석범은 항쟁의 주체를 비남로당계로 설정하여 그들의 지향을 보여주려고 하였다는 점에서 큰 의미를 갖는다. 이 작품의 핵심 인물인 이방근은 남로당원이 아니다. 소설을 무심하게 읽어 가면 마치 그가 남승지와 양준오처럼 남로당원처럼 보이지만 실제로는 그렇지 않다. 이방근은 남로당에 가입하라는 남승지의 필사적인 요청을 면바로 거부할 정도로 단호하다. 이 작품의 1부 마지막 장에 해당하는 12장의 끝부분은 이 소설에서 가장 밀도 높은 대목으로, 이방근이 당의 가입을 촉구하는 남승지의 요청을 거절하면서 자신이 왜 당에 가입할 수 없는가를 말하는 부분이 나온다.

공산주의는 종교가 아니야. 이상한 이야기이지만, 가령 혁명의 사령부인 당이 잘못이 없고 절대적이라면, 그 당의 중앙은 어떻게 되나. 당중앙, 당중앙, 남동무 이 말의 울림 앞에서 자네는 지금 긴장과 전율을 느끼지 않나. 당중앙 …… 그것은 절대 속의 절대.

신이 아니고 무엇인가. 신성불가침. '공산주의자'들은 자신의 관념
과 조직에 대한 관념 안에 신을 만들어 내지. 그리고 당중앙의 정
상에 자리하는 자가 있어.[3]

남로당에 가입할 것을 강하게 주문하는 남승지에 대해 당의 무
오류성과 소수 권력화를 반박하는 이방근의 이러한 주장은 당시
항쟁의 주체 중에는 결코 남로당만이 아니고 다른 지향을 갖는 이
들이 있음을 잘 말해준다. 그렇기 때문에 산으로 올라갔던 양준오
가 당의 지시를 제대로 따르지 않는다는 이유로 처형된 사실을 직
접 들으면서 이방근이 강하게 반발하는 모습을 작가는 다음과 같
이 여실하게 묘사할 수 있었던 것이다.

> 이방근은 말이 없었다. 그 이상 듣고 싶지도 않았다. 다만 조직
> 에서 처형된 것이 사실인지, 죽은 것도 틀림없는지 되물었다. 그렇
> 습니다. 오오 하늘이여, 무너져 떨어져라. 양준오는 정세용이 아
> 니란 말이다. 언제 일인가? 지난 달 초입니다. 반당이라느니, 반조
> 직이라느니 하지만 도대체, 그 당이 존재하고 있는가. 실체가 없는
> 유령 당이 반당 반조직으로 동지를 죽이다니 …… 음, 탈출하려고
> 했다는 건 사실인가. 녀석은 왜 산에 들어간 거야. 내가 그의 입산
> 을 그토록 반대했는데 …….[4]

당의 무오류설 더 나아가 당의 관념성을 비판하는 이방근을 4·3의

---

3) 김석범, 김환기·김학동 역, 『화산도』 5권, 보고사, 2015, 325쪽.
4) 김석범, 위의 책 12권, 349쪽.

주체로 설정한 데서 김석범이 4·3의 항쟁 주체를 더 이상 남로당에 국한시키지 않으려는 역사적 인식을 읽을 수 있다.

남로당을 비판하는 이방근은 어떤 전망과 실천 속에서 항쟁을 하였는가? 이방근은 남로당과는 다른 방식으로 평화적 통일독립에 대한 열망을 강하게 가지고 있는 터라 이를 좌절시키는 세력에 대한 분노를 표출한다. 가장 직접적인 것은 친일반공 단정 세력이다. 자신의 친일 과거를 은폐하고 기득권을 유지하기 위하여 단정을 열망하고 이를 위해서는 어떤 일도 마다하지 않는 세력에 대한 분노이다. 이 작품에서 이방근이 이러한 세력을 대표하는 인물로 간주하는 이가 정세용이다. 4·3의 과정에서 평화적 통일독립 세력이 가장 힘을 얻는 시기가 바로 무장대와 토벌대가 더 이상 싸우는 것은 무의미하다고 생각하고 양쪽이 평화회담을 하던 짧은 기간이다. 하지만 이 평화회담은, 친일 단정 세력의 입장에서 보게 되면, 더 이상 자신들이 들어설 여지가 없는 위험한 작업이었다. 친일 경찰 정세용이 이 방해 공작의 핵심이라고 여러 정보를 통하여 확신한 이방근은 자신의 총으로 직접 죽여야 한다고 믿고 무장대가 잡아두고 있는 산으로 올라가서 죽인다. 유달현을 간접적으로 죽인 것과 달리, 외가 친척인 정세용을 직접 죽일 정도로 이방근은 친일 단정 세력이 평화적 통일독립을 저해하는 핵심적인 세력이라고 믿는다.

4. 김시종과 남북협상의 재인식

4·3에 대해 침묵을 지키던 김시종 시인은 항쟁 60주년에 해당하

는 2008년을 전후하여 조금씩 입을 열기 시작하였는데 「4월이여, 먼 날이여」는 그 점에서 특기할 작품이다. 마음 깊은 곳에 응어리진 4·3을 드러낸 이 시는 이 사건이 평생 그의 마음 깊은 곳에 자리 잡고 있었음을 여실하게 보여준다. 그 사건에 대해 시를 쓰지 않을 때조차 이 존재를 강하게 의식하고 있었음을 역설적으로 말해준다. 어쩌면 평생 쓴 시들의 뒤에는 이 4·3의 그림자가 항상 도사리고 있었다고 보는 것이 맞을 것이다.

나의 봄은 언제나 붉고
꽃은 그 속에서 물들고 핀다.

나비가 오지 않는 암술에 호박벌이 날아와
날개 소리를 내며 4월이 홍역같이 싹트고 있다.
나무가 죽기를 못내 기다리듯
까마귀 한 마리
갈라진 가지 끝에서 꼼짝도 하지 않는다

거기서 그대로
나무의 옹이라도 되었으리라.
세기는 이미 바뀌었는데
눈을 감지 않으면 안 보이는 새가
아직도 기억을 쪼아 먹으며 살고 있다.

영원히 다른 이름이 된 너와
산자락 끝에서 좌우로 갈려 바람에 날려간 뒤
4월은 새벽의 봉화가 되어 솟아올랐다.

짓밟힌 진달래 저편에서 마을이 불타고
바람에 흩날려
군경 트럭의 흙더미가 너울거린다.
초록 잎이 아로새긴 먹구슬나무 밑동
손을 뒤로 묶인 네가 뭉개진 얼굴로 쓰러져 있던 날도
흙먼지는 뿌옇게 살구꽃 사이에서 일고 있었다.

새벽녘 희미하게 안개가 끼고
봄은 그저 기다릴 것도 없이 꽃을 피우며
그래도 거기에 계속 있던 사람과 나무, 한 마리의 새
내리쬐는 햇빛에도 소리를 내지 않고
계속 내리는 비에 가라앉아
오로지 기다림만을 거기 남겨둔
나무와 목숨과 잎 사이의 바람.

희미해진다.
옛사랑이 피를 쏟아낸
저 길목, 저 모퉁이 저 구덩이
거기에 있었을 나는 넘치도록 나이를 먹고
개나리도 살구도 함께 흐드러지는 일본에서
삐딱하게 살고
화창하게 해는 비추어,
사월은 다시 시계를 물들이며 돌아 나간다.

나무여, 흔들리는 소리에 귀 기울이는 나무여,
이토록 봄은 무심하게
회오를 흩뿌리며 되살아오누나.[5]

일본에서 동화를 거부하면서 '삐딱하게' 살아가던 시인이 4·3을 직접 이야기하는 시를 발표하였다. '비겁한' 자신을 질책하면서도 과거를 잊지 않으려고 하는 시인의 강한 의지를 읽을 수 있다. 그런데 이 시를 읽는 방법 중의 하나는 이 시가 담긴 시집 『잃어버린 계절』의 다른 시들과 연계하여 보는 것이다. 이 시집에 실린 시들 중 상당한 분량은 일본에서 바라보는 통일독립이다. 남북이 울타리

---

5) 김시종, 이진경·카케모토 쓰요시 역, 『잃어버린 계절』, 창비, 2019, 86~88쪽. 이 시는 4·3 60주년인 2008년에 발표된 것이다. 시인은 2년 후인 2010년 62주년 전야제에 한 연을 덧붙여 낭독하였다. 그 연을 시인 자신의 한국어 번역으로 옮기면 다음과 같다.

> 내 자란 고장이 참혹했던 때
> 통곡이 겹겹이 가라앉은 그 때
> 겨우 찾은 해방마저
> 억압에 시달려 몸부림치던 그 때
> 상처 입은 제주
> 보금자리 고향 내버리고
> 제 혼자 연명한
> 비겁한 사나이
> 기억이 밤송이가 된 4·3 이래 60여년
> 골수에 박힌 주문이 되어
> 날마다 밤마다 중얼거려 온
> 한 가지 소망
> 잠 드시라
> 4·3의 피여
> 귀안의 송뢰되어
> 잊지 않고 다스리시라.
> 변색한 의지
> 바래진 사상
> 알면서도 잊어야 했던
> 기나긴 세월
> 자기를 다스리며
> 화해하라
> 화목하라

에 갇혀 보지 못하는 것을 다소 거리가 있는 일본에서 보는 것이다. 통일독립이 이루어져야 비로소 4·3의 진정한 정신이 구현된다고 보기에, 일본으로 밀항한 이후 통일독립을 한시도 잊지 않았기에 과거 자신을 복기하였을 것이다. 자신의 '비겁함'이 걸려 드러내 놓고 시화할 수는 없었지만 4·3을 현재화하는 길이 바로 통일독립에의 지향을 놓지 않는 것이라고 믿었기에 지적 긴장을 놓치지 않고 우회적 방식으로 시를 쓸 수 있었던 것으로 보인다. 그런 점에서 그의 과거의 시들 중 분단과 통일독립을 이야기한 것들은 물론 그렇지 않은 것조차 4·3의 변형태라고 할 수 있을 정도이다. 그런 점에서 김시종의 재일은 각별한 의미를 갖는다.

특히 주목해야 할 것은 평화적 통일독립의 차원에서 과거 4·3을 복기하고 있다는 점이다. 2011년 6월부터 연재한 자전적 기록에서 시인은 과거 자신의 체험에 기초하여 4·3에 대한 상세한 기록을 남겼는데 남북협상의 평화적 통일독립과 관련하여 매우 흥미로운 대목들이 나온다. 가장 중요한 것은 남로당 말단 당원이었던 자신이 기억하는 민주기지론에 대한 반성적 성찰이다. 미소공동위원회가 결렬된 이후 제주도당 내부에서 향후 어떤 길을 걸어야 하는가에 대한 논의가 활발해지는 가운데 민주기지론이 등장하였다는 것을 상세하게 증언하고 있다. 이 점은 앞서 필자가 거론한 바 있는 민주기지론의 통일독립론과 4·3 주체들 사이의 긴장을 보여준다는 점에서 매우 주목할 만한 자료라고 할 수 있다. 다소 길지만 인용하여 보자.

9월로 접어들자 사태가 더욱 삼엄해집니다. 조선반도의 운명을 결정하는 '유엔으로의 이관' 문제가 미국에 의해 야기됩니다. 제2차 미소공동위원회의 결렬로 '신탁통치안'이 휴지 조각이 되자 미국은 기다렸다는 듯이 조선 문제의 전후 처리를 미국이 주도하는 유엔에 일방적으로 이관했습니다. 그때까지 미군정 당국이 부정해온 남조선만의 단독정부 수립안이 이로써 갑자기 부상해 좌익진영에 비해 열세였던 우익진영이 관민일체의 양상으로 전국적으로 세력을 확대해나갑니다. 11월 4일 유엔총회는 소련이 퇴석한 채로 남북조선의 총선거를 가결합니다. 그러나 북조선은 미국의 노림수대로 이를 거부해 자연히 남조선만의 '단독선거'가 1948년 5월 10일에 실시됩니다. 남북 분단은 이미 멈출 길 없는 역사의 추세가 되어 민족의 심정에 깊은 균열이 생겨났습니다. 남로당 제주위원회 안에 군사부가 구성되었다는 것을 내가 알게 된 것 제2차 미소공동위원회가 결렬된 이후였습니다. 나는 제주 시내를 담당지역으로 하는 연락원 중 한 명이었을 뿐이지만 결국 미소의 갈등에 지나지 않았던 '신탁통치' 문제에 대해서는 당이 찬성(찬탁)의 방침을 서둘러 밝혔을 때부터 균열의 바람이 부는 것을 도당 안에서 감지하고 있었습니다. 왜냐하면 대다수 민중이 우선 민족감정상 '신탁통치'를 받아들이지 않았으며, 도당 내 신진간부 사이에서도 '민주기지 확립론'에 여전히 집착하는 사람들이 많았기 때문입니다.

　　위의 기록에서 흥미로운 것은 민주기지론에 대한 집착이다. 연락원 중의 한 명이었던 김시종은 4·3의 과정에서 민주기지론이 어떤 과정을 통하여 자라잡게 되는가를 생생하게 증언하고 있다. 민주기지론이 미소공동위원회 결렬 이후 방향을 잃어버린 남로당 내에서는 군사부를 중심으로 고개를 들고 나오는 과정이다. 민주기지론이 대안으로 등장하면서 자연스럽게 반미구국의 길로 나아가게 되었다. 미소공동위원회를 성사시켜 조선 임시정부를 조직해야 한다고 주장할 때에는 미국에 대한 비판을 행하지 않았을 뿐만 아니라 기대를 가졌다. 하지만 이 위원회가 결렬된 이후에는 난감한 상황에 빠져들게 되었다. 결국 반미구국의 노선을 걷기 시작하게 되면서부터는 민주기지론에 자연스럽게 흡수되어 갔던 것이다.

이 회고에서 돋보이는 또 다른 대목은 김구의 반탁과 남북협상의 평화적 통일독립론에 대한 것이다. 김시종은 당시 민중들은 찬탁보다는 반탁을 더 선호했다는 것을 아주 분명하게 말하고 있다. 조선 왕조 내내 중앙집권의 국가 속에서 살았던 조선 사람들에게 신탁통치라는 것은 받아들이기 어려웠던 것이기에 일반 민중들은 반탁의 입장에서 있었다고 이야기하고 있다. 또한 이러한 반탁이 힘을 발휘한 것은 미소공동위원회가 결렬된 이후이다. 만약 미소공동위원회가 잘 성사되어 조선 임시정부 수립을 하게 되었다면 김구를 중심으로 한 반탁운동이 세계정세에 어두운 결과로 치부될 수 있었겠지만, 결렬되었기 때문에 다시금 김구를 중심으로 한 반탁운동이 정당성을 얻게 되었던 것이다. 게다가 김구는 이승만과 결별을 하면서까지 남북협상운동에 뛰어들었기 때문에 더욱 민중들의 관심을 받게 되었다. 물론 김시종은 당시 남로당의 연락원으로 일하였기에 남로당 바깥의 항쟁 주체들이 남북협상의 평화적 통일독립론에 어떻게 공명하여 이러한 항쟁에 뛰어들었는가를 상세하게 복기할 위치에 있지 않았다. 그렇기 때문에 김시종은 찬탁 이후 남로당 내에서 제기된 분위기를 감지할 수는 있었지만 그 바깥에 놓여 있는 비남로당 항쟁 주체들의 내면과 지향을 읽을 수는 없었다. 따라서 비남로당 항쟁 주체들이 가졌던 남북협상의 평화적 통일독립론에 대해서는 구체적으로 언급하기 어려웠을 것이다. 하지만 우회적인 방식으로 김구를 중심으로 한 남북협상론에 대해서는 이야기하고 있어 매우 흥미롭다.

신탁통치 반대가 민의의 주류이던 한복판에서 설마 공산당이 해방 전의 혹독한 통치와 탄압 아래서도 항일독립의 투쟁을 일관되게 이어온 공산당이 신탁통치 찬성으로 돌아서리라고는 전혀 생각지도 못했습니다. 해방 후의 남조선에서 민족적 불행의 시작은 분명 '신탁통치'를 둘러싼 좌우대립의 격화였다고 말할 수 있을 것입니다. 떠올리면 우울해질 뿐인 당시의 기억입니다만 보수중도인 한국민주당 당수 송진우가 미국의 뜻을 받들어 찬탁으로 돌아섰다는 소문만으로 김구계의 혈기왕성한 민족주의자에게 암살당했을 만큼 '찬탁'은 민심을 거스르는 것이었습니다. '모스크바 협정'으로 알려진 '신탁통치'가 미영소 3국 외상회의에서 결정되고 불과 사흘 후인 45년 12월 30일의 어두운 사건이었습니다. 그 다음 날 12월 31일에는 이미 '반탁' 기운을 남조선 전역으로 퍼뜨린 '신탁통치 반대 국민총동원운동위원회'가 항일독립 망명 정권 한국 임시정부의 지도자인 김구에 의해 조직되었습니다. 중국의 충칭으로부터 이제 막 해방된 조국으로 개선한 민족적 영웅 김구 선생이었습니다. 김구 선생이 제창한 '반탁국민총운동'은 광범한 민중의 속마음을 파악해 공전의 규모를 가진 집회와 시위로 발전했습니다. 국민총운동으로 고양되려는 이 반탁 분위기에 대한 공산당의 대응은 분명히 민중의 공감을 살 만큼 뒤쳐진 것이었습니다. 김구의 제창에 조선공산당은 당초 비공식적이기는 했지만 지지를 약속하고 있었습니다. 그런데 막상 대회 당일이 되자 불참을 했고 그 영향 아래 있던 철도노조 등의 자리는 공석인 채로 남겨져 반쪽자리 대회라는 인상이 참가자들에게 강하게 새겨졌습니다. 뿐만 아니라 해가 바뀐 1월 3일에는 3국 외상회의 결정 지지대회를 열어 반탁 분위기를 정면으로 거스르며 찬탁의 기세를 조직적으로 과시했습니다. 갑자기 신탁통치 찬성을 표명한 공산당의 진의는 열성 심퍼사이저였던 나나 독서회의 참가자들에서부터 제주도 인민위원회의 상임들에 이르기까지 누구도 파악하지 못했습니다. 대내적으로는 당혹을 감출 수 없었습니다. 뒤에서 말하겠지만 신탁통치에 찬성한 당의 진의만큼은 부득이 일본으로 피해온 뒤 자신의 마음을 정리하는 동안 점차 알게 되었는데 앞날을 내다본 당의 지침이었기 때문에 더욱 허무해지기도 합니다.(중략―인용자) 김구는 자신이 의도한 반탁과는 다른 방향으로 국내 정세가 기울어버린 것을 후회해 "현재 통일독립을 방해하는 최대의 장애물은 단독선거, 단독정부다. 우리가 함께 이것을 분쇄해야 한다"라는 격문을 날리고 48년 4월 19일부터 평양에서 열린 '전조선정당사회단체 대표자 연석회의'에 결연히 출석했습니다. 회의를 끝내고 남쪽으로 돌아왔는데 아니나 다를까 이승만의 자객인 현직의 육군 소위 안두희에게 암살당하고 맙니다.[6]

김시종 시인 스스로 반탁을 옳은 길이라고 믿었기에 남로당 연락원으로 4·3에 참여하면서도 남로당의 찬탁에 공감할 수 없었다고 적고 있다. 당시 항쟁에 참여한 남로당원들 내부에서도 반탁의 연장선상에서 나온 남북협상론의 통일독립론에 공감한 이들이 있다는 것은 매우 중요한 증언이다. 하물며 비남로당 항쟁 주체들 대부분은 남북협상론의 평화적 통일독립론에 공명하여 이 항쟁에 참

---

6) 김시종, 윤여일 역, 『조선과 일본에 살다』. 돌베개, 2016, 129~132쪽.

여하였을 것은 더 말할 나위가 없다. 그런 점에서 김시종의 이 회고는 4·3의 비남로당계 주체 즉 남북협상의 평화적 통일독립을 지지하는 이들을 복원하는 또 다른 계기를 마련해준다는 점에서 매우 소중하다.

5. 새로운 4·3 인식을 위하여

김석범과 김시종의 문학적 상상력은 4·3의 과정에서 무참하게 죽은 이들의 해원에 머물지 않는다. 물론 그들은 각자 상이한 위치에서 다른 방식으로 4·3에서 죽은 이들을 애도하고 있다. 4·3에 직접 개입하였던 김시종은 '비겁함'에 대한 자의식을 기반으로, 김석범은 직접적으로 관여하지 않은 자로서의 자의식을 기반으로 이들의 억울함을 달래고 있다. 하지만 김시종, 김석범의 문학은 이에 머물지 않고 4·3이 오늘날 갖는 의미 즉 평화적 통일독립의 시각에서 당시를 재구성하고 있다. 그런 점에서 무장대와 토벌대 사이에서 억울하게 죽은 수난자의 관점과는 결을 달리하게 된다. 애도와 재구성은 전혀 다른 층위의 것이기 때문이다. 1948년 10월 이후 초토화의 과정에서 무장대와 토벌대 사이에서 벌어진 숱한 억울한 죽음을 모르는 바는 아니지만 그렇게만 보기에는 4·3은 더 큰 의미를 갖는 것이기 때문이다. 현재 두 작가의 관심은 이 방향에 집중되어 있고 따라서 평화적 통일독립의 문제가 핵심으로 떠오를 수밖에 없다.

해원에 머물지 않고 평화적 통일독립의 차원에서 4·3을 보려고

하기에 이 두 작가는 비남로당계 항쟁 주체의 문제와 마주하게 된다. 당원 되기를 거부할 뿐만 아니라 당의 무오류성론과 관념성을 비판하였던 이방근을 그린 김석범은 말할 나위도 없고 김구를 불러내면서까지 남북협상의 역사적 의미를 거론하면서 비남로당계 항쟁 주체를 재구성하는 김시종의 현재 자세는 시사하는 바가 적지 않다. 이러한 문제의식은 남북의 평화적 통일독립이라는 과제에 대한 작가의 치열한 고민이 없다면 불가능한 것이었음에 틀림없다. 그런 점에서 이들에게 4·3은 현재진행형이라고도 말할 수 있을 것이다.

김시종과 김석범 작가가 이러한 날카로운 현재적 문제의식을 던져줄 수 있는 것은 재일이라는 위치와도 밀접한 관련이 있을 것이다. 남북으로부터 벗어나 있으면서도 남북의 미래를 꿈꾸는 위치에 있기에 가능한 일이 아니었을까? 이런 사상적 내공은 남이나 북어느 한쪽에 가두어져서는 쉽게 획득되기 어려운 종류의 것임은 너무나 분명하다. 이것을 재일조선인 문학의 힘이라고 부르는 것이 그들의 문학을 특권화시키는 일일까?

김시종과 김석범

남과 북의 평화적 통일독립 세상을 향한 재일조선인 문학

◉

고명철

1. '4·3혁명의 불온성'을 위해

한국 사회에서 재일조선인 문학에 대한 비평적 및 학문적 관심이
없었던 것은 아니되, 재일조선인 문학에서 주요하게 다뤄지고 있는
대상과 그 문제의식이 구미 중심의 문학 제도에 익숙한 이들에게
본격적 탐구의 영역으로 소화하는 것은 그리 단순한 문제가 아니다.
즉 재일조선인 문학을 한국문학으로 다뤄야 하는지, 북한 문학으로
다뤄야 하는지, 아니면 일본 문학으로 다뤄야 하는지, 말하자면 낯익
은 근대의 국민문학의 문제 틀로 설정하여 다루기 힘든 복잡한 층위
의 난제들이 가로놓여 있는 게 현실이다.[1] 여기에는 무엇보다 재일

---

1) 재일조선인 문학을 어떠한 범주로 설정하여 접근할 것인지는 그 자체로 매우 발본적
   문제가 아닐 수 없다. 재일조선인 문학을 그동안 우리에게 낯익은 근대의 개별 국민문
   학의 관점, 곧 한국문학, 북한 문학, 일본 문학 등으로 명확히 구분하여 연구하는

조선인과 연관된 정치사회적 쟁점을 비껴갈 수 없기 때문이다. 널리 알듯이 재일조선인은 일제 식민 지배로부터 해방 이전까지 피식민지인의 처지로 일본에서 살면서 지금까지 그곳에서 삶의 터전을 잡아 살고 있는가 하면, 해방 이후 조국으로 귀국했다가 세계 냉전 질서의 구축과 한반도의 해방공간의 혼돈에 따라 다시 일본으로 건너와 살고 있다. 뿐만 아니라 한국 정부 수립 이후 대부분 경제적 문제 해결을 위해 일본으로 밀항하여 살고 있는 등 우리에게 익숙한 근대의 국가, 국민, 국경의 개념과 제도로는 그 역사적 실재를 명확히 포착할 수 없는 일본 사회의 엄연한 '구성 주체(constructive subject)'다. 그런데 이 '구성 주체'는 또 다른 매우 중요한 역사철학적 역할을 맡고 있다. 그것은 20세기 전반기 아시아를 대상으로 한 식민 침탈의 뚜렷한 역사가 화석이 아닌 살아 있는 실체로 증명해 보이는 역사적 희생양으로서 일본의 제국주의 만행을 응시하고 비판하는 역할은 물론, 한반도의 주민보다 분단과 관련한 사상과 표현의 자유가 상대적으로 자유롭게 보증된 현실에서[2] 분단체제의 객관 현실을 검증하

데는 한계가 명확하기 때문이다. 가령, ① 한국어(한글)의 표현 수단에 주목하면서, 최근 전 지구적으로 디아스포라 문학에 대한 연구 붐이 일어나고 있는데 재일조선인 문학을 한국문학 연구의 하위 영역 중 하나인 디아스포라적 측면에 주목하여 한국문학의 영토로 볼 수 있는가. ② 북한을 정치적으로 지지하는 '재일본조선인총연합회' (약칭 '조총련') 결성(1955) 이후 '조총련' 산하 '재일본조선문학예술가동맹'(약칭 '문예동')이 북한의 '조선작가동맹'의 절대적 영향 아래 있다는 것을 중시하여 '문예동' 산하 재일조선인 문학을 북한 문학의 한 영토로 다룰 수 있는가. ③ 현실적으로 일본어를 주요한 창작 수단으로 삼는 재일조선인 문학을 일본 문학의 범주로 쉽게 포괄할 수 있는가. 바로 이처럼 세 가지 문제가 제기되는 것은 그만큼 재일조선인 문학이 기존 구미 중심의 근대의 국민문학의 시계(視界)만으로는 그 실체가 온전히 이해되기 힘든 것을 방증한다. 따라서 어쩌면 재일조선인 문학은 구미 중심 근대 국민문학에 균열을 내고 전복시키는 새로운 문제의식과 사유를 요구하는지 모른다.

고 비판하는 '비판 주체(critical subject)'의 몫을 수행하고 있다는 점이다.

이 같은 재일조선인의 역사적 실재는 재일조선인 문학의 양축이라고 할 수 있는 김시종과 김석범의 문학을 통해 여실히 드러난다. 무엇보다 그들의 문학은 제2차 세계대전 이후 연합국의 승전에 따라 강대국의 정치경제적 이해관계에 따라 재편되는 국제질서 속에서 자주적 민족통일 독립국가를 세우지 못한 채 분단을 획책하는 데 봉기한 제주의 4·3혁명을 정면으로 응시하고 있다. 이와 관련하여, 그동안 한국 사회에서 작가 현기영의 중편 「순이 삼촌」(1978)을 계기로 금기시되고 망각을 강요당한 4·3에 대한 역사적 진실을 추구한 4·3문학의 성과는 주목할 만하다. 가령, 4·3 70주년을 맞이하여 "제주4·3은 대한민국의 역사입니다."란 캐치프레이즈 아래 민관이

2) 여기서 불필요한 오해를 없애기 위해 분명히 해두고 싶은 것은 해방 이후 미·소 냉전체제가 형성되면서 일본에 거주하는 재일조선인이 미국 점령군사령부(GHQ)에 의해 위험하고 불온한 정치세력으로 간주되고(이와 관련하여, GHQ 1945년 11월 1일자 '기본지령'에는 "필요한 경우에는 귀관에 의해 (해방민족을—인용자) 적국인으로 다룰 수가 있다"고 명시. 문경수, 『재일조선인 문제의 기원』(고경순·이상희 옮김), 도서출판 문, 2016, 100쪽), 특히 한반도의 해방공간에서 정치 정세 추이와 밀접한 연관을 맺은 재일조선인의 민족운동이 지닌 사회주의 성향은 한국전쟁을 거치는 동안 GHQ와 일본의 정치적 탄압 속에서 한반도의 분단이데올로기 못지않게 형성된 재일조선인 내부의 분단 이데올로기의 극심한 대립·갈등에 직면함으로써 재일조선인 사이에 사상과 표현의 자유가 억압된 것도 사실이다. 그 대표적인 것으로, 북한의 김일성 개인숭배에 비판적 문제를 제기한 재일조선인 시문학의 대표인 김시종이 겪은 이른바 '진달래지 사건'(1957)은 그 단적인 사례다. 하지만 재일조선인 사회에서 '조총련'의 위상이 현저히 약화되면서 그에 따라 '문예동'의 위상 역시 약화된 엄연한 현실을 염두에 둘 때, 일본 사회에서 재일조선인 문학이 한반도의 분단에 관한 사상과 표현 면에서 분단의 직접 당사자인 한반도의 주민보다 상대적으로 자유로운 것을 간과할 수 없다. 이후 다음 장에서 살펴보겠지만, 김시종과 김석범의 문학은 한국 사회를 구속하고 있는 분단 이데올로기를 무화시키는 글쓰기를 보인다.

함께한 다채로운 기념행사가 단적으로 말해주듯, 한국 사회에서 4·3문학의 지속적 실천은 4·3이 대한민국의 공식 기억(official memory)으로 복권되었다는 것을 말해준다.

그렇다면, 4·3의 역사적 진실은 올곧게 해명되었고 그래서 이후 대한민국의 역사로 등재된 것에 대한 기념제의만 해마다 잘 치러내면 그만인가. 이 물음에 대해 김시종과 김석범의 문학은 한국 사회에 래디컬한 문제를 제기한다.

제가 말씀드리고 싶었던 것은 이 한마디로 집결됩니다. 5만이 넘는 제주도의 무고한 희생자들을 단정한 형태로, 혹은 신성한 형태로 그려서는 안 됩니다. 우리가 안고 있는 희생자는 썩을 대로 썩어서 다가갈 수 없을 정도로 추악한 육체를 드러내고 목숨이 끊어진, 성불 못할 원한을 간직한 시체입니다. **우리는 그 희생자들을 경건함 마음으로 기려서는 안 됩니다.**[3] (강조-인용자)

아직 4·3은 정명(正名)을 못 하고 있습니다. 이름 바로 짓기, 역사 바로 세우기, 내외 침공자에 대한 정의의 방어 항쟁이 왜 이름 없는 무명비로 제주 평화공원 기념관에 떳떳한 이름을 새기지 못한 채 아직 고요히 누워 있습니까? 이름 없는 백비에 정명을 해서 바로 세워야 합니다. 왜 70년이 되었는데도 아직 정명을 못 하고 있는가? 4·3역사 바로 세우기, 자리 매김을 못 하고 있기 때문입니다.[4] (**강조-인용자**)

---

3) 김시종, 곽형덕 역, 「경건히 뒤돌아보지 말라」, 『창작과 비평』, 2018년 봄호, 441쪽.
4) 김석범, 곽형덕 역, 『다시 한국행』, 이호철통일로문학상 운영위원회 편, 은평구청, 2018.9.14., 39쪽.

김시종과 김석범은 한국 사회에 준열히 묻는다. 혹시, 한국 사회는 4·3을 중앙정부와 지자체의 기념제의 중 하나로 제도권화함으로써 4·3이 지니고 있는 '혁명의 불온성'[5]을 경건성으로 순치시키고 있는 것은 아닌가(김시종). 그래서 그 역사적 진실 추구의 지난한 도정 속에서 4·3에 대한 정명(正名)은 그럴듯한 기념제의의 현실 정치의 수사학에 나포되는 것은 아닌가(김석범).

그들의 래디컬한 문제 제기는 한국 사회의 4·3문학을 향한 비판적 성찰이면서, 답보 상태에 머물러 있는 국내의 4·3문학이 어디서부터 무엇을 어떻게 기획하고 실천해야 하는가에 대한 참조점을 제공해준다. 그 핵심을 꿰뚫고 있는 것은 '4·3혁명의 불온성'에 대한 문학적 상상력에 있는바, 그것은 제국이 획책하는 한반도의 분단에 지항하고 투쟁함으로써 그리한 제국의 국제질서로부터 해방을 이룩한 남과 북의 평화적 통일독립 세상을 추구하는 것이다.

2. 김시종: 냉전과 분단에 대한 종언, 그 시적 행동

김시종의 문학은 '분단과 냉전을 극복'하는 그의 시적 고투에 초점을 맞춘다. 그는 4·3혁명의 남로당 세포로 활동하던 중 목숨을 건 도일(渡日)을 하였고, 재일조선인으로서 일본공산당에 입당하여 반

---

5) 필자는 김석범의 대하소설 『화산도』를 검토하면서 4·3의 역사적 진실을 '혁명'의 시각으로 이해하는 작가의 문학적 정치성을 논의하였다. 고명철, 「해방공간의 혼돈과 섬의 혁명에 대한 김석범의 문학적 고투」, 『제주, 화산도를 말하다』, 고명철·김동윤·김동현, 보고사, 2017.

미 제국주의 혁명운동과 재일조선인 조직활동을 활발히 전개하였으나, '재일본조선인총연합회'(약칭 조총련)의 교조주의적 경직성에 직면하여 조총련을 탈퇴하였다.[6] 이후 김시종은 재일조선인 작가 양석일의 적확한 표현처럼 "남북 조선을 등거리에 두고 자기검증을 시도"[7]한다. 김시종의 시집 중『니이가타』가 문제적인 것은 유소년 시절(10대)과 청년 시절(20대), 그리고 성인 시절(30대)에 이르는 그의 시대경험이 "무두질한 가죽 같은 언어"[8]로 육화된바, 특히 그는 식민제국의 언어를 내파(內破)하는 '복수(復讐)의 언어'[9]로써 분단과 냉전의 질곡을 넘는 시적 고투를 펼치고 있다. 이것은 제국의 지배

---

6) 김시종은 김석범과의 좌담에서 그가 주축이 돼 1952년에 창간한 시 동인지『진달래』에 발표된 시와 에세이로 인해 조총련의 비판을 받은 후 북한의 김일성 개인숭배에 대한 문제 제기를 경험하면서 북한과 조총련의 교조주의적 사회주의에 대한 깊은 환멸을 경험한다. 이에 대해서는 김시종·김석범, 문경수 편, 이경원·오정은 역,『왜 계속 써왔는가 왜 침묵해 왔는가』, 제주대학교 출판부, 2007, 124~127쪽.

7) 유숙자,「재일 시인 김시종의 시 세계」,『실천문학』2002년 겨울호, 138쪽.

8) 김시종·김석범, 앞의 책, 130쪽.

9) 김시종은 기회가 있을 때마다 그의 일본어에 대한 자의식을 뚜렷이 드러낸다. 그의 일본어는 일본 사회의 밑바닥에 침전돼 있는 식민 지배의 권력을 겨냥한 것이자, 자칫 일본 사회의 내적 논리에 그가 내면화될 것을 냉혹히 경계하는 자기 결단의 '복수(復讐)의 언어'이며, '원한(怨恨)의 언어'인 셈이다. 필자는 김시종의 이러한 측면에 초점을 맞춰 김시종의 시선집『경계의 시』를 분석한 바 있다(고명철,「식민의 내적 논리를 내파하는 경계의 언어」,『지독한 사랑』, 보고사, 2010). 김시종의 이 언어적 특질에 대해 일본의 평론가는 다음과 같은 예리한 통찰을 보인다. "잔잔하고 아름다운 '일본어'임과 동시에 어딘지 삐걱대는 문체라는 생각이 든다. 장중하면서도 마치 부러진 못으로 긁는 듯한 이화감이 배어나오는 문체. (중략) 만일 '포에지'라는 개념이 단순히 시적(詩的) 무드라는 개념을 넘어 지금도 시인 개개인의 언어의 기명성(記名性)의 표상으로 통용된다면 이 어딘지 삐걱대는 문체를 통해 이면으로 방사(放射)되고 있는 것을 일본어에 의한 일본어에 대한 '보복(報復)의 포에지'라 부를 수도 있을 것이다."(호소미 카즈유키,「세계문학의 가능성」,『실천문학』2002년 겨울호, 304~305쪽)

(舊제국주의인 일본과 新제국주의인 미국) 아래 식민주의 근대를 경험하며 그 자체가 지닌 억압과 모순 속에서 반식민주의의 시적 실천을 수행하는 김시종의 시문학이 일본 시문학의 경계 안팎에서 래디컬한 시 세계를 구축하고 있음을 보여준다.

여기서, 『니이가타』[10]에 수록된 시편 중 주목할 게 있다. 1959년부터 1984년까지(중간에 일시 중단된 적도 있음) 일본 혼슈(本州) 중부지방 동북부의 동해에 위치한 니가타 현의 니가타 항에서 북한을 오갔던 귀국선에 대한 시편이 그것이다. 기실, 북위 38도선 근처에 위치한 니가타 항은 38도선이 단적으로 상징하듯, 한국전쟁의 휴전으로 인한 국제사회의 냉전 대결구도의 팽팽한 긴장이 흐르는 최전선을 넘나들 수 있는 곳이다. 그래서 니가타는 한반도의 분극 세계를 한순간 무화시킬 수 있는 냉전과 분단을 넘어 통일과 화합을 추구하는 정념의 바다를 만날 수 있는 초극적 경계로서 심상을 지닌다.

북위 38도의
능선(稜線)을 따라
뱀밥과 같은
동포 일단이
흥건히
바다를 향해 눈뜬
니이가타 출입구에
싹트고 있다.

10) 김시종, 곽형덕 역, 『김시종 장편시집 니이가타』, 글누림, 2014. 이후 시의 부분을 인용할 때는 별도의 각주 없이 본문에서 시가 인용된 부분만을 밝히기로 한다.

배와 만나기 위해
산을 넘어서까지 온
사랑이다.

- 〈제3부 위도가 보인다 1〉 부분

　김시종이 조총련을 탈퇴하기 전까지 관념의 이념태로서 친북성
향을 보인 것은 사실이다. 김시종뿐만 아니라 그와 같은 동시대를
살았던 진보적 재일조선인들 상당수는 대동소이하였다.[11] 그런데
우리가 김시종에게 각별히 주목해야 할 것은 그가 반미투쟁을 통
해 염원하는 세계는 서로 다른 국가로 나뉜 분단 조국이 아니다.
남과 북이 각자 정치사회적 순혈주의를 내세우며 어느 한쪽을 일
방적으로 압살하는 그런 폭력과 어둠의 세계가 아니다. 여기서, 우
리는 "출생은 북선(北鮮)이고/자란 곳은 남선(南鮮)이다./한국은 싫
고/조선은 좋다.""그렇다고 해서/지금 북선으로 가고 싶지 않다."
"나는 아직/순도 높은 공화국 공민으로 탈바꿈하지 못했다……"

---

11) 한국전쟁 시기 진보적 재일조선인운동에 대해 일본의 가지무라 히데키는 "일본에서
　　미군에 대해 과감한 저항투쟁이 재일조선인에 의해 전개되었고, 일본공산당도 일시
　　적이지만 반미 무장투쟁 노선을 취하고 있었습니다. (중략) 재일조선인운동을 수동적
　　인 것으로만 파악하고, 지도 받아 할 수 없이 전면에 동원되어 갔다는 식으로만 조선
　　인의 생각을 파악해서는 안 될 것입니다."(카지무라 히데키, 김인덕 역, 『재일조선인
　　운동』, 현음사, 1994, 58쪽)고 하여, 재일조선인의 반미투쟁을 주목한 바 있다. 여기
　　서 쉽게 간과할 수 없는 것은 한국전쟁 도중 진보적 재일조선인의 이러한 친북 성향의
　　반미투쟁은 그 당시 역사적 상황에서 일본 제국주의의 또 다른 판본인 미국에 의한
　　신제국주의시대의 도래로 민족의 분단을 외국에서 방관할 수 없다는 반전운동의 일환
　　으로서의 문제의식이 자리하고 있었다. 한국전쟁 도중 재일조선인운동의 구체적 양
　　상과 역사적 의미에 대해서는 도노무라 마사루, 신유원·김인덕 역, 『재일조선인 사회
　　의 역사학적 연구』, 논형, 2010, 475~481쪽.

(〈제3부 위도가 보인다 2〉)는 시행들 사이에 참으로 많은 말들이 떨린 채 매듭을 짓지 못하고, 어떤 여운과 침묵을 남길 수밖에 없는 김시종의 문학적 공명(共鳴)을 감지할 필요가 있다. 우리는 『니이가타』가 김시종의 조총련의 교조주의적 경직성에 대한 환멸을 경험한 이후 써졌고, 시집의 출간 역시 힘들게 이뤄진 점을 고려할 때,[12] 그가 니가타에서 출발하는 귀국선, 곧 북송선의 귀국사업에 대해 비판적 거리를 두고 있음을 간과해서는 곤란하다.

그런데 김시종의 문학에서 보이는 대한민국과 조선민주주의인민공화국에 대한 비판적 거리두기에서 우리가 예의 주시할 시적 상상력이 있다. 그것은 『니이가타』의 대미에서 드러나는 시적 행동이다.

> 해구(海溝)에서 기어 올라온
> 균열이
> 궁벽한
> 니이가타
> 시에
> 나를 멈춰 세운다.
> 불길한 위도는
> 금강산 벼랑 끝에서 끊어져 있기에

---

12) 김시종은 조총련을 탈퇴한 이후 장편시집 『니이가타』를 집필하고 있었다. 『니이가타』 한국어판 간행에 붙이는 글에서 그는 귀국선 사업이 시작될 무렵 이 시집은 거의 다 쓴 상태였는데, 조총련 탈퇴 이후 "모든 표현행위로부터 핍색(逼塞)을 강요당했던 터라, 오로지 일본에 남아 살아가고 있는 내 '재일'의 의미를 스스로 생각해 발견해야만 하는 입장"을 숙고하면서 일본에서 1970년에 출판될 때까지 거의 10년이라는 세월이 흘러갔다고 한다.

이것은

아무도 모른다.

나를 빠져나간

모든 것이 떠났다.

망망히 번지는 바다를

한 사내가

걷고 있다.

- 〈제3부 위도가 보인다 4〉 부분

　김시종의 시적 페르소나인 '나'는 "망망히 번지는 바다를" "걷고 있다." '나'는 제국의 식민 지배 권력이 군림하는 바다의 운명과 함께하고 있다. 구제국주의 일본에 이은 신제국주의 미국의 출현은 식민지 근대의 빛과 어둠을 지닌 채 재일조선인으로서 동사 '재일(在日)하다'에 대한 문학적 진실의 탐구를 '나'로 하여금 정진하도록 한다. 북위 38도에 위치한 일본 니가타에서 김시종은 그 구체적인 시작(詩作)에 혼선의 힘을 쏟는다. 이 혼신의 힘은 『니이가타』의 서문격이라 할 수 있는, "깎아지른 듯한 위도(緯度)의 낭떠러지여/내 증명의 닻을 끌어당겨라." 하는, 엄중한 자기 결단의 주문에 표백돼 있다.

　우리는 『니이가타』를 통해 김시종의 '증명'이 무엇인지 이해할 수 있다. 그의 '증명'은 "불길한 위도"에서 읽을 수 있듯, 20세기 냉전질서에 기반한 신제국의 권력에 의해 북위 38도에 그어진 식민 지배의 구획선 자체가 비정상적인 것이며, 이렇게 획정된 위도 때문에 분단을 영구히 고착시킬 수 있는, 지극히 위험하고 불길한 위도로 지탱되어서는 안 된다는 시인의 염결성을 의미한다. 따라서 이 염결성의 내밀한 자리에는 김시종이 4·3혁명의 복판에서 도일(渡日)하여 언어절(言語絕)의 지옥도를 벗어나 목숨을 연명한 것에 대한 자기 연민에서 벗어나 한때 반미투쟁의 혁명운동을 실천하면서 조국의 영구 분단에 대한 저항은 물론, 재일조선인으로서 '재일(在日)하다'가 함의한 중층적 문제를 해결하기 위한 문학적 진실이 오롯이 남아 있다.

사실, "『니이가타』의 마지막 일절은, 해석이 곤란한 부분이다."[13]라고 하는데, 어떻게 보면 김시종 시인은 『니이가타』의 대미를 장식하는 이 마지막 시구를 위해 이 장편시를 썼는지 모른다. 여기에는 이 시집의 제목을 '니이가타'로 설정한 시인의 뚜렷한 이유가 있는 것이다. 잠시 '니이가타'가 놓여 있는 지질학적 특성을 눈여겨볼 필요기 있다. "해구에서 기어 올라온/균열"에 위치한 '니이가타'란 지역은 동북 일본과 서남 일본을 둘로 나누는 화산대의 틈새다. 이곳은 북위 38도선과 포개진다. 말하자면 이 화산대의 틈새로 일본 열도는 둘로 나뉘며(동북 일본/서남 일본), 김시종의 조국은 북위 38도선에 의해 둘로 나뉘고 있다(대한민국/조선민주주의인민공화국). 묘한 시적 동일시가 아닌가. 이 '니이가타―틈새'에서 김시종은 현존한다. 그리고 이것은 김시종의 '바다'로 표상되는 정치사회적 상상력, 즉 재일조선인으로서 이중의 틈새와 경계 – 일본 국민과 비(非)국민, 대한민국과 조선민주주의인민공화국 '사이'에 존재하는 것을 드러낸다.

그런데 여기서 간과할 수 없는 것은 김시종의 이 같은 시적 상상

---

13) 오세종, 「타자, 역사, 일본어를 드러낸다」, 『김시종, 재일의 중력과 지평의 사상』, 고명철(외), 보고사, 2020, 187쪽.

력은 이 틈새[14]와 경계, 바꿔 말해 냉전의 분극 세계뿐만 아니라 국가주의 및 국민주의에 구속되지 않고 이것을 해방시킴으로써 그 어떠한 틈새와 경계로부터 구획되지 않는, 그리하여 막힘없이 절로 흘러 혼융되는 세계를 표상하는 바다 위를 걷는 시적 행위를 보인다는 점이다. 다시 말해 "망망히 번지는 바다를/한 사내가/걷고 있다."는 것은 재일조선인으로서 냉전과 분단의 현실에 고통스러워하는 김시종의 시적 고뇌를 보여주되 그 현실적 고통을 아파하는 것에 머물지 않고 극복하고자 하는 시적 의지의 결단력을 보여준다. 이것은 한반도의 분단에 종언을 고함으로써 남과 북의 통일 독립 세상을 염원하는 재일조선인으로서 정치사회적 욕망이 고스란히 투영된 시적 행동이다.

---

14) 김시종의 문학을 이해하는 데 '틈새'는 매우 중요한 핵심이다. '틈새'는 제주 4·3의 화마를 벗어나 일본 열도로 피신한 이후 '재일조선인'으로서 김시종의 현존을 성찰하도록 한 시적 메타포다. 가령, 다음과 같은 시의 부분에서 '틈새'에 놓인 김시종의 시작(詩作)에서 그만의 독특한 '복수(復讐)의 언어'로서 일본어의 기원을 생각해볼 수 있다. "애당초 눌러앉은 곳이 틈새였다/깎아지른 벼랑과 나락을 가르는 금/똑같은 지층이 똑같이 음푹 패어 마주 치켜 서서/단층을 드러내고도 땅금이 깊어진다/그걸 국경이라고도 장벽이라고도 하고/보이지 않는 탓에 평온한 벽이라고도 한다/거기엔 우선 잘 아는 말(언어)이 통하지 않아/촉각 그 심상찮은 낌새만이 눈과 귀가 된다"(김시종, 유숙자 역, 〈여기보다 멀리〉 부분, 『경계의 시』, 소화, 2008, 163쪽) 이러한 '틈새'의 시적 메타포가 장편시집 『니이가타』에서는 북위 38도에 위치한 '니이가타'란 구체적 지명과 맞물리면서 김시종의 정치사회적 상상력을 점화시킨 것이다. 김시종의 '틈새'에 대해서는 '마이니치(每日) 출판문화상'을 수상한 에세이집 『재일의 틈새에서』(윤여일 역, 돌베개, 2017)에 피력돼 있다.

3. 김석범: 4·3혁명, 해방공간에서 통일독립 세상을 향한

4·3혁명에 직접 참여한 김시종과 달리 김석범은 일본에서 4·3을 간접적으로 체험한다. 일본 오사카에서 태어난 김석범은 부모가 제주 출신으로 해방 전과 직후 고향 제주와 서울을 다녀간 경험을 바탕으로 혼돈에 휩싸인 해방공간을 자신의 작품 속에 담아낸다. 특히 1948년 가을 이후 4·3혁명에서 전대미문의 학살을 피해 일본으로 밀항한 고향 사람들 중 먼 친척뻘 되는 사람에게 전해들은 제주에서 자행된 참담한 학살과 도일한 제주 여인으로부터 유방이 도려내진 비인간적 고문의 증언을 직접 들은 충격은 엄청난 것이었다.[15] 김석범의 작품 중 장편 『1945년 여름』(1974년 단행본 간행)과 대하소설 『화산도』(1997년 단행본으로 완간)는 이 시기를 대상으로 한바, 무엇보다 재일조선인으로서 해방 전후의 현실에 대한 정치적 상상력을 살펴볼 수 있다는 점에서 주목할 만하다. 왜냐하면 『1945년 여름』은 김석범의 자서전적 성격이 짙은 것으로, 김석범의 시선에 포착된 재일조선인의 두 양상을 밀도 있게 그려낼 뿐만 아니라 그 문제의식이 『화산도』로 이어지고 있기 때문이다. 그것은 작중인물 김태조가 일본 사회에서 적나라하게 마주하고 있는 재일조선인의 부끄러운 자화상에 대한 자기인식과 자기비판의 치열한 문제의식과(『1945년 여름』), 그 문제의식을 비판적으로 성찰하는 작중인물 이방근과 남승지를 통해 조국의 해방공간에서 제

---

15) 유소년 시절과 청년시절에 대한 김석범의 전기적 사실은 김학동, 『재일조선인 문학과 민족』, 국학자료원, 2009, 360~366쪽.

국의 식민주의를 완전히 청산하여 통일독립 세상을 향한 정치적 상상력을 실천하는 데 초점이 맞춰져 있다(『화산도』).

우선, 『1945년 여름』에서 부각되는 작중 인물 김태조의 비판에서 쉽게 간과할 수 없는 것은 일본의 패전과 맞물린 해방에 대한 재일조선인의 반응이다. 그중 주목되는 것은 작품 속에서 '진정한 일본인'으로 동화되기 위해 제국 일본군 장교로서 충실했던 작중 인물 도요카와 나리히로(이성식)가 사회주의자로 전향해 있는 놀라운 현실이다. 김태조에게 도요카와 나리히로의 사회주의 전향은 상식적으로 이해하기 어려운 존재 전이가 아닐 수 없다. 제국의 충실한 국민으로서 자신의 목숨을 바치겠다고 맹세한 한 재일조선인이 아무리 제국이 패망했다고 하더라도 아주 빠른 시기에 반제국주의를 표방했던 사회주의로 전향할 수 있는지 김태조는 좀처럼 이해하기 쉽지 않다. 그래서인지, 해방 직전 도요카와 나리히로의 일본 제국을 위한 결단을 치켜세우던 친일협력자들이 일본의 패전과 조선의 승리를 만끽하는 기묘한 분위기 속에서 김태조는 "불결하다는 말이 되살아났다."[16] 일본에서 해방을 경험한 김석범이 가장 곤혹스러운 것은 '8·15'를 맞이할 준비가 부재한 재일조선인이 갑작스러운 해방의 기운 속에서 식민주의 지배에 깊이 침윤된 자신의 삶과 현실에 대한 치열한 자기인식을 바탕으로 한 자기비판이 결여된 공허한 해방의 충족감에 빠져 있는 것이다. 과거에 대한 통렬한 비판과 현재에 대한 뚜렷한 자기인식을 바탕으로 한 새로운 미래를 모색하는 게 아니라 식민 지배를

---

16) 김석범, 김계자 역, 『1945년 여름』, 보고사, 2017, 329쪽. 이하 이 작품의 부분을 인용할 때 본문에서 (해당 쪽수)를 표기한다.

경험하는 동안 입은 상처를 봉인하고 심지어 상처가 더욱 깊이 패이고 있는 재일조선인의 자화상에 대해 김석범은 김태조의 시선을 빌어 이처럼 음울하게 진단한다.

사실, 작품 속에서 해방 직후 부산스럽게 움직이는 재일조선인의 모습에 대한 부정적 인식은 김태조 자신을 향한 자기혐오와 자기부정이나 다를 바 없다. 그래서 김태조는 "신생 조국의 건설을 위해 매진해야 할 이 시기에 자신의 구멍 속으로 빠져들어 가는 것"(302쪽)을 감지한다. 왜냐하면 해방 직후 재일조선인의 부끄러운 자화상에 대한 관조와 비판적 성찰의 태도는 지니되, 김태조 자신이 이에 자족하지 않고 해방된 신생 조국을 위해 참여해야 하는 것이기 때문이다. 따라서 김태조에게 망설일 선택의 여지가 없다. 해방 직전 "그 딱딱한 껍질 속에 감춰진 뭔가를 만지지 못하고 밀어져버린 경성"(303쪽)을 다시 찾아가 오랫동안 그를 덮고 있던 일본 국민으로서 재일조선인의 껍질을 벗어버려야 한다.

그리하여 김태조는 "8·15 이전에는 볼 수 없었던 해방된 자유"(347쪽)로 출렁이는 조국 경성으로 돌아온다. 여기서, 대하소설 『화산도』가 『1945년 여름』의 연작은 아니지만, 해방된 조국으로 돌아온 김태조와 같은 재일조선인이 어떠한 역사적 선택 속에서 사유하고 역사의 삶과 일상을 살고 있는지,[17] 그리고 김석범의 또 다른

---

17) 『1945년 여름』에서는 해방된 조국으로 돌아온 김태조의 구체적 삶에 대해 알 수 없다. 하지만 작품의 맨 마지막에서 김석범은 김태조로 하여금 그동안 일본에서 재일조선인으로서 살아온 식민주의 억압을 해방된 조국에서 털어내고 신생 조국의 전망을 위한 새 욕망을 갖도록 한다. "뭔가 지금까지 긴장되어 있던 것이 저절로 무너져가는 듯한 느낌이 들었다. 자신의 내면에 단단히 만들어져 있던 것이, 교토에서, 아니 오사카에서 닷새 걸려서 갖고 온 것이 와르르 무너지는 느낌이 들었다. 그러나

페르소나를 통해 조국의 해방공간을 어떻게 구체적으로 대응하면서 살고 있는지를 살펴볼 수 있는 문제작이다.

이와 관련하여, 『화산도』에서 주목하고 싶은 인물은 남승지와 이방근이다. 읽는 시각에 따라 남승지는 김태조를 골격으로 하고 있는 인물로 파악할 수 있다. 남승지는 해방 후 일본에 가족을 남겨둔 채 고향 제주도로 귀국하여 4·3혁명이 일어나기 전 중학교 교사로서 남로당원 "가두세포(街頭細胞)"[18] 활동을 맡고 있는 혁명가다. 그는 해방을 맞이한 이후 "재일조선인으로서 조국에 적응하려는 노력"(1:98쪽)에 진력하고 있음에도 불구하고 쉽지 않다. 남승지가 막연히 생각하고 기대했던 해방된 조국의 현실은 한갓 물거품이 되고 말았다. 해방공간의 정치경제적 상황은 일본의 식민지 지배와 또 다른 새로운 제국의 지배자인 미국이 군정을 선포했고 미군정은 이승만을 정치적 파트너로 삼아 친일협력자를 재등용함으로써 "'민족반역자'들의 복권 무대가 우선적으로 제공"(1:69쪽)되면서 38도선 이남만이라도 단독정부를 세워야 한다는 이상 난기류가 흐르고 있다. 이런 혼란스러움 속에서 남승지는 "조국의 현실과 재일조선인인 자신과의 거리를 메우기 위한 노력"(1:104쪽)에 신열(身熱)을 앓고 있다. 여기서 김석범에 의해 탄생된 혁명가 남승지에게 주목할 점이

이 붕괴감은 이제 자신을 무너뜨리려는 압박감을 수반하지는 않았다. 오히려 밑바닥에서부터 희미한 충족감조차 생기는 것을 느꼈다. 뭔가 재생하는 생명의 탄생처럼 움직였다. 김태조는 문득 중얼거리듯, 이것으로 자신이 한 걸음 앞으로 나아갈 수 있을지도 모른다는 생각이 들었다."(362쪽) 필자는 김태조의 신생의 욕망과 삶을 『화산도』에서 마주한다.

18) 김석범, 김환기·김학동 역, 『화산도』 2권, 보고사, 2015, 167쪽. 이 작품이 부분을 인용할 때 본문에서 (권수:쪽수)를 표기한다.

있다. 남승지는 당 조직을 신뢰하지 못하고 배반하지는 않더라도 당 조직이 초래할 수 있는 위험에 대해 비판의식을 보인다. 그런데 남승지의 이러한 비판을 그가 동참하고 있는 혁명에 대한 회의적 시각으로 이해해서는 곤란하다. 남승지는 혁명에 동참하기 위한 실존적 고뇌에 천착하면서 결단을 내린 만큼 제주의 혁명 자체를 냉소적·회의적·비관적 시선으로 보지 않는다. 다만 그가 두려워하고 경계하는 것은 실체로서 혁명보다 말, 즉 혁명에 대한 온갖 분식(粉飾)을 구성하는 것들이 혁명을 욕보이고 혁명을 추하게 하고 그래서 그 분식된 혁명의 말이 생명을 압살하는 폭력이다. 그때, 혁명의 말은 비정상성을 조장하고 정상성을 구속하여 압살하는 '괴물'로 둔갑한다. 해방공간의 제주에서 정상성을 압살하는 반공주의가 그것이고, 현실에 착근하지 못한 채 당 조직의 절대성과 교조성을 옹호하는 의사(擬似)혁명주의가 그것이다.

김석범이 주목하는 남승지가 이렇다면, 『화산도』의 문제적 인물 이방근은 남승지와 같은 혁명가뿐만 아니라 정반대 편에 있는 미군정 및 이승만의 정치세력(서북청년단과 군경)을 동시에 객관적으로 조망할 수 있는 위치에 있다. 이방근은 정치적 허무주의에 사로잡힌 채 이념적 강박증과 교조주의에 갇힌 사회주의 혁명가들에 대해 매우 신랄한 비판적 견해를 지니되 그들이 일으킨 무장봉기 자체를 전면적으로 부정하지 않는다. 오히려 혁명 자금을 지원하는가 하면 반민족적 반혁명 인사를 철저히 응징하여 죽이기까지 한다. 뿐만 아니라 무장봉기 혁명에 패배한 자들의 목숨을 밀항선을 이용하여 구제하기도 한다. 그렇다면, 이러한 이방근이란 독특한 인물 형상화를 통해 김석범이 새롭게 발견하고 싶은 문학의 정치적 실재는 무엇인가. 이것은 『화산도』를 통해 궁리하고 있는, 그래서 김석범이 해방공간에서 문학적으로 실천하고 있는 새로운 정치적 상상력과 무관하지 않다. 바꿔 말해 김석범은 4·3을 일으킨 제주의 혁명가들이 끝내 그만둘 수밖에 없는 '미완의 혁명'이 함의한 새로운 정치적 상상력을 『화산도』에서 함께 펼치고 있는 것이다. 그것은 재일조선인 김석범에게 '조선적인 것'과 관련된 정치적 상상력의 맥락에서 구체성을 띤다. 여기에는 '국가 공동체'로 수렴되는 정치적 상상력과 다른 '지역 공동체'의 문제의식을 소홀히 간주해서 곤란하다. 왜냐하면 김석범이 『화산도』에서 주목하는 해방공간의 혁명이 바로 제주에서 일어난 4·3항쟁이란 사실을 상기할 필요가 있다. 비록 4·3무장봉기의 애초 목적이 38도선 이남만 실시되는 대한민국 정부 수립에 대한 선거에 참여하지 않음으로써 남한만의 정부 탄생을 거부하는 것이지만, 혁명의 과정 속에서 4·3무장봉기는 당시 미국과 소련으로 대별되는 구미식 자본주의적 근대와 소련식 사회주의적 근대에 바탕을 둔 '국가 공동체'를 만드는 것으로만 수렴되지 않는 통일독립 세상으로서 또 다른 정치적 상상력을 품고 그것을 실천하고자 한 것을 『화산도』에서 주목해야 한다. 그것은 유럽발 근대의 국민국가 세우기와 또 다른 정치적 함의를 지닌 김석범의 문학적 실천이다. 그것을 기획하고 실천하고자 한 문학적 공간인 제주라는 지역은 김석범의 '조선적인 것'을 이해하는 데 간과할 수 없다.[19]

---

19) 김석범에게 제주는 고향이되, 로컬로서 고향으로 환기되는 것 이상의 정치적 함의를 갖는다. 제주는 한반도의 부속 영토로 국한되지 않고, 식민지 조선의 정치적 현실과 겹쳐지면서, 해방을 맞이하여 또 다른 식민지로 전락해가고 있는 조국에 대한 비판적 성찰의 정치적 공간으로 작동하는 문제적 장소다. "사람은 조상의 땅이라는 것만으로

여기에는 해방공간이 말 그대로 식민주의의 억압에서 모든 것들이 풀려나 아직 해방된 국가(/근대)의 제도를 미처 정비하지 못한 혼돈 그 자체인데, 각 정파에 의해 국가의 논의가 이뤄지는 해방공간의 중심(식민 지배 공간의 잔존과 잉여인 경성–서울)이 기실 구미의 내셔널리즘에 기반을 둔 입장으로 충만돼 있어 그 바깥의 해방된 정치공동체에 대한 탐색이 봉쇄돼 있는 것을 고려해 본다면, 김석범의 '조선적인 것'은 이들 해방공간의 중심과 비판적 거리를 둔다. 그래서 그것은 어떤 대안을 모색하는 것과 연관된 정치적 상상력에 착근돼 있다. 말하자면, 김석범의 '조선적인 것'은 일본 제국으로부터 해방된 해방공간에서 모색되는 구미 중심주의 내셔널리즘에 기반한 '국가 공동체'의 그것과 차질적(蹉跌的) 성격을 지닌 그것의 대안인 '문제 기향적 공간'으로서 제주의 '지역 공동체'로부터 발전되는 정치적 상상력을 함의하고 있다.[20] 여기서, 4·3무장봉기는 실패한 '혁

자신이 나고 자란 곳이 아닌 그 땅을 고향이라 부를 수 있을까. 소년 시절의 나에게 있어서의 '고향'은 우선 그러한 자문에서 그 실체가 열리기 시작했다. / 일본에서 나고 자란 내가 한반도 최남단의 화산섬 제주도 땅을 처음 밟은 것은 13세 때였고, 그것은 태평양전쟁이 시작되기 한 해 전이었다. (중략) 제주도는 나를 완전히 압도하였다. 그것은 그제까지 '황국' 소년이었던 나의 내부세계를 깨부수고, 나를 근본에서부터 바꿔 버리는 계기가 될 정도의 힘을 가진 것이었다고 할 수 있다. / 반년 남짓한 체류를 마치고 일본에 돌아온 나는 곧 작은 민족주의자로서 눈뜨기 시작했고, 그 후 수차례 조선을 드나들었는데, 내가 '조선인'으로서 자아를 형성하는 데 있어서 핵을 이루는 것이 바로 '제주도'였다. 제주도는 그런 의미에서 그야말로 나의 고향이자, 조선 그 자체다. 그리고 제주도는 그때부터 지리적 공간으로서의 그 실체를 초월하기 시작하여, 나에 있어서의 이데아적 존재가 되어 간다. 나의 '고향'은 이리하여 만들어졌다."(金石範, 「濟州島のこと」, 『ことばの呪縛 –「在日朝鮮人文學」と日本語』, 筑摩書房, 1972, pp.248~249)

20) 필자는 기회가 있을 때마다 제주가 구미 중심주의의 근대를 넘어 '해방의 서사'를 기획·실천시킬 수 있다고 주장한 바, 특히 제주가 지닌 지정학적 특성과 인문학적 가치는 제주를 근대의 주권 개념으로만 구속하는 게 아니라 주권 너머를 꿈꾸는,

명/항쟁'이지만, 김석범의 『화산도』는 그래서 이후 한층 진전시켜야 할 4·3문학의 새로운 과제를 제시하고 있다. 이것은 달리 말해 제주 인민들이 일으킨 4·3무장봉기가 한반도의 남과 북으로 나뉘는 분단된 두 개의 국가와 그 정치체(政治體)에 대한 부정과 문제 제기를 바탕으로 하고 있는 만큼 무엇보다 일제의 식민주의를 어떻게 극복하여 온전한 해방을 쟁취할 것인지, 그 과정에서 어떠한 통일독립 세상을 향한 정치적 상상력을 펼칠 것인지, 그리하여 미소 냉전체제 아래 구미 중심주의 근대에 기반한 국민국가를 그대로 이식 모방하는 게 아니라 그것을 넘어서는 '대안의 근대(성)'에 대한 4·3문학의 새 과제를 제기한다. 물론 쉽지 않은 일이다. 하지만 그동안 거둔 4·3문학의 성취에 자족하지 않되 4·3문학이 새롭게 기획하고 실천해야 할 문학적 상상력은 4·3혁명이 추구하여 현상적 실패로 귀결된, 그러나 결코 쉽게 휘발되거나 소멸되지 않는 혁명의 주체들이 꿈꿨던 원대한 세계를 쉼 없이 탐문해야 할 것이다.

4. 분단의 사실수리론(事實受理論)에 대한 비판적 성찰

재일조선인 문학의 양대 산맥인 김시종과 김석범의 존재는 4·3문학의 시계(視界)에서 혁명의 동력이 어떻게 작동하고 있는지를 여실히 보여준다. 김시종과 김석범은 해방공간의 모든 문제가 압축돼

즉 국민국가의 정치적 상상력을 넘어서는 해방의 기획으로서 '문제 지향적 공간'으로 설정해야 한다는 것을 논의하였다. 이에 대해서는 고명철, 「제주 리얼리즘: 구미 중심주의를 넘어 '회통의 근대성'을 상상하는 제주문학」, 『제주작가』 2017년 가을호.

있는 4·3을 주목한다. 그들은 일본에서 4·3의 역사적 성격의 본질을 명철히 꿰뚫고 있었다. 4·3은 그들에게 혁명 그 자체다. 한국어로 번역된 김석범의 대하소설 『화산도』와 김시종의 시집 『니이가타』를 관통하고 있는 문제의식은 비록 4·3혁명이 미완의 혁명으로 끝났으나 제주 민중이 봉기한 4·3혁명은 해방공간에서 솟구친 민주주의를 향한 새로운 정치를 실현하기 위한 것인바, 이것은 미군정과 이승만 정치세력이 주도한 반공주의의 폭압 아래 그 혁명의 성격이 심각히 왜곡되면서, 제2차 세계대전 이후 미·소 냉전체제로 재편되기 시작한 국제사회의 질서에 한반도가 종속됨에 따라 민주주의를 향한 일체의 논쟁과 논의들, 특히 미국 중심의 정치체제에 조금이라도 걸림돌로 작용하는 것은 반공주의로 탄압되는 현실에 대한 준열한 저항과 비판을 보인다. 좀 더 부연하면, 제주의 민중이 무장봉기한 4·3혁명은 일제 식민체제가 완전히 종식되지 못한 채 그 식민권력이 새로운 제국─미국에 의해 재소환되는 것에 대한 비판이고, 그 도정에서 미소 냉전체제의 전조(前兆)로 가시화되기 시작한 조국분단에 대한 저항이다. 이것이 바로 김시종과 김석범이 주목한 '4·3혁명의 불온성'에 대한 문학적 상상력의 실재다.

한반도를 에워싼 동아시아의 정세는 표면상 평화를 유지하는 듯하지만, 정작 열강의 팽팽한 힘의 관계를 바탕으로 한 그들의 정치경제적 이해관계는 전쟁의 위기와 긴장을 적절히 활용함으로써 남과 북 사이의 '분단의 배음(背音)'을 유지하고 있다. 게다가 더욱 우려스러운 것은 국제질서의 냉엄한 현실을 지켜보아야 한다는 논리 아래 분단을 고착화시킴으로써 각종 반사이득을 얻는 정치경제적 움직임들이 '분단의 배음'을 가중시키고, 이것을 아예 자연스레 일상으로 내면화시킴으로써 통일에 대한 환멸과 현실적 불가능성을 기정사실화하는, 그리하여 분단에 대한 사실수리론(事實受理論)이 팽배해지고 있다는 점이다. 강조하건대, 우리가 김시종과 김석범의 재일조선인 문학을 주목하는 것은 한국 사회에서 점차 분단의 일상으로 구조화하(/되)고 있는 예의 사실수리론에 대한 비판적 성찰을 통해 그들 문학이 꿈꾸고 있는 남과 북의 평화적 통일독립 세상을 향한 문학적 상상력을 결코 저버릴 수 없기 때문이다. 그래서 '4·3혁명의 불온성'에 대한 문학적 상상력은 살아 있다.

이 글은 필자의 「재일조선인 김시종의 장편시집 『니이가타』의 문제의식」, 『김시종, 재일의 중력과 지평의 사상』(8인 공저, 보고사, 2020), 「해방공간, 미완의 혁명, 그리고 김석범의 『화산도』」, 『제주, 화산도를 말하다』(3인 공저, 보고사, 2017), 「재일조선인 김석범, 해방공간, 그리고 역사의 정명」, 무크지 『인문예술』 제3집(소명출판, 2017) 등에서 이 글의 문제의식에 해당하는 부분을 발췌 및 집중 보완하여 작성한 것이다.

제2부

김석범과 김시종의
문학 지평

통일독립의 열망과 경계인의 의지

김석범의 한글 단편소설 연구

◉

김동윤

1. 들머리

재일작가 김석범 문학에 대한 국내에서의 논의는 주로 소설집 『까마귀의 죽음(鴉の死)』이나 대하소설 『화산도(火山島)』(이하 '대하 『火山島』') 등 한국어로 번역된 일본어 소설을 중심으로 이루어져 왔다. 장편소설 『1945년 여름(1945年夏)』과 『과거로부터의 행진(過去からの行進)』도 최근에 국내에 번역되면서 이에 대한 연구들도 이어지고 있다. 김석범 문학의 중심이 일본어 소설에 있고, 번역된 작품들이 그 대표작으로 꼽히는 것이기에 이러한 현상 자체가 문제된다고 보지 않는다.

다만, 김석범의 경우 1960년대에 한동안 한글로 창작했던 적이 있는바, 이에 대해서도 주목할 필요가 있지 않느냐는 것이다. 최근 미완의 연재소설인 한글소설 『화산도』(이하 '한글 『화산도』')에 관한 몇 편의 연구가 나온 바 있으나,[1] 한글로 발표된 단편소설들에 대해서는 아직까지 국내외를 막론하고 본격적인 논의가 이루어진 적이 없는 것 같다. 간단한 언급으로 그 존재를 짚어보는 정도에만 그쳤을 따름이다.[2]

김석범의 한글 단편소설로는 「꿩 사냥」(1961), 「혼백」(1962), 「어느 한 부두에서」(1964)[3] 등 세 작품이 있다. 모두 1960년대 초·중반의 작품으로, 작가가 재일본조선인총연합회(이하 '총련') 관련 조직에서 활동하던 시기에 썼던 소설들이다. 그동안 논의에서 소외되어 온 이들 한글 단편들을 구체적으로 연구한다면 그의 활동상과 문학 세계가 더욱 폭넓게 조명될 수 있을 것이다. 이는 "재일본 문학예술가동맹의 한국어(조선어) 문학은 북한의 해외 공민문학에 지나지 않는다는 시각이 있을 뿐 아니라 문학적 성과 역시 일본어 문학과는 비교하기 어렵다."[4]는 주장이 과연 타당한지를 따져보는 작업이 되기도 할 것이다. 아울러 한국문학의 범주를 더욱 풍성하게 하는 계기

---

1) 나카무라 후쿠지[中村福治], 「『화산도』로 가는 길: 『까마귀의 죽음』에서 한국어판 『화산도』로」, 『김석범 『화산도』 읽기』, 삼인, 2001, 33~56쪽; 김학동, 「김석범의 한글 『화산도』」, 『재일조선인 문학과 민족』, 국학자료원, 2009, 195~215쪽; 임성택, 「김석범의 한글 『화산도』에 관한 고찰」, 『일본어문학』 75, 한국일본어문학회, 2017, 309~322쪽; 김동윤, 「김석범의 한글소설 「화산도」 연구」, 『영주어문』 41, 영주어문학회, 2019, 281~311쪽.

2) 김학동, 위의 글, 203쪽; 이한정, 「김석범의 언어론: '일본어'로 쓴다는 것」, 『일본학』 42, 동국대학교 일본학연구소, 2016, 45쪽; 이영미, 「재일 조선문학 연구: 재일조선문학예술가동맹의 소설을 중심으로」, 『현대문학이론연구』 33, 현대문학이론학회, 2008, 533~534쪽; 宋惠媛, 「金石範の朝鮮語作品について」, 金石範, 『金石範作品集Ⅰ』, 平凡社, 2005, p.562.

3) 이 세 작품을 입수하여 제공해준 고은경(제주4·3평화재단)에게 감사를 표한다.

4) 이재봉, 「국어와 일본어의 틈새, 재일 한인 문학의 자리: 『漢陽』, 『三千里』, 『青丘』의 이중언어 관련 논의를 중심으로」, 『한국문학논총』 47, 한국문학회, 2007, 192쪽.

가 될 것임은 물론이요, 제주 문학에서도 소중한 텍스트를 확보하게 되는 셈이라 하겠다.

아직까지 그 논의조차 제대로 이루어진 적이 없다는 점에서 여기서는 무엇보다도 세 편의 한글 단편을 자세히 읽고 분석하는 작업을 중점적으로 수행할 것이다. 아울러 작가가 총련 조직에서 활동한 시기의 작품임을 염두에 두면서 당시 작가의 4·3항쟁과 민족문제 등에 대한 신념과 현실인식을 가늠해 봄으로써 김석범 한글 단편소설의 의의를 포착하는 데에도 관심을 갖고자 한다.

2. 4·3항쟁과 반미 통일투쟁의 지속성: 「꿩 사냥」

「꿩 사냥」은 총련 중앙상임위원회의 기관지인 『조선신보(朝鮮新報)』[5] 지면에 1961년 12월 8일, 9일, 11일 3회에 걸쳐 연재된 소설이다. 200자 원고지 약 31장 분량의 짧은 작품이다. 『조선신보』에서는 재일본 문학예술가동맹(이하 '문예동') 문학부의 협력 아래 10월 13일부터 근 2개월 동안 14편의 작품을 '콩트 리레'라는 기획으로 수록한 바 있는데, 김석범의 「꿩 사냥」은 그 마지막에 실린

---

5) 1945년 10월 10일 재일본조선인연맹(조련)의 결성을 추진하는 과정에서 『민중신문』으로 창간되었고, 1946년 9월부터는 오사카에서 발행되던 『대중신문』과 통합해서 『우리신문』이 되었다가 『해방신문』으로 바뀌었다. 이후 강제 폐간과 복간의 과정을 거치다가 총련 결성 후 1957년 1월 1일부터 『조선민보』로 변경하고 1961년 1월 1일부터 『조선신보』가 되었으며, 같은 해 9월 9일부터 일간지가 되었다. 국제고려학회 일본지부 재일코리안사전 편집위원회, 정희선·김인덕·신유원 역, 『재일코리안사전』, 선인, 2012, 398쪽 참조.

것이다.[6]

제주도를 무대로 삼았으며 4·3항쟁과 관련된 내용을 다루고 있다. 작품의 개요는 다음과 같다.

① 통역관 량이 서울에서 온 미군 장교 캬프링 캐러의 제주도 꿩 사냥을 안내하고 있다.
② 량은 '빨갱이'가 무서워 한라산 접근을 꺼리는 캐러를 설득해서 산기슭으로 이동한다.
③ 꿩 한 마리를 놓친 캐러가 나무하고 돌아오는 젊은 부부를 향해 총을 쏜다.
④ 여자를 쏘아 죽인 캐러가 곧이어 남자를 겨냥했으나 량의 제지로 허공을 쏘고는 큰 꿩을 놓쳤다고 말한다.
⑤ 성내로 돌아가는 지프에 캐러와 동승한 량은 그를 때려죽일 작정을 하는 가운데 민족 현실을 떠올린다.

이 소설의 시간적 배경은 1950년대의 봄이라고 할 수 있다. "보리밭에 한 가락의 바람이 스쳐 지나가자 엉성한 보리 줄기들이 설레이며 몸부림친다"는 첫 문장에서 계절이 확인되고, "한나산 '빨갱이'들이 없어진 지가 벌써 옛날"이지만 "표면상 일시 '소탕'된" 것이요 "인민항쟁의 불길이 그렇게 쉽사리 소멸된 것이 아니"(9)[7]라는 언급에서 대체적인 연도를 가늠할 수 있다. 이덕구 사령관의

---

6) 「콩트 계주를 마치며」, 『조선신보』 1961.12.11. 참조.
7) ( ) 안의 숫자는 『조선신보』 1961년 12월 9일자 지면을 말함. 이하 「꿩 사냥」 인용 시에는 ( ) 안에 이 지면의 날짜만 숫자로 명기함.

사망으로 무장대 세력이 급격히 쇠퇴한 시기가 1949년 여름(6월) 이니 아무리 앞당겨도 1950년 봄보다 앞선 시기로 보기는 어려우며, 서울에서 근무하는 미군 장교가 꿩 사냥을 목적으로 제주를 방문한 점으로 봐서 한국전쟁이 끝난 이후의 봄일 가능성이 크다. 특히 산에서 나무를 짊어지고 내려오는 젊은 부부를 설정한 점을 감안한다면 1954년 9월 한라산 금족령이 해제된 이후의 봄으로 판단하는 것이 자연스럽다. 따라서 1955년이나 1956년의 봄 정도가 가장 타당하리라고 생각된다. 이른바 최후의 빨치산인 오원권이 붙잡힌 때가 1957년 4월인 점을 고려하면 더욱 그러하다.

등장인물은 통역관 량, 미군 장교 캬프링 캐러, 젊은 나무꾼 부부가 전부다. 량과 캐러가 주요 인물이며, 나무꾼 부부는 대사도 없는 부차적 인물이다.

통역관 량은 김석범 소설에서 퍽 익숙한 부류의 인물이다. 중편 『까마귀의 죽음』(1957)과 한글 『화산도』(1965~1967)의 정기준, 대하 『火山島』(1997)의 양준오와 매우 유사하다. 정기준과 양준오는 모두 미군정 통역이자 비밀 당원으로서 투쟁 의지를 내면에서 불태우는 인물인 데 비해, 량은 제주에 근무하는 통역관으로서 미군 장교의 '림시 안내역'을 맡은 것으로 나와 있다. 량의 경우 정기준이나 양준오처럼 비밀당원으로 활동했는지는 작품에서 드러나지 않는다. 다만 캐러가 쏜 총에 여자가 쓰러진 직후 "통역관을 하면서 량은 이런 장면을 몇 번이나 겪어보기도 하였다"면서 "비록 자기가 손수 동포들에게 손을 댄 바는 없었다 할지언정 결국 그런 짓을 돕는 편에서 왔음은 사실이다"(11)라는 부분을 보면, 그가 미군정 시기부터 통역관으로 근무하면서 4·3항쟁의 와중에 미군과 그 추종세력의 학살을 여러 차례 목격해 왔음을 알 수 있다.

미군에 대해서는 매우 적대적으로 형상화했다. 미군 장교인 캬프링 캐러에 대해 "동물에 흔히 보이는 본능적인 잔인성"(9)을 띠고 "승냥이 같은 모진 눈초리"(11)를 지닌 인물로 그려냄으로써 노골적인 적개심을 드러낸다. 그래서 통역관 량은 캐러에게서 "자기 주위에서 노상 목격한 바 그대로의 사람을 죽이는 순간의 표정"(9)을 읽어낸다. 4·3항쟁의 주요 원인이 미국의 신제국주의 전략에 있음을 강조하는 김석범으로서는 당연한 인물 설정이라고 하겠다.

이 작품의 핵심은 미국에 의해 훼손되는 민족 현실의 문제를 그려냈다는 데에 있다고 할 수 있다. 량은 젊은 아낙네가 미군 장교의 총에 맞아 죽어가는 장면을 접하고는 "눈앞에서 선지피를 쏟으며 쓰러진 거레의 몸부림치는 모습"(11)으로 인식하면서 비통함을 금치 못한다. 어느 미군 장교 개인의 돌출적인 행동이라거나 일개 동족 여성이 우연히 맞닥뜨린 억울한 죽음에 그치는 문제가 결코 아니기 때문인 것이다. 그는 통역관으로서 4·3항쟁기에 분한 일들을 숱하게 겪으면서도 참아왔지만, 이제 더 이상은 도저히 묵과할 수 없는 극한의 상황에 도달했음이다. 미국의 영향력이 절대적인 현실에서 "이놈(미군 장교 캐러: 인용자)을 때려죽이는 대가가 필요" 함을 너무나 잘 알기에 두렵기도 하지만, "비굴감을 항거로 이끌려는 새로운 힘이 가슴속에 소용돌이 치고"(11) 있음을 감지했기에, 이제 행동에 나서는 일만 남은 것이다.

> 그는 자기 고향의 산천을 앞두어, 죽음에 직면한 사람이 순식간
> 에 일생을 한 폭의 그림으로 그려내듯, 자기의 걸어 온 반생을 살

폈다.

　량은 눈을 뜨고 하늘을 우러러 보았다. 뚫어지도록 우러러 보았
다. 넓디넓은 하늘은 38선 너머로 멀리 퍼지고 있을 것이다. 웬일
인지 오늘 새삼스러이 북쪽 하늘을 쳐다보는 자기의 심정을 량 자
신도 분간하지 못하였다. 다만 쓰러진 자기 안해를 껴안고 복수에
떨리는 젊은 나무'군의 분노가 타 번지는 표정만이 그의 머리 속을
뒤흔들었다.(11)

　위의 인용문에서 확인되듯, 량의 '항거'는 결국 반미를 넘어서
통일 독립의 의지로 수렴된다. '넓디넓은 하늘은 38선 너머로 멀리
퍼지고 있을 것'이라거나 '오늘 새삼스러이 북쪽 하늘을 쳐다보는
자기의 심정'이라는 언급은 분단 상황을 뛰어넘어 하나 되는 조국
을 간절히 염원하고 있음을 알 수 있다. 4·3항쟁은 단선 반대 통
일투쟁이자 미완의 혁명[8]이었다는 작가의 신념이 이 작품에서도
고스란히 드러난다는 것이다.

　한편, 이 소설은 앞서 일부 언급한 대로 『까마귀의 죽음』이나
한글 『화산도』, 대하 『火山島』 등과 연관성이 있는 작품임에도 주
목할 필요가 있다. 통역관 량은 정기준의 면모를 거의 그대로 이어
받고 있으며, 미군 장교에 대한 적개심 표출도 유사한 면이 적지
않고, 까마귀의 이미지[9]가 의미 있게 작용한다는 점 등에서 그러

---

8) 김석범 소설을 통해 혁명으로서의 4·3의 의미를 탐색한 논문으로는 고명철의 「해방
　공간의 섬의 혁명에 대한 김석범의 문학적 고투: 김석범의 『화산도』 연구(1)」(『영주
　어문』 34, 영주어문학회, 2016, 183~217쪽)가 주목된다.
9) 캐러는 아낙네를 쏘아 죽이고는 "이 섬엔 꿩보다 까마귀가 많다보니 처분하는 덴
　념려할 건 없다"(11)라고 하는데, 여기서의 까마귀는 "한라산 '빨갱이'"(8)로 읽힌다.

하다. 이런 점들에서 본다면 「꿩 사냥」은, 그것이 비록 수준 높은 소설은 아니어도, 무시하거나 가벼이 취급해 버릴 작품이 아님을 알 수 있다.

3. 귀향할 수 없는 경계인의 면모: 「혼백」

「혼백」은 문예동에서 펴내던 『문학예술(文學藝術)』[10] 제4호(1962년 10월)의 15~21쪽에 수록된 단편소설이다. 어머니의 죽음이라는 주인공의 개인적 상황에다 귀국(북송)사업이라는 재일조선인을 둘러싼 현대사적 상황을 접목한 작품으로, 그 개요는 다음과 같다.

> ① 어머니를 여의고 화장장에서 유골을 수습할 때도 울지 않던 '나'가 눈물을 보였다.
> ② 생계 때문에 잘 봉양하지 못한 '나'로서는 어머니가 고향에 못 가보고 세상 떠나 안타깝다.
> ③ '나'는 고향 할머니의 귀국(북송) 축하 모임에 참석하기 위해 길을 나섰다.
> ④ 부지불식간에 어머니가 입원했던 병원에 찾아갔다가 '나'를 걱정하던 모습이 떠올라 울었다.

---

10) 1955년 5월 한덕수 의장을 중심으로 총련이 새롭게 출발하는데, 재일조선인 스스로를 북한의 해외공민으로 인식하는 가운데 일본공산당과의 관계를 청산하고 조직을 정비하였다. 이후 총련 산하 단체인 문예동이 1959년 6월 결성되면서 기관지 『문학예술』이 창간되었다. 1960년 1월에 창간호를 낸 『문학예술』은 1999년 6월 폐간될 때까지 통권 109호가 나왔다. 지명현, 「재일 한민족 한글 소설 연구: 『문학예술』과 『한양』을 중심으로」, 홍익대학교 박사논문, 2015, 48쪽; 이영미, 앞의 논문, 519쪽 참조.

⑤ 고향 할머니에게 어머니의 혼백도 함께 데려가 달라고 부탁
하려던 생각을 접었다.

이 작품의 시간적 배경은 "이럴 즈음. 드디어 귀국이 실현되었다."
(18쪽)라거나 "섣달 삭풍"(19쪽)이라는 부분을 보면, 재일조선인들의
북송사업(이른바 '귀국사업')이 시작된 1959년 12월로 볼 수 있을 것
같다. 공간적 배경은 일본의 오사카[大阪]로 추정된다.

1인칭 주인공 시점을 사용한 이 작품에는 김석범의 자전적 요소가
적잖이 들어있는 것으로 판단된다. 김석범의 어머니는 1958년 10월
에 72세로 세상을 떠났는바,[11] 어머니의 죽음과 연관되어 전개되는
작중 상황들의 상당 부분은 작가의 경험에 줄을 대고 있다. 주인공
'나'가 "삼십 줄에 들어선 사내대장부가 겨우 구한 일자리"(17쪽)에서
일당 400엔, 월 1만 엔 남짓의 '마찌공장'에서 일한다고 설정된 상황
도 1955년(30세)부터 약 4년 동안 오사카에서 공장 노동 등으로 생계
를 이어간 작가의 전기적 사실과 관련이 있다.

김석범은 1959년에는 쓰루하시 역 근처에서 닭꼬치 포장마차를
운영하기도 했는데, 이는 작품 속에서 "'야다이'[12] 장사는 옛날 내
가 하던 일이였다."(17쪽)는 주인공의 회고로 나타난다. "요즘 모처
럼 만에 나가기 시작한 총련 분회 일"(18쪽)이라는 부분 또한 작가

---

11) 김석범의 전기적 사실에 관한 내용은 조수일의 「김석범의 초기작품 연구: 폭력과
   개인의 기억을 중심으로」(건국대학교 석사논문, 2010)의 부록에 수록된 「김석범 연
   보」를 주로 참고하였다. 이 연보는 『金石範作品集Ⅱ』(平凡社, 2005)의 「詳細年譜」
   를 근간으로 삼아 조수일이 정리한 것이다.
12) 야다이(屋台, やたい): 지붕이 달린 이동식 포장마차.

의 실제 경험과 연결된다. 김석범은 1960년에 오사카 조선학교 교사로 일한 데 이어, 1961년 10월에는 『조선신보』 편집국으로 옮기는데, 이는 모두 총련과 연관되는 활동이었기에 총련 분회 일에 나간다는 소설 속의 상황과 무관하지 않다고 할 수 있는 것이다.

다만 주인공 '나'가 아직 결혼을 하지 않은 처지인 점은 실제와 다르게 설정되었다. 어머니가 세상 떠나기 1년여 전인 1957년 5월 (32세)에 김석범이 구리 사다코[久利定子]와 결혼한 사실과 작품 속 상황은 다르다는 것이다. 이처럼 소설에서 미혼의 노총각을 내세웠음은 아들의 결혼도 못 보고 세상 떠나는 어머니의 한(恨)과 그에 따른 아들의 불효 감정을 극대화시키기 위한 의도로 판단된다.

이 작품의 핵심 제재인 어머니의 죽음과 귀국(북송)사업이 의미 있게 만나는 지점은 바로 고향이다. 그것이 국가 차원에서는 무리 없이 연결되는 것 같지만, 고향에 초점을 두었을 때는 문제가 달라진다. "남의 나라 구경이 아니요, 제 나라 제 고향 '구경'을 못하고 원한 깊은 일본 땅에서 한 줌의 재로 사라지다니"(17쪽)라는 '나'의 탄식에서 어머니의 고향은 구체화되기 시작한다.

어머니의 고향은 어디던가. 그것은 우선 어머니 고향의 언어, 즉 제주어(濟州語)로 표출된다. 생전의 어머니가 병원으로 찾아온 아들에게 구사하는 "아이구 무사[13] 왔니"(20쪽)라는 말도 그렇거니와, 특히 화장장에서 어머니의 친구인 고향 할머니가 제주어로 읊어대는 염불은 주목된다.

---

13) '왜'의 뜻을 지닌 제주어.

"아이구 잘딜 갑소, 죽어설랑 고향산천 찾어갑소, 아이구 한번
제 고향 구경도 못하구 불쌍한 할머니우다. 혼백이랑 어서 고향으
로 찾어 갑소……"(16~17쪽)

이런 염불이 더욱 절절하게 느껴지는 까닭은 고향 할머니도 "어
머니와 거의 같은 시기에 고향 땅을, 한동리를 등지고 일본에 나
왔"(17쪽)기 때문이다. 고향이 제주인 어머니는 살아서는 그곳에 돌
아갈 수 없는 형편이었다. 이렇게 어머니의 고향이 제주이며, 생전
에는 귀향할 여건이 못 되었다는 사실이야말로 매우 중요한 맥락이
다. 바로 4·3항쟁의 진실 문제로 연결되기 때문이다.

무리 죽음을 당한 고향 섬 사람들 중에는 전멸된 마을사람들과
더불어 씨멸족으로 종적을 감춘 어머니의 동생네 식구들이 들어
있었다. 그리운 자기 고향에 둥지를 틀고 나선 미국놈과 끄나풀에
대한 어머니의 미움은 옛 고장을 등지고 나온 옛 조선 사람의 심정
이었다.(17쪽)

4·3항쟁과 관련해 일본으로 밀항할 수밖에 없었던 제주사람들
의 상황이 파악된다. 집단 학살로 어머니의 동생네 식구들, 즉 이
모네 시집 식구들은 씨멸족(氏滅族)되고 말았다. 마을사람들이 거
의 전멸된 경우도 있었다. 항쟁에 나서거나 동조했던 제주사람들
의 일부는 살아남기 위해 바다 건너 일본으로 떠나야 했고, 그들이
떠난 제주 땅은 '미국놈과 끄나풀'의 차지가 되고 말았다는 인식이
다. 한을 안고 세상 떠난 어머니의 혼백이나마 조국으로 돌아가길
바라는 마음은 아들 된 도리로서 지극히 자연스러운 생각이다. 마

침 총련의 귀국사업이 한창일 때였다. '나'로서는 직접 어머니의 혼백을 모시고 조국으로 갈 수도 있고, 아니면 때마침 귀국하는 고향 할머니에게 어머니의 혼백과 동행해 주기를 부탁할 수도 있다. 일단 '나'는 후자의 방법을 택하려고 한다.

> 나는 이렇게 혼자말을 계속하였다.
> "글쎄, 난 좀 더 일본에 남아야겠구 …… 미안하옵니다만 할머니여, 당신 혼자서 조국 '구경'을 마시구 우리 어머니도 함께 대려다 주세요."
> 그러나 금시 떠오른 이 생각은 그릇된 것 같았다. 나는 고개를 절래절래 흔들면서 호주머니 속의 담배곽을 불끈 힘들여 쥐었다.
> 나의 뇌리에는 시방 사람 좋은 분회장 령감과 그 할머니의 웃음 꽃 피는 얼굴이 포개어졌다.
> 그리고 항상 미소를 띠우시던 어머니의 어진 얼굴이 속속들이 자리 잡아 마침내 들어앉았다. (21쪽)

하지만 '나'는 어머니의 혼백이나마 귀국시키려던 생각을 접었다. '나'는 일본에 남아야겠기에 어머니의 혼백을 직접 모시고 조국으로 갈 수 없다는 점, 귀국길의 고향 할머니에게 어머니 혼백을 데리고 함께 가 달라는 부탁도 하지 않게 된 점은 이 작품의 가장 핵심적인 맥락이다. 귀국사업으로 발 디딜 수 있는 곳은 한반도 북녘 지역에만 국한될 따름이지, 남녘 섬인 제주도는 아니었기 때문이다. 귀향을 못 하게 되는 한 그것은 온전한 귀국도 되지 못한다는 인식의 표출이다. 혁명과 항쟁의 좌절로 무리죽음을 피해 고향을 떠났는데 그곳으로 돌아가지 못한다면야 그 귀국이 도대체 무슨 의미가 있겠느냐는 문제 제기다.

결국 이는 북조선만으로는 온전한 조국이 성립될 수 없다는 생각의 반영이다. 4·3항쟁에서 추구했던 완전한 통일독립이 이루어지지 않는 상태에서는 남도 북도 선택할 수 없다는 의지의 표명이다. 총련 조직에 몸담고 있었어도 결코 맹종하지는 않는 작가정신을 보여주는 부분이다. '조선'적(籍)을 유지한 채 경계인으로 살아가기 위한 김석범의 의미심장한 다짐을 읽을 수 있는 작품이 아닐 수 없다. 그만큼 「혼백」은 김석범 문학의 저변에 깔린 고갱이를 묵직하게 보여준 소설로 평가될 수 있다는 것이다.

4. 민족화합과 평화세상의 가능성: 「어느 한 부두에서」

「어느 한 부두에서」는 앞서 살핀 「혼백」과 마찬가지로 문예동의 기관지인 『문학예술』에 약 2년의 시차를 두고 실렸다. 1964년 9월에 간행된 제10호의 15~28쪽에 수록된 이 소설은 재일조선인들이 일본에 드나드는 한국(남한) 배를 맞이하게 되면서 겪는 사건을 다루고 있다. 다른 두 작품과는 달리 의도적으로 네 곳(19, 22, 26, 28쪽)에서 줄[行] 비우기를 함으로써 5개의 장으로 구분된다고 하겠는데, 그것에 따라 개요를 작성하면 다음과 같다.

① 선옥은 부두에서 한국 배의 선원에게 가자미 11마리를 얻어 귀가했다가, 어머니 심부름을 깜빡 잊은 게 생각나 어머니를 찾아 나선다.

② 선옥은 하굣길에 한국 배를 만나 인사한 것을 계기로 배를 구경하고 한국 사정도 들은 후 가자미를 선물로 받은 것이다.

③ 길에서 주저하다가 어머니와 여선생을 만난 선옥이 자초지종을 얘기하니, 여선생이 한국 선원들을 만나려고 하는데 아버지는 그들을 집으로 초대키로 한다.

④ 선옥이네 집에 한국 선원 셋이 찾아오자 동네사람들이 모여들어 잔치가 벌어지고, 동네사람들끼리 가자미들을 나눠가진다.

⑤ 선옥이 잠든 사이에 한국 배가 부산으로 떠났는데, 선원들은 라디오에서 한일회담 반대 시위 소식을 듣는다.

이 소설의 시간적 배경은 1964년의 초봄으로, 3월 15일과 16일로 특정할 수 있다. "영화에서 본 일이 있는 귀국선"(19쪽)이란 표현을 감안하면 적어도 1960년 이후가 될 수밖에 없는데다, "이튿날 三月一六日 아침"(28쪽)에 한국에서의 한일회담 반대운동 상황이 작품 말미에 언급되는 것에서 그것이 명백히 확인된다.[14] 작품의 무대는 일본 시모노세키[下關] 인근의 소항구와 그 주변 마을이다.

이야기의 중심에는 선옥이라는 소녀와 그 가족이 있다. 선옥은 곧 소학교 4학년이 되는 주인공으로, 어린 나이지만 어머니 일을 도우면서 교사가 되려는 꿈을 안고 지낸다. 선옥의 어머니는 '내직 바느질'을 한다고 나와 있는데, 아마도 밖의 일감을 가져다가 집

---

14) 총련은 1961년 4월 19일 '한일회담 반대 배격 재일조선인대회', 1962년 9월 '한일회담 반대 배격 전국통일행동', 1964~1965년 연두에 '한일회담 반대 배격, 매국노 박정희 도당 규탄 조선인대회' 등을 개최하면서 줄기차게 한일회담에 반대의 뜻을 표명하였다. 지명현, 앞의 논문, 34쪽.

안에서 바느질로 돈벌이하는 것을 그렇게 표현한 듯하다. 아버지는 나이가 마흔 안팎이다. 평소의 오후 늦은 시간에 "지부 사무소에 있거나 혹은 어느 동포 집을 방문하고 있을"(18쪽) 것임이 추측되는 부분에서 알 수 있듯이, 지부(분회) 사무소에서 활동하는 인물이다.

'녀선생(여선생)'은 첫 담임으로 선옥이네를 맡게 된 소학교 교사이다. 흰 저고리, 검정 치마 차림인 것으로 보아 조선학교 교사로 짐작되는데, 정작 자신은 "가난한 가정에 자라 소학교 시절엔 민족교육을 받지 못"(24쪽)하였다. "사소한 일부터라도 실현해 나가는 것이 조국의 후대들을 맡아 키우는 자기의 의무"(25쪽)로 생각하는 여선생은 작가와 거리가 가까운 인물이라고 할 수 있다.

선옥이네 이웃으로는 조선식당 할머니가 주목된다. 이 할머니는 재일본조선인거류민단(이하 '민단')의 구성원으로서 일단은 부정적인 인물로 그려진다. '심술기'(17쪽)가 있는 '말썽거리'(17, 26쪽)라거나 "말투에 어딘가 모르게 비꼬는 기색이 완연"(24쪽)하다는 언급에서도 그런 점이 확인된다. 이러한 민단 측 인물이 어떤 변화를 일으키는지도 독자의 관심사가 된다.

한국 배(200톤짜리 철선)의 기관장은 아버지 또래로서, 남한 사람이면서도 융통성 있는 인물로 나온다. 그는 선옥의 인사를 받고서 배를 돌려 부두에 대었으며, 맨 먼저 하선하여 선옥과 대화의 물꼬를 트고는 배의 구석구석을 구경시켜 준다. 초대를 받아 선옥네 집에 가서는 선옥을 자신의 무릎에 앉히고 대화의 장을 펼쳐간다.

이 작품에서는 반미에 기반을 둔 민족의식을 고취하는 방식으로 동포애를 강조한다. 이와 관련하여 여선생의 인식은 아주 중요한 맥락이다. 여선생의 가르침이야말로 어린 주인공에게 지대한 영향을 끼치게 되기 때문이다.

> 그는 부둣가에서 '한국선'이 지나가는 걸 보거들랑 뱃사람은 모두
> 다 같은 조선 아저씨이니 본 체 만 체 하지 말구 깍듯이 인사드려야
> 된다고 학생더러 타일러 왔다. / 남의 나라에 멋대로 도사리고 앉아
> 주인 행세 부리는 원쑤와 그놈의 끄나불을 내쫓기 위해서도 한 겨레
> 인 조선 사람끼리 의좋게 당연하다면 너무나 당연하고 한편 안타까
> 운 마음이 한시도 그의 가슴에서 떠난 일이 없었다.(24~25쪽)

미국과 그 끄나풀 세력에는 강한 적대감을 드러내면서도 조선
사람끼리는 의좋게 지내야 한다는 신념이 확인된다. 부둣가에서
한국 배가 보이면 깍듯이 인사하라는 여선생의 가르침을 선옥은
그대로 이행한다. 하굣길의 선옥은 '한국 기'를 달고 '조선 글자'가
적혀 있는 배가 보이자 "죽을힘을 내여 냅다 달리면서"(20쪽) 계속
해서 큰 목소리로 인사하며 접촉을 시도한다. 결국 만남이 성사되
고 배 안을 구경한 데 이어 '가재미(가자미)'까지 선물로 얻게 되니
스스로가 뿌듯하지 않을 수 없다. 선옥에게 한국 배는 마치 동화
세상의 그것처럼 포근하고 아름답게 느껴진다.

> 그의 눈길이 닿은 곳, 아래쪽 부둣가엔 검은 배가 한 척 멎어
> 있었다. 굴뚝 언저리에 연기가 서성거리는데 배는 쉬이 움직길 기
> 색이 없다. (……)/ 봄 햇살 속에 뿌옇게 잠긴 뱃모습이 한동안
> 소녀에겐 오직 어린이들만 위해 시중하는 동화 세계의 배마냥 보
> 이었다. / 햇빛 눈부신 하늘 아래, 배를 포근히 안아 보석 알 깔린
> 양 반짝거리는 바닷물결이 아름다웠다.(15쪽)

이처럼 소녀가 주인공이자 초점화자인 점은 작품 전반에 걸쳐 효과적으로 작용한다. 어린이가 지니는 천진난만함으로 인해 남쪽의 사람들에게 자연스럽게 다가설 수 있었으며 평화로움을 느끼는 데까지 이를 수 있었다. 선옥은 한국 선원들에게 가자미를 얻었고, 그로인해 한국 선원들은 재일조선인들에게 초대되었다. 선옥으로부터 시작된 연대의 노력은 재일조선인 사회의 화합으로도 이어졌다.

> 골목에 사는 동포들이 모두 반가이 여겨 제각기 술과 안주를 마련해 가지고 선옥이네 집에 모여 앉았다. / 민단에 소속한 말썽거리 할머니도 량손에 무언가 들고 털털거리며 들어왔다. 허기야 식당 할머니가 들어온 데는 그럴만한 리유가 없지는 않았다. 적어도 이 골목에 한국 사람들이 찾아왔는데 자기가 혹시 빼돌리는 형편이 되여선 체면이 못될 지경이였다. / 이럴 즈음, 어려워하는 선옥이 어머니를 타일러 녀선생이 어느 집보다 맨 먼저 찾아가서 청을 드렸다. 게다가 식당 할머니가 은근히 바라던 가재미를 나누어주었으며 그 식당에서 막걸리랑 오늘 저녁에 필요한 물건들도 좀 작만해 들인 까닭도 있었다. (26쪽)

총련 사람들[15]이 적잖은 노력을 기울인 결과이기는 했지만, 앞에서 부정적 인물로 그려지던 조선식당 할머니까지도 결국에는 화합에 동참한 것이다. "민단 사람하구 총련 사람의 꼬락서니가 다를게 머 있소. (……) 다 같은 조선 사람끼린데 머……"(28쪽)라는 할

---

15) 조선식당 할머니로 대변되는 민단 측과는 달리 총련 측은 긍정적으로 그려진다. 총련 분회 사무소의 역할에 대해 "거기에 있는 모든 것이 조선 사람에겐 포근하고 미더운 감을 안겨"(17쪽)준다는 식이다.

머니의 발언에서 이념을 뛰어넘는 민족애의 중요성이 다시 강조되고 있음이 확인된다.

이렇게 화합으로 가는 과정에서 핵심적인 매개체로 작용하는 것은 바로 가자미다. 가자미는 한국 배에서 선옥에게 건네진 것이기에, 한국 사람들이 재일조선인들에게 전달한 선물이라고도 할 수 있다. 따라서 "가재미 몸뚱아리에 손이 닿았을 때, (……) 가슴은 불시에 뭉클해지며 사뭇 북받쳐 올랐"(25쪽)음은 결코 과장된 표현이 아닌 것이다. 나아가 가자미 11마리를 동네 사람들에게 모두 나눠주는 행위는 한국 사람에 대해서 같은 민족으로서의 정서적 공감대가 형성되었음을 의미하는 것이기도 하다.

물론 민족애가 강조되는 이 작품에서도 한국에 대한 부정적인 인식이 적잖이 드러난다. 다음은 한국 배의 선원들을 통해 한국이 비참한 현실을 제시한 부분이다.

> 옛날 고향에서 소학교 선생을 한 일이 있다던 그 선원은 남조선의 어린 형제들은 세상없이 불쌍하다고 말하였다. / "한국에서는, 소학교에 다니는 것도 운이 좋아야 한다" 하며 선원은 그 '운이 좋은' 소학생들의 어머니는 태반이 거지 행세를 하지 않을 수 없는 실정에 대해 이야기하였다. (22쪽)

한국 선원이 소학교(국민학교) 교사를 그만둔 이유는 사상(정치) 문제였을 가능성이 크다. "아이들이 모를 사정"이라며 "모르는 게 좋아"(22쪽)라고 하는 부분에서 짐작할 수 있다. 한국 선원들이 어쩔 수 없이 갖게 되는 정치적 긴장감도 드러난다.

함께 앉은 기관장과 나머지 두 사람의 선원은 가끔 가다가 벽에 붙인 김일성 원수의 초상을 힐끔 쳐다보며 아른 채를 아니했다. 고향 이야기며 남조선의 형편 이야기를 하다가도 직접 정치적 문제에 말이 언급되거나 하면 버릇처럼 얼른 사위를 살펴보며 말끝을 흐지부지하게 얼버무려버렸다.(27쪽)

선옥네 집에서 기분 좋은 회합이 이루어졌다고 해서 정치적 위험성이 해소된 것은 물론 아니었다. 이튿날 귀국길에 나선 한국 배에서 "선장이며 배에 남은 선원들 가운데는 총련 사람들 집에 간 사실이 드러나지나 않을가 하여 난처해하는 기색이 돌았다."(28쪽)는 데서 보듯, 그 긴장감은 계속 이어진다. 현실적인 차원에서는 문제 해결이 그다지 쉽지만은 않으리라는 인식을 작가는 넌지시 드러낸 것이다.

그럼에도 불구하고 한국 선원들과 재일조선인들의 만남은 무척이나 소중한 것이었다. 그것은 경사였으며 평화로 가는 길이었다. 다음에서 보듯이 선옥이가 한국 기관장의 무릎 위에서 포근히 잠든 장면은 민족적인 평화세상 구현의 가능성을 상징적으로 표현한다.

이리하여 모처럼 만에 경사를 만난 사람들처럼 골목길 한 구석에 베풀어진 이 자리를 쉬이 파하고 뜨려는 사람은 없었다./ 어지간히 시간이 간 모양으로 선옥이는 제 어머니 품에서 잠든 어린이처럼 기관장 무릎에 안긴 채 포근히 잠들었다.(28쪽)

남과 북의 화합을 통해 잠정적으로 구현된 평화세상이 오랫동안 지속되길 바라는 그들 모두의 염원을 느낄 수 있다. 이처럼 「어느

한 부두에서」는 진정한 민족의 교류와 화합이 무엇인지를 재일조
선인 사회의 구체적인 실천을 통해 보여주었다는 데서 의미가 있
는 작품이다. 그러면서도 낭만적 화해만을 추구하고 있지는 않음
으로써 현실적인 무게감을 느끼게 한다.

5. 김석범 한글 단편의 의의

위에서 살핀 세 편의 단편소설은 김석범의 한글 창작이 점차 성과
를 보였으며, 그것이 당시 그의 경험과도 밀접함을 보여준다. 김석범
은 1962년 「관덕정(觀德亭)」 이후 1969년 「허몽담(虛夢譚)」까지 7년
동안 일본어 소설 쓰기를 중단하였다. 이 시기를 전후하여 그는 한글
로 창작했는데 「꿩 사냥」(1961), 「혼백」(1962), 「어느 한 부두에서」
(1964) 등은 바로 그 산물인 것이다.[16] 특히 김석범이 1960년에 오사
카 조선학교 교사로 근무하였던 경험은 그의 한글 창작에 적잖은
영향을 끼쳤을 것으로 짐작된다. 그는 고학년의 문학 수업을 조선어
로 가르쳤는데, 이는 한글 창작에 대한 자신감을 갖는 기회가 되었을
것이다. 아울러 그가 당시 일본어 수업에서 『김사량 작품집』을 부독
본으로 사용한 점은 조선 문학의 감수성을 깊이 수용하는 계기가
되었으리라고 본다. 조선학교 교사에 이어 김석범은 1961년 10월부
터 『조선신보』 편집국에서 근무하고, 1964년 가을부터는 문예동의

---

16) 「꿩 사냥」은 「관덕정」 이전의 것이기에, 「혼백」과 「어느 한 부두에서」가 한글로만
　　창작할 때 발표된 소설인 셈인데, 작품 완성도는 뒤의 두 편이 높다고 볼 수 있다.

『문학예술』로 옮겨 편집을 담당하였다. 이러한 일련의 경험[17]이 세 편의 한글 단편 창작 과정에서 긍정적으로 작용하게 되었고, 나아가 그것이 장편소설인 한글 『화산도』를 연재하는 기반이 되었던 것이다. 이는 또한 김석범이 문학 언어의 문제에 각별한 관심을 갖는 계기가 되었을 것임은 물론이다.

김석범 문학에서 초기작에 속하는 이 세 편의 한글 단편은 작가의 문학 세계가 구축되는 과정에서 결코 무시할 수 없는 작용을 하였다. 이 소설들이 김석범 문학에서 지니는 의의는 다음과 같이 짚어볼 수 있다.

첫째, 주목할 만한 4·3문학으로서의 위상을 지닌다는 것이다. 김석범은 일본에서 태어나고 자랐으면서도 제주도를 고향으로 인식한다. 그는 오사카의 이쿠노쿠(生野區)라는 조선인(특히 제주인) 집단 거주 지역에서 일본어가 서툰 어머니(30대 후반에 도일)와 함께 어린 시절을 보냈으므로 어느 정도의 조선적인 분위기는 느끼며 자랐다. 그러다가 14세 되던 해에 부모의 고향인 제주도를 방문하여 수개월을 지낸 것을 계기로 그곳을 고향으로 인식하고 조선 독립을 꿈꾸게 되었다.[18] 바로 이런 점으로 인해 그는 혁명의 열정과 좌절의 아픔을

---

17) 물론 이런 경험에 앞서 해방 전의 제주 체험(1939년, 1943~1944년)과 해방 직후 서울의 국학전문대학에서 수학한 경험(1946년)이 매우 중요한 바탕이 되었을 것이다.

18) 김석범은 제주 방문에서 '한라산의 웅대한 자연에 혼이 밑바닥부터 흔들리는 감동'(金石範, 「詳細年譜」, 『金石範 作品集Ⅱ』, 平凡社, 2005, p.604)을 받았고, 그 이후 점차 '반일사상이 농후해지면서 조선의 독립을 열렬히 꿈꾸는 작은 민족주의자'(金石範, 『故國行』, 岩波書店, 1990, p.179)가 되었다고 한다. 김학동, 「재일의 친일문학과 민족문학의 생성 조건: 재일작가 장혁주, 김달수, 김석범의 청소년기 일본 체험을 토대로」, 『일본학』 47, 동국대학교 일본학연구소, 2018, 83쪽.

치열하게 맛본 제주의 4·3항쟁에 천착하는 작가가 되었던 것이다. 그는 먼저 일본어로 4·3항쟁을 다룬 「간수 박서방」(1957)과 「까마귀의 죽음」(1957)을 발표했는데,[19] 특히 대표작인 「까마귀의 죽음」에서는 고독감과 허무감을 짙게 드러낸다. 이는 일본 공산당을 탈퇴하고 센다이(仙台)에서 비밀 활동을 벌였으나 극도의 신경증 증상으로 그 일을 감당하지 못함에 따라 발생한 감정이었다. 반면에 한글 단편들에서 그런 면이 거의 드러나지 않음은 주목할 점이다. 이는 "조직으로부터 단절된 자가 느끼는 고독감과 불안감, 그리고 당과 혁명에 대한 환멸 등이 겹쳐지면서 그의 허무주의는 더욱 깊어졌"[20]던 1950년대 후반의 양상과는 달리, 한글 단편을 쓰던 1960년대 초반에는 총련 조직에 비교적 안정적으로 몸담고 있었던 데서 기인한다고 하겠다. 나름대로 의욕을 갖고 새로이 조직 활동을 전개하던 시기였기에,[21] 고독감과 허무감을 벗어난 4·3소설을 썼다는 것이다. '허물영감(부스럼 영감)', '박 서방' 같은 바보형 민중이 등장[22]하지 않는 것도 이전의 일본어 4·3소설과의 차별성이다. 또한 세 편의 한글 단편이 한글 『화산도』의 창작 기반으로 작용하였음도 짚어볼

---

19) 김석범은 1951년 『조선평론』(12월호)에 박통(朴通)이라는 필명으로 「1949년의 일지에서(一九四九頃の日誌から-「死の山の一節から」について)」를 발표하면서 4·3항쟁을 처음 다루었는데, 이는 습작의 성격이 강하다.

20) 서영인, 「김석범 문학과 경계인의 정체성」, 『한민족문화연구』 40, 한민족문화학회, 2012, 225쪽.

21) 김석범이 1960년대에 총련 조직에 관계하게 되는 데에는 한국의 4·19혁명, 일본의 안보정국 등이 영향을 미쳤을 것이라는 견해가 있다. 정대성, 「작가 김석범의 인생 역정, 작품세계, 사상과 행동: 서론적인 소묘로서」, 『한일민족문제연구』 9, 한일민족문제학회, 2005, 68쪽.

22) 서영인, 앞의 논문, 229쪽.

사항이다. 제재 면에서는 「꿩 사냥」과 「혼백」이 한글 『화산도』에
더 가까워 보이지만, 「어느 한 부두에서」도 맥락이 크게 다르지 않은
작품이라고 할 수 있다. 물론 통일독립 지향이라는 4·3항쟁에 대한
김석범의 신념은 초지일관 유지되고 있다.

둘째, 김석범의 창작은 북의 문예정책과 관련을 맺으면서도 신념
에 기반한 나름대로의 독자성을 지니고 있었다는 것이다. 대체로
"총련 조직에 속하면서 창작 활동을 행하는 것은 단지 조선어로 창작
을 한다는 것만이 아니라 총련과 평양의 문예정책에 따르는 것을
의미"[23]하며, 총련 산하 문예동의 문학 활동이 "기본적으로는 '국어
(조선어)'에 의한 문학 창작활동을 해오고 있었고 그들의 문학 활동은
북조선의 해외공민으로서의 재일조선인 문화활동의 일환"[24]으로 볼
수 있다. 김석범 소설은 기본적으로는 이런 경향을 따르고 있었다고
해도 무방하다. 문예동 소설의 주제인 조국 통일에 대한 열망, 귀국
문제의 형상화, 한국 사회의 현실 비판, 재일 현실의 고발[25] 등에도
대체로 부합된다고 할 수 있다. 북조선에서 먼저 사회주의의 기반을
굳히고 이를 민주기지로 삼아 전 조선에 확산한다는 '민주기지론'의
입장 또한 아직까지는 견지하고 있었던 상태였음이 분명해 보인다.
그러나 김석범은 총련에 속해 있으면서도 북의 노선을 절대적으로
추종하기보다는 성찰적 태도에 따른 민족의 궁극적인 지향점을 모색

---

23) 宋惠媛, 앞의 글, 562쪽.
24) 가와무라 미나토(川村湊), 「植民地文學から在日文學へ－在日朝鮮人文學序說(1)」,
　　『青丘』 22, 1995, p.154; 이재봉, 「국어와 일본어의 틈새, 재일 한인 문학의 자리」,
　　『한국문학논총』 47, 한국문학회, 2007, 182쪽에서 재인용.
25) 이영미, 앞의 논문.

하였다는 점에서 그 결이 다른 것으로 판단된다. 「혼백」에서는 귀국 사업에 동조하는 듯하면서도 끝내 귀향하지 못하는 상황을 보여줌으로써 그것의 모순점을 넌지시 제시하였으며, 「어느 한 부두에서」의 경우 남쪽 민중에 대한 근본적인 신뢰를 토대 삼아 민족화합의 가능성을 충분히 열어놓았다는 사실은 그것을 입증해 준다.

셋째, 재일조선인인 김석범이 경계인(境界人)으로서 자신의 위상을 확고히 굳혀가고 있음을 보여주었다는 것이다. 김석범 문학에서 말하는 경계인이란 "모호한 존재론적 경계인이 아니라 역사적 경계인이며 구체적 경계인"[26]이라고 할 수 있다. 난감한 상황에서 주저하는 태도를 취함으로써 경계인의 위치에 머물러 있는 것이 아니라 그 경계에 존재하는 자체가 그의 당당한 신념이라는 것이다. 이는 "남북을 총체적으로, 그리고 객관적으로 볼 수 있는 징소(場所)에 있기 때문에 그 독자성이 남북의 통일을 위해 긍정적으로 작동"[27]한다는 지적과 상통한다고 할 수 있다. 김석범은 "일본어로 쓰든 조선어로 쓰든 조선인으로서 소설을 쓴다"[28]는 의식에 입각하지 않으면 안 된다고 말했다. 재일조선인으로서의 정체성을 강조했다는 것인데, 이는 경계인의 당당함을 떠받치는 자산이 된다. 바로 이 세 편의 단편에서는 경계인으로서의 재일조선인 문학의 정체성을 분명히 구

---

26) 서영인, 앞의 논문, 231쪽.

27) 金石範,「「在日」とはなにか」,『新編「在日」の思想』, 講談社文藝文庫, 2001, p.82; 김학동,「친일문학과 민족문학의 전개양상 및 사상적 배경: 재일작가 장혁주, 김달수, 김석범의 저작을 중심으로」,『일본학보』120, 한국일본학회, 2019, 114쪽에서 재인용.

28) 金石範,『ことばの呪縛 -「在日朝鮮人」と日本語』, 筑摩書房, 1972, pp.161~167; 이한정,「김석범의 언어론」, 61~62쪽에서 재인용.

축해가는 김석범 문학의 실상이 파악된다. "조선인 해방 혹은 일본의
패전은 재일조선인의 존재 상황을 근본적으로 바꾸어 버렸고, 재일
조선인은 일본이라는 식민지 종주국에서 끊임없이 조선을 의식하면
서 살아갈 수밖에 없는 존재였"기에 "그들은 애초부터 '피지배의 역
사, 민족과 고국의 문제, 자이니치로 살아간다는 삶의 문제와 씨름할
운명'에 처했던 것"[29]인데, 김석범은 그것을 능동적으로 포용하며
극복해 갔다고 할 수 있다. 남과 북 사이에 끼인 존재로서가 아니라
그 경계 자체에서 당당히 존재감을 발휘하는 당위성과 신념을 김석
범 한글 단편들(특히 「혼백」과 「어느 한 부두에서」)에서 확인할 수 있다
는 것이다.

　이처럼 4·3항쟁, 남북 분단, 경계인으로서의 재일조선인 문제
가 서로 긴밀히 연결되어 있음을 김석범의 한글 단편 소설들은 보
여준다. 이는 모두 식민주의 문제로 귀결되는 것이다. 결국 "재외
한국인(조선인) 문학은 한국문학에 통합되는 것이 아니라 현재의
한국문학에 반성과 성찰을 촉발하는 하나의 열린 문"[30]임이 김석범
의 한글 단편소설에서도 여실히 입증된다고 할 수 있다.

6. 마무리

이상에서 살핀 1960년대 전반기(前半期) 김석범의 한글 단편소설

---

29) 이재봉, 「해방직후 재일조선인 문학의 자리 만들기」, 『한국문학논총』 74, 한국문학
　　회, 2016, 472쪽.
30) 서영인, 앞의 논문, 237쪽.

들은 아직까지 본격적으로 논의한 적이 없는 텍스트들이다. 따라서 무엇보다도 자세히 읽고 분석하는 작업에 역점을 두는 가운데 작가의 신념이나 전기적 사실과의 관련성을 검토하였다. 나아가 이 작품들의 의의에 대해서도 짚어봄으로써 김석범 문학에서 한글 단편들의 위상을 부각시켜 보고자 하였다. 그 결과를 요약·정리하면 다음과 같다.

첫째, 「꿩 사냥」은 4·3항쟁의 여파가 엄존한 한라산 기슭에서 꿩 대신 사람을 사냥하는 미군 장교의 횡포를 통해 그에 대한 적개심과 저항 의지를 다진 작품이다. 4·3항쟁이 단독정부 수립을 반대하는 통일독립 운동으로서 의미를 지닌다는 점이 강조되었다고 할 수 있다. 통역관을 내세운 점 등에서 그의 여타 4·3소설과의 연관성도 주목되는 작품이다.

둘째, 「혼백」은 어머니의 죽음이라는 주인공의 개인적 상황에다 귀국(북송)이라는 재일조선인의 현대사적 상황을 접목한 소설이다. 귀향하지 못하는 반쪽짜리 귀국사업의 문제점을 지적함으로써 완전한 통일독립이 이뤄지지 않는 한 남도 북도 선택할 수 없다는 의지를 표명하고 있는바, 이는 경계인으로 살아가기 위한 김석범의 굳건한 다짐으로 읽힌다.

셋째, 「어느 한 부두에서」는 조선학교 소녀를 주인공으로 내세워 한국 배의 선원들과 재일조선인들의 만남을 이야기함으로써 잠정적인 평화세상을 구현해낸 작품이다. 진정한 민족의 교류와 화합이 무엇인지를 재일조선인 사회에서의 구체적인 실천을 통해 보여주면서도 낭만적인 화해만을 추구하고 있지는 않았다는 데에 의의가 있다고 할 수 있다.

넷째, 세 편의 한글 단편소설의 의의는 그것들이 주목할 만한 4·3문학으로서의 위상을 지니면서, 민주기지론의 입장을 아직 견지하면서도 북의 문예정책을 맹종하지 않는 나름의 독자성을 보여주며, 경계인으로서의 위상을 확고히 굳혀가고 있는 김석범의 면모를 확인시켜 준다는 데 있다. 이는 모두 식민주의 문제로 귀결되는 것이기에 동아시아 문학에서도 그 위상이 충분하다고 본다.

이 연구를 통해 김석범의 문학세계가 더욱 폭넓게 조명되는 계기가 되었으며, 한국문학의 범주를 더욱 풍성하게 함과 아울러 제주 문학에서도 소중한 텍스트를 확보하게 되었다고 생각한다. 앞으로 이 텍스트들이 여러 연구자들에 의해 더욱 다각적이고 심층적으로 조명되고 일반 독자들에게도 널리 읽히기 위해서는 세 편의 한글 단편과 미완의 한글 『화산도』를 함께 묶은 '김석범 한글 소설집'을 간행하는 작업이 필요하다고 본다.

이 글은 「김석범의 한글 단편소설 연구」, 『영주어문』 44집, 영주어문학회, 2020을 수정·보완한 것임.

분단 극복과 통일 지향의 재일조선인 시문학

김시종의 시를 중심으로

◉

하상일

1. 분단 구조와 재일(在日)의 현실

해방 이후 약 200만 명에 달했던 재일조선인 가운데 140만 명 정도가 귀국하고 대략 60만 명 정도가 일본에 잔류했다. 일제 36년 동안 그토록 간절히 염원했던 해방을 맞이했음에도 불구하고 60만 명 이상이 조국으로 귀국하지 못했던 것은, 좌우 대립의 격화로 혼란에 휩싸인 조국의 정치사회적 상황과 귀국 이후 생활의 전망이 불투명했던 경제적 어려움에서 비롯된 불가피한 결정이었다. 더군다나 얼마 지나지 않아 한국전쟁이 발발해 남북 분단이 고착화되면서 재일조선인 사회 역시 남과 북의 이데올로기를 대변하는 극심한 분열로 치달았고, 그 결과 국가이데올로기의 장막에 갇혀 조국으로의 귀환이 사실상 불가능한 상황에 직면하기도 했다. 결국 재일조선인들은 남과 북으로 이원화된 분단 구조와 일본의 민족 차별 정책에 맞서는 재일의 현실이라는 이중고를 겪으며 디아스포라(diaspora)의 운명을 짊어지지 않을 수 없었다. 남과 북 그리고 일본이라는 세 국가의 틈새에서 민족 정체성의 혼란을 겪으면서 분단 구조에서 비롯된 이념 대립과 갈등 그리고 재일의 생활과 현실에서 비롯된 온갖 상처와 모순 속에서 살아왔던 것이다.

이러한 역사적 상황으로 인해 재일조선인 문학은 남과 북 어느 한쪽으로의 선택을 강요당했을 뿐만 아니라, 모어(母語)와 모국어(母國語)라는 이중 언어 상황 속에서 민족어로서의 조선어와 생활어로서의 일본어 사이에서 심각한 혼란을 겪어야만 했다. 더군다나 '역사'와 '민족'을 강조하는 재일 1~2세대와 '생활'과 '현실'을 더욱 중요시 여기는 재일 3세대 이후 사이에서 민족 정체성이라는 당위와 재일의 현실이라는 실존이 충돌하는 세대 간의 대립과 갈등을 초래하기도 했다. 이와 같은 문제의 모든 원인은 결국 분단 구조와 재일의 차별적 현실에 있었으므로, 재일조선인 문학에 대한 이해는 이러한 모순적 상황과 현실에 재일조선인 문인들이 어떻게 저항하고 실천해왔는가를 주목해서 살펴보는 것이 무엇보다도 중요하다. 실제로 재일조선인 문학의 역사적 방향성은 분단 구조와 재일의 현실을 극복하는 민족과 언어라는 두 가지 쟁점을 가장 중요한 문제의식으로 인식했던 것이 사실이다. 하지만 이 문제를 실천하는 구체적인 방법론에 있어서는 남과 북의 분단 구조를 그대로 답습하는 민단(재일본대한민국민단)과 총련(재일본조선인총연합회) 사이에서 극심한 균열과 대립의 양상을 드러냈다. 재일조선인 사회에서 이 두 단체는 남과 북의 분단 구조만큼이나 완고해서, 재일조선인 문학의 현재는 남과 북 그리고 일본이라는 세 지점에서 각각의 방식으로 수용되고 소통

되는 결정적 한계를 극복해내지 못하고 있는 것이다. 따라서 분단 극복과 통일 지향을 궁극적 목표로 하는 재일조선인 문학은 이 두 단체의 협력과 조화, 나아가서는 통합을 열어가는 미래지향적인 방향성을 정립하는 것이 가장 중요한 과제임에 틀림없다.

재일조선인 문학의 개념과 범주 설정에서부터 민족과 국가 그리고 언어에 가로막힌 자의적 구분을 하나로 통합하는 새로운 접근이 요구된다. 일본 문학계에서는 재일조선인이 일본인 독자를 대상으로 일본어로 창작한 주변부 소수자 문학으로, 북의 문학인들은 총련 산하 문예동(재일본조선문학예술가동맹) 출신 문인들이 창작한 우리말 문학으로, 그리고 남의 문학인들은 두 경우를 포괄하는 관점에서 재일조선인 문학을 규정하는 경향이 뚜렷하지만, 국가 이데올로기의 감시와 통제가 완전히 해소되지 않은 현실적 제약으로 인해 총련 계열 작품과 직접적인 관련성을 맺는 것은 여전히 어려운 측면이 있다. 결국 재일조선인 문학의 현재는 남과 북 그리고 일본의 시각에서 제각각의 방식으로 인식되고 소개되는 기형적인 상황에 놓여 있다고 해도 과언이 아니다. 물론 이러한 구분의 상황을 굳이 하나로 통합하려는 시도 자체가 재일조선인들에게 민족과 국가 그리고 언어를 강조하는 또 다른 강요의 방식이 될 수도 있다는 사실을 반드시 유의해야 한다. 따라서 재일조선인 문학을 이해하는 데 있어서 가장 중요한 문제의식은 '재일'의 주체성과 독립성이라는 현실적 토대를 그대로 인정하는 데 있다. 즉 남과 북 그리고 일본이라는 선험적인 구속을 넘어서 '재일' 그 자체로 민족과 국가를 대체하는 현실적인 이해가 요구되는 것이다. 언어의 문제에 있어서도 우리말과 일본어라는 이중 언어의 경계에서만 바라볼 것이 아니라, 우리말이든 일본

어든 재일조선인들 각자의 생활 속에서 실현되는 언어로서 '재일조
선인어'라는 독자적인 영역을 그대로 인정해주는 유연한 태도가 필
요한 것이다.

　이상의 문제의식에서 앞으로 재일조선인 문학에 대한 논의는 남
북 간의 문학적 대립과 갈등을 그대로 재현하는 대리전 양상을 반드
시 극복해야 한다. 따라서 분단 극복과 통일 지향이라는 재일조선인
문학의 방향성은 남과 북 그리고 일본이라는 세 지점으로부터 모두
일정하게 거리를 유지했던 작가와 작품을 특별히 주목할 필요가 있
다. 재일조선인 시문학에 한정할 때 이러한 문학적 지향성을 두드러
지게 드러낸 시인으로 강순[1], 김윤[2], 김시종[3]을 들 수 있다. 이들

---

1) 강순의 본명은 강면성(姜冕星)이다. 그는 1948년 결성된 '재일조선문학회'의 주축 그
　룹이었던 『백민(白民)』의 핵심 인물 가운데 한 사람이었다. 경기도 강화에서 태어나서
　1936년 일본으로 건너가 1937년 와세다대학 불문과에 입학했고, 해방 이후 교사 생활
　을 하다가 조선신보사 편집국 기자로 활동했다. 1964년 조선신보사에서 『강순시집』을
　내놓고서는 총련 내부에서 벌어지기 시작한 좌경적인 비판사업에 반발하여 조선신보
　사를 퇴직하고, 이후 어떤 단체에도 가담하지 않은 채 재일조선인들의 실존을 구체화하
　는 창작 활동과 김지하, 양성우, 신경림, 김수영, 신동엽, 조태일, 이성부 등 남한의
　진보적 시인들의 작품을 일본어로 번역 소개하는 데 남은 생을 다 바쳤다. 그가 낸
　시집으로는 한글시집으로 『조선부락』(1953), 『불씨』(등사판, 1956), 허남기, 남시우
　와 함께 펴낸 3인 공동시집 『조국에 드리는 노래』(북한: 조선작가동맹출판사, 1957),
　『강순시집』(일본: 강순시집발간회 편, 조선신보사, 1964), 『강바람』(일본: 강순국문
　시집간행위원회, 梨花書房, 1984), 일본어시집 『날라리(なるなり)』(일본: 思潮社,
　1970), 『斷章』(일본: 書숨かいおん, 1986) 등이 있다.
2) 김윤은 경남 남해에서 태어나 진주에서 성장하면서 진주농림고등학교를 졸업했고
　동국대학을 중퇴했다. 1950년대 전쟁 중에 부산에 모여 있었던 대학생들을 중심으로
　결성되었던 『신작품』의 동인(고석규, 천상병, 송영택, 김재섭, 김소파, 이동준)으로
　활동했고, 1951년 한국전쟁 중에 일본으로 건너가 메이지(明治)대학 농학부를 졸업
　했으며, 민단 중앙본부 선전국장 및 기관지 『한국신문』 편집국장을 역임했고, 『현대
　문학』의 일본지사장을 맡기도 했다. 시집으로는 『멍든 계절』(현대문학사, 1968)과
　『바람과 구름과 태양』(현대문학사, 1971)이 있다. 그는 총련 소속이 아니면서도 우리
　말로 시를 썼는데, 이러한 그의 특이한 이력은 북한 문학의 노선을 충실히 반영한

세 시인 역시 재일조선인으로서의 역사적 경험과 상처를 그대로 안고 살아왔다는 점에서 분단 구조와 재일의 현실로부터 결코 자유로울 수는 없지만, 이들은 남과 북 그리고 일본이라는 세 지점 가운데 어느 쪽으로도 구속되지 않으려 했던, 진정한 의미에서 재일조선인의 독자성과 특수성을 구현하려 노력했다는 점에서 중요한 의미가 있다. 분단을 넘어선 통일 시대를 준비해야 하는 당면 과제를 재일조선인 시문학과 연결 지을 때, 남과 북 어느 쪽으로부터도 자유롭고자 했던 세 시인의 자리는 그 자체로 분단 극복과 통일 지향의 이정표를 실천적으로 보여준 결과라고 할 수 있는 것이다. 본고에서는 이들 시인 가운데 우선적으로 현재 한국 문학 지형 안에서 가장 활발하게 번역 소개되고 있는 김시종의 시를 중심으로 분단 극복과 통일 지향의 재일조선인 시문학의 방향성을 논의해보고자 한다.

2. 제주 4·3의 기억과 뒤틀린 계절의식

김시종의 시는 해방의 혼란과 제주 4·3의 기억 그리고 이로 인해 조국을 떠나 낯선 일본에 정착할 수밖에 없었던 재일조선인으로서의 상처와 고통에 토대를 두고 있다. 특히 그의 시는 민족 혹은 국가 이데올로기의 억압과 폐쇄성을 넘어서 '재일'의 독자성을

총련의 시문학과도 다르고, 일본어 글쓰기를 통해 재일의 독자성을 드러낸 민단 소속의 재일조선인 시문학과도 다르다는 점에서 해방 이후 재일조선인 시문학의 독특한 지점을 보여준다.

3) 김시종에 대해서는 본 책의 '김시종 연보' 참조.

강조함으로써, 이러한 역사적 문제를 남과 북 그리고 일본의 시각
이 아닌 재일조선인의 주체적 관점에서 해결해 나가려는 적극적인
의지를 보였다는 점에서 주목된다. 물론 민족 정체성의 문제와 재
일의 현실은 무조건 분리해서 생각할 것이 아니라는 점에서, 김시
종에게 이 두 가지 쟁점은 한쪽을 일방적으로 강조하거나 다른 한
쪽을 철저하게 배제하는 논리로 귀결되지는 않았다. '재일한다[在
日する]'라는 적극적인 의지로 심화된 그의 언어의식과 실존의식은
'재일'의 차원에 국한된 것이 아니라 제주 4·3을 증언하는 역사의
식과도 깊숙이 맞닿아 있다는 점에서, 그에게 '재일'과 '민족' 혹은
'국가'의 문제는 결코 분리할 수 없는 통합된 실천의 영역이었다고
할 수 있는 것이다.

김시종은 제주 4·3의 직접적 경험을 50여 년이 지난 2000년에
와서야 비로소 세상에 밝힐 수 있었다.[4] 그 이전까지만 하더라도
그의 시에 형상화된 제주 4·3은 국가 폭력의 역사적 사건들에 기대
어 다분히 상징적이고 비유적인 방식으로 추상화된 정도에 머물러
있었다. 하지만 김시종에게 제주 4·3은 평생 감추고 살아야 할지도
모르는 원죄와 같은 것으로, 재일조선인으로서의 자신의 비극적 운
명을 넘어서는 가장 근원적인 출발점이 되지 않을 수 없었다. 그래
서 김시종의 시는 봄에서 겨울에 이르는 일반적인 계절의 순서가
아닌 여름에서 봄까지의 계절을 따라가며 그 시간에 투영된 역사를

---

4) 김시종이 제주 4·3의 경험을 처음 공공장소에서 언급한 것은 '제주도 4·3사건 52주
년 기념 강연회'(2000년 4월 15일)에서였다. 이때의 강연 내용은 『圖書新聞』 2487호
(2000년 5월)에 게재되어 있다. 김석범·김시종, 문경수 편, 이경원·오정은 역, 『왜
계속 써왔는가 왜 침묵해 왔는가』, 제주대학교출판부, 2007, 15쪽.

증언하는 뒤틀린 계절의식을 가질 수밖에 없었던 것이다. 그의 시에 형상화된 계절의 시작은 '여름'이고 마지막은 '봄'이다. 이러한 뒤틀린 계절의식은 일본 전통 시가의 주요 제재인 계절 이미지가 표상하는 서정성을 철저하게 거부하는 '계절어에 대한 저항'을 드러낸 것으로 볼 수 있는데, 여기에서 '여름'은 곧 '해방'을 의미하고 '봄'은 '제주 4·3'을 기억하는 상징적 의미를 지닌다. 이러한 시간의식은 분단 구조와 재일의 현실이 뒤엉켜 있는 재일조선인의 내면을 형상화한 것이란 점에서 상당히 문제적이다. 이 두 계절은 그에게 있어서 잃어버린 기억이면서 동시에 결코 잊어버려서는 안 되는 시간으로, 8·15 해방부터 제주 4·3까지의 잃어버린 세계를 기억하고 증언하는 것이 그에게 있어서 가장 중요한 '재일'의 근거였음에 틀림없다. 자연의 순환이라는 일본 전통 시가의 '계절'적 의미를 넘어서 해방 이후 재일조선인의 역사적 슬픔과 고통의 상징으로 여름에서 봄에 이르는 뒤틀린 계절의 상징성을 내면화하는 데서 재일조선인 시문학의 주체성과 독립성을 찾을 수 있다고 본 것이다.

이대로 다시 여름이 오고/여름은 다시 마른 기억으로 하얗게 빛나고/터져 나온 거리를 곶[岬]의 끄트머리로 빠져나갈 것인가./염천에 쉬어버린 목소리의 소재 따위/거기서는 그저 찌는 광장의 이명(耳鳴)이며/십자로 울리는 배기음(排氣音)이 되기도 하고/선글라스가 바라보는/할레이션의 오후/지나가는 광경에 불과한 것인가./허공에 아우성 끊어지고/북적거리던 열기도/아지랑이에 불과한 여름/벙어리매미가 있고,/개미가 꼬여드는/벙어리매미가 있고,/되쏘는 햇살의/아픔 속에서/한 줄기 선향(線香)이/가늘게 타는/소망일뿐인/여름이 온다./여름과 함께/지나간 해의/끝내 보지 못한 낮 꿈이여./뭉개진 얼굴의/사랑이여./외침이여./노래에 흔들린/새하얀/뭉게구름의/자유여.

-「여름이 온다」 중에서⁵⁾

김시종의 계절적 저항의 중심에는 황국 소년으로 살아왔던 자신의 유년 시절을 한순간에 무너뜨려버린 해방의 순간 곧 '여름'이 있다. 그래서 그는 해마다 "이대로 다시 여름이 오고/여름은 다시 마른 기억으로 하얗게 빛나고"에서처럼, 평생을 뜨거운 여름의 상징 안에 갇혀 살아올 수밖에 없었다. 인용시에서 '벙어리매미'의 형상은 곧 김시종 자신을 표상하는 상징적 기표라고 할 수 있는데, 여름이 오면 의식적으로 매미 울음소리에 귀 기울이는 화자의 모습에서 "염천에 쉬어버린 목소리", "광장의 이명(耳鳴)"과 같이 제목소리를 잃어버린 채 살아온 재일조선인으로서의 자신의 모습이 상징적으로 투영되어 있는 것이다. 평생 동안 진정으로 말하고 싶었지만 결국 침묵하며 살아올 수밖에 없었던 제주 4·3의 기억이 해방 곧 '여름'으로부터 시작되었기에 그에게 '계절의 시작'은 바로 '여름'이었던 것이다. 그리고 이토록 고통스러운 기억과 침묵의 계절로 내면화된 여름을 계속해서 살아간다는 것은, 제주 4·3의 봄을 초래한 원죄이기도 했던 8월의 해방 그 뜨거운 여름이 분단으로 이어진 역사의 모순에 대한 철저한 비판을 내재하고 있음을 간과해서는 안 된다. '벙어리매미'처럼 끝끝내 침묵으로 자신의 목소리를 철저하게 숨기고 살아왔던,

---

5) 김시종, 이진경(외) 역, 『이카이노시집, 계기음상, 화석의 여름』, 도서출판b, 2019, 124~126쪽.

그래서 일본의 냉소와 차별 속에서도 남과 북의 꼭두각시로만 살아왔을 뿐 진정으로 통일된 저항의 모습을 온전히 보여주지 못했던 '재일'의 현실을 냉정하게 성찰할 필요가 있다는 것이다. 따라서 김시종은 "고향인 제주도에서 황국 소년으로 일본의 '패전'을 맞이하고 동포에게 뒤처졌다가 겨우 조선인이라는 자각을 되찾은 그 '여름'"이었음에도 불구하고, 남북의 대립과 갈등으로 그 여름의 기억을 송두리째 잃어버리고 "초목이 싹트는 일반적인 '봄'이 아니라 저 4·3 사건의 검은 기억과 하나가 된 '봄'"[6]을 불러오고야 말았던 해방 직후의 역사적 상처와 모순을 정직하게 응시하고자 한다. 따라서 그는 "소생하는 계절에/올 것이 오지 않는다./필 것이 피지 않는다."(「봄에 오지 않게 된 것들」)[7]라고 뒤틀린 계절의 순환을 계속해서 노래할 수밖에 없었다. '여름'의 상처를 온전히 해소하지 못한 상태에서 계속해서 찾아오는 '봄'의 기억이 지금도 그에게 혹독한 추위를 견뎌야만 하는 "기다려야 할 봄의 겨울"(「여름 그후」)[8]로 남아 있기 때문이다. 이처럼 '봄'을 '겨울'로 인식하는 뒤틀린 감각뿐만 아니라 '봄'을 일컬어 "장례의 계절"이라고 극단적으로 명명했던 태도에는, 제주 4·3의 기억에 뿌리 내린 김시종 시의 근원적 세계가 상징적으로 투영되어 있음에 틀림없다.

봄은 장례의 계절입니다./소생하는 꽃은 분명히/야산에 검게

---

6) 호소미 가즈유키, 동선희 역, 『디아스포라를 사는 시인 김시종』, 어문학사, 2013, 241쪽.
7) 김시종, 이진경(외) 역, 『잃어버린 계절』, 창비, 2019, 89~91쪽.
8) 김시종, 위의 책, 47~50쪽.

피어 있겠죠.//해빙되는 골짜기는 어둡고/밑창의 시체도 까맣게 변해 있을 겁니다./지난해와 같이 검은 죽음일 겁니다.//나는 한 송이 진달래를/가슴에 장식할 생각입니다./포탄으로 움푹 팬 곳에서 핀 검은 꽃입니다.//더군다나,/태양 빛마저/검으면 좋겠으나,//보랏빛 상처가/나을 것 같아서/가슴에 단 꽃마저 변색될 듯합니다.//장례식의 꽃이 붉으면/슬픔은 분노로 불타겠지요,/나는 기원의 화환을 짤 생각입니다만…….//무심히 춤추듯 나는 나비도/상처로부터 피의 분말을 날라/암꽃술에 분노의 꿀을 모읍니다.//한없는 맥박의 행방을/더듬거려 찾을 때,/움트는 꽃은 하얗습니까?//조국의 대지는/끝없는 동포의 피를 두르고/지금, 동면 속에 있습니다.//이 땅에 붉은색 이외의 꽃은 바랄 수 없고/이 땅에 기원의 계절은 필요하지 않습니다./봄은 불꽃처럼 타오르고 진달래가 숨 쉬고 있습니다.

－「봄」 전문[9]

봄을 노래한 시 가운데 이토록 음산하고 차가운 이미지로 가득한 시가 또 있을까. "기원의 계절"이라는 '봄'에 대한 보편적인 인식을 송두리째 무너뜨려 버리는 "장례의 계절"이라는 전도된 명명은, 그 자체로 봄의 생명성을 "죽음"의 상징으로 변화시켜 버리는 침울한 기억을 떠올리게 할 따름이다. "소생하는 꽃"으로 만발하는 봄의 생명성은 전혀 찾아볼 수 없고 오히려 "검게 피어 있"어 "까맣게 변해 있는" "시체"가 봄의 자리를 대신하는 음울한 상징만이 끊임없이 기억되고 있는 것이다. 이처럼 "태양 빛마저/검으면 좋겠"다고 말하

---

9) 김시종, 곽형덕 역, 『지평선』, 소명출판, 2018, 106~108쪽.

는 화자의 지독한 허무의식의 근원에는 제주 4·3의 기억이 깊숙이 내면화되어 있다. 해마다 어김없이 찾아오는 봄이 "지난해와 같이 검은 죽음"의 연속일 뿐이라는 문제의식은 제주 4·3의 상처와 고통을 치유하지 않고서는 결코 따뜻한 봄을 기대할 수 없다는 절박함이 내재되어 있는 것이다. 따라서 화자는 "한 송이 진달래를/가슴에 장식"함으로써 제주 4·3의 원혼들을 위무하는 의식을 갖추고 "장례식의 꽃이 붉으면/슬픔은 분노로 불타"오를 수 있다는 신념으로 "상처로부터 피의 분말을 날라/암꽃술에 분노의 꿀을 모"으는 "나비"와 같은 존재가 되고자 한다. 그리고 "조국의 대지는/끝없는 동포의 피를 두르고/지금, 동면 속에 있"으므로 "이 땅에 붉은색 이외의 꽃은 바랄 수 없고/이 땅에 기원의 계절은 필요하지 않습니다"라고 단호하게 말한다. 일본 전통 시가에서 상투적으로 묘사하는 "기원의 계절"로서의 봄의 이미지를 전복시킴으로써, "분노"의 감정을 발산하는 저항의 형상으로 재일조선인의 내면을 상징적으로 표상한 것이다. 이러한 봄의 상징성이야말로 김시종이 진정으로 말하고 싶었지만 끝끝내 말할 수 없었던, 그래서 평생 '벙어리매미'처럼 살아왔던 재일조선인으로서 자신의 목숨과도 바꿀 수 있는 마지막 절규와 같은 것이 아닐 수 없다. 봄의 전도된 세계가 주는 충격적 아이러니는 제주 4·3의 역사적 상처와 고통에 뿌리내린 재일조선인의 뒤틀린 봄의 소리에 다름 아닌 것이다.

김시종은 시가 역사와 현실을 올바르게 선도하는 혁명의 언어가 되어야 한다고 주장했다. 시가 혁명의 중심에서 부조리한 현실의 한 가운데를 파고드는 저항의 목소리가 되어야 한다는 것이다. 이러한 그의 시 의식은 자연의 정감에 호소하는 일본 단가(短歌)의 서정성에 대한 전면적 부정이라는 시 창작 방법론으로 구체화되었는데, 이는 일본의 아나키즘 시인 오노 도자부로와의 만남이 결정적인 계기가 되었다. "정감과 정념의 고향"을 "위안은커녕 오히려 복수해야 할"[10] 비판적 대상으로 사유하는 오노 도자부로[11]의 시적 인식과 태도로부터, 해방의 여름과 제주 4·3의 봄이라는 역사적 시간을 정감의 세계가 아닌 '비평'의 언어로 재인식하는 '재일의 시학'을 정립해 나갔던 것이다. 여기에서 말하는 '비평'은 현대시의 모든 문제를 시인의 사상을 담은 비평적 관점과 시각으로 인식해야 한다는 것으로, 서정의 본질을 시와 사상의 관계를 중심으로 접근하고 이해해야 한다는 시론적 개념이라고 할 수 있다.

이런 점에서 김시종은 계절어가 지닌 관습적 의미를 송두리째 전복시킴으로써 자연의 서정성에 함몰된 여름과 봄의 계절적 의미를 해방과 제주 4·3의 역사적 상징으로 변용시켰다. 그리고 이러한 계절어에 대한 저항을 궁극적으로 고향 제주를 향한 근원적 향수로

---

10) 김시종, 윤여일 역, 『조선과 일본에 살다』, 돌베개, 2016, 240쪽.

11) 오노 도자부로(小野十三郎)는 1926년에 제1시집 『반쯤 열린 창(半分開いた窓)』을 발표하며 아나키즘 시인으로 출발했고, 1947년 『시론』, 1953년 『현대시수첩』, 1954년 『단가적 서정(短歌的抒情)』 등을 발표하여 시대의 문학적 상황을 개척하며 오사카를 중심으로 활동한 프롤레타리아 시인이다. 그는 '서정'으로 표상되는 현대시의 영탄적 정감의 세계는 당면한 현실의 문제를 철저하게 외면하고 왜곡하는 감상적이고 허위적인 포즈에 지나지 않는다고 강하게 비판했다. 서정시가 감정과 정서를 직접적으로 토로하는 정감의 독백 혹은 기도와 같은 것이 되어서는 안 된다고 보고, 서정시의 형식 미학은 감각적으로 세련된 것처럼 보이게 하는 데만 기여하는 허위에 불과하다고 비판했다. 따라서 시의 올바른 방향은 이러한 서정에 내재된 거짓을 걷어냄으로써 '저항하고 있는 시'로서의 형식과 내용을 갖추는 데서 구체적으로 실현되어야 한다고 주장했다. 하상일, 「김시종과 '재일'의 시학」, 『국제한인문학연구』 24, 국제한인문학회, 2019, 11~12쪽 참조.

이어지게 함으로써, 남과 북 그리고 재일로 구분된 현재를 하나로 통합하는 시간의식을 담아내고자 했다. "시대는 흔적도 없이 그 엄청 난 상실을 싣고 갔다/세월이 세월에게 버림받듯/시대 또한 시대를 돌아보지 않는다"라고 할 만큼 오랜 시간이 흘러갔지만, "아득한 시공이 두고 간 향토여/남은 무엇이 내게 있고 돌아갈 무엇이 거기에 있는 걸까"를 자문하면서 이제는 "두고 온 기억의 곁으로 늙은 아내 와 돌아가야 하리라"고 다짐하고 싶었던 것이다. 따라서 김시종은 "길들어 친숙해진 재일에 눌러앉은 자족으로부터/이방인인 내가 나 를 벗고서/가닿은 나라의 대립 사이를 거슬러갔다 오기로 하자"(「이 룰 수 없는 여행 3 – 돌아가다」)[12]라고, 남과 북 그리고 재일의 '사이'를 넘어서 자신의 근원적 정체성을 회복하는 통일된 세계를 지향하고자 했다. "재일이야말로 통일을 산다"[13]라는 김시종의 명제는 바로 이러 한 문제의식을 구체적으로 실천하기 위한 선언적 명명이었다고 할 수 있다.

3. 재일의 틈새와 통일의 지평

김시종은 "조선에는/나라가/두 개나 있고/오늘 나간 건/그 한쪽 이야./말하자면/외발로/공을 찬 거지."(「내가 나일 때」)[14]라고 재일

---

12) 김시종, 이진경(외) 역, 『이카이노시집, 계기음상, 화석의 여름』, 262~264쪽.
13) 김시종, 윤여일 역, 『재일의 틈새에서』, 돌베개, 2017, 358쪽.
14) 김시종, 유숙자 역, 『경계의 시』, 소화, 2008, 31~32쪽.

조선인의 현재적 위치를 상징적으로 제시했다. "두 개"의 "나라"와 "외발"에서 분명하게 알 수 있듯이, 재일조선인으로서의 삶은 언제나 둘 사이에서 갈등하고 대립하는, 그래서 결국 어느 한쪽만을 선택한 "외발"의 상태에 머물러 있을 수밖에 없었다는 현실적 한계를 무엇보다도 강조한 것이다. 이처럼 재일조선인의 역사는 남과 북 그리고 일본이라는 세 국가의 틈새에서 심각한 정체성의 혼란을 겪으면서 세대적 갈등과 이방인의 차별적 현실을 이어왔던 것이 사실이다. 따라서 김시종은 이러한 완고한 대립과 갈등의 경계를 넘어서기 위해서는 남도 북도 아닌 '재일'의 특수성을 역설적으로 주목하는 '틈새'[15] 혹은 '사이'의 전략을 가질 필요가 있다고 보았다. 즉 '재일'의 궁극적 지향성으로 분단 현실을 넘어서는 통일 조선의 가능성에 가장 큰 무게를 둠으로써, '재일'은 '남'도 아니고 '북'도 아닌, 오히려 그 틈새를 파고드는 독자적인 장소성을 지닌 공간이라는 문제의식을 이끌어냈던 것이다. 이는 '재일'의 주체성을 특별히 강조하는 것으로, "본국을 흉내 내서 '조선'에 이르는 게 아니라, 이를 수 없는 조선을 살아 '조선'이어야 할 자기를 형성"[16]하는 데서 진정한 의미에서 재일조선인의 민족 정체성을 확립할 수 있다는 것을 의미한다. 따라서 김시종은 '재일'의 실존적 근거는 '통일'에 있다고 보고 재일의 틈새를 파고들어 남과 북의 경계를 무너뜨리는 통일의 가능성을

---

15) 김시종에게 '틈새'는 "여러 분단선이 겹쳐 파이는 곳이다. 거기로 여러 힘이 가해진다. 따라서 틈새는 불확정적이고 유동적이다. 거기서 세계는 뒤틀린다. 김시종은 그 틈새에 몸을 두고 '틈새에 있음'을 내적 성찰에 나서야 할 상황으로 전유하고자 했다." 김시종, 윤여일 역, 「틈새와 지평」, 『재일의 틈새에서』, 370~371쪽.
16) 김시종, 윤여일 역, 「전망하는 재일조선인상」, 위의 책, 339쪽.

열어내는 것이 재일조선인 시문학이 가야 할 올바른 방향성이라고
생각했다. 그의 시가 무엇보다도 '재일'의 사상적 근거 찾기와 장소
적 의미에 깊이 천착했던 이유도 바로 여기에 있다.

> 나는 당신/당신 속의/분리된 두 사람./나눌 수 없는 간격을/서
> 로 나누고 있어/이렇게 금을 그어놓고/만날 수 없는 만남에/울타
> 리를 친다./나에게는 그것이 사상이지만/당신에게는 양보할 수 없
> 는 지조일 뿐이다./지조와/사상./어느 것도 하나를/가리키고 있
> 고/따로 따로/완전히 같은 것을 서로 주장하고 있다./아무튼 우리
> 에게/대극(對極)은 없다./재일 세대인/너와 내가/끝없이 증거를
> 표명하기 위해/같은 심(芯)을 서로 깎고 있다./나는 조선이고/너
> 는 한국./ …… /재일을 살고/등을 맞대고/한국이 아니지만/조선
> 도 아닌/일다시피/서로 모르는 사이야.
> 　　　　　　　　　　　　　　　　　－「재일의 끝에서 1」 중에서[17]

김시종은 남과 북의 대립으로 격화된 분단 현실을 넘어서기 위
해서는 무엇보다도 '재일'의 근거를 찾는 것이 가장 중요하다고 생
각했다. '조선'이라는 추상화된 기호를 끝끝내 고수함으로써 이를
실체적 기호로 바꾸는 데 평생을 헌신한 것도 이러한 근거를 찾기
위한 구체적 실천의 과정이었다. '재일을 살아간다'라고 표상된 재
일조선인으로서의 주체적 실존에 대한 정립은, 그가 생각하는 재
일의 근거를 압축적으로 제시한 말이라고 할 수 있다. 인용 시에서
상징적으로 말하는 '재일'은 "나"와 "너"라는 "분리된 두 사람"으로

---

17) 김시종, 이진경(외) 역, 『이카이노시집, 계기음상, 화석의 여름』, 91~99쪽.

표상되고 있지만, "나는 당신"이고 더군다나 "당신 속의 분리된 사람"이 "나"라는 점에서 "나"와 "너"의 관계는 처음부터 '둘'이 아닌 '하나'였음을 강조하고 있다. "금을 그어놓"기도 하고 "울타리를 친다" 해도 그것은 각자의 "사상"이고 "지조"일 수는 있을지 모르지만 근본적으로 서로를 구분하고 경계 짓는 대립과 갈등의 논리가 될 수는 없다는 것이다. 특히 일본어에서 사상과 지조의 발음이 '시소'로 동일하다는 점에서 "지조와/사상/어느 것도 하나를/가리키고 있"다는 아주 독특한 의미론적 통일성을 이끌어내는 시도는, 일본어를 통해 일본에 저항해온 그의 언어의식의 본질이 남과 북의 대립과 갈등을 허무는 틈새의 언어를 실천하는 데 있었음을 분명하게 보여준다. 그래서 비록 지금은 "따로 따로"의 현실적 처지에 놓여 있다 하더라도, 궁극적으로는 "완전히 같은 것을 서로 주장하고 있다"는 점에서 "대극은 없다"라고 자신 있게 말할 수 있는 것이다. 그리고 "재일 세대"로서 이러한 민족 정체성을 지켜내기 위해서 "너와 내가/끝없이 증거를 표명하기 위해/같은 심을 서로 깎"아야 한다는 점을 무엇보다도 강조하는데, "나는 조선이고/너는 한국"이지만 "재일을 살"아간다는 것은 "등을 맞대고/한국이 아닌/조선도 아닌' '재일'의 근거를 명확히 인식해야 한다는 것을 의미한다. 결국 김시종이 말하는 "재일의 끝"은 남과 북의 이데올로기에 묶여 "서로 모르는 사이"로 살아가는 재일조선인 사회의 분단 구조를 반드시 극복해야 한다는 일관된 방향성을 내재하고 있다. 재일을 살아가는 것은 통일을 살아가는 것이라는 말로 '재일을 산다'라는 명제의 실천적 근거를 제시한 데서, '재일의 끝'은 바로 남과 북의 진정한 화합과 통일에 있음을 분명하게 말하고자 했던 것이다.

나를 묶고 있는 운명의 끈은 당연히 내가 자라난 고유의 문화권인 조선으로부터 늘어져있습니다. 그런데 지식을 한창 늘려야 할 나이였던 내게 묶인 일본이라는 나라 역시 또 하나의 기점이 되어 나의 사념 안으로 운명의 끈을 늘어뜨리고 있습니다. 말하자면 나는 양쪽 끈에 얽혀, 자신의 존재 공간을 포개고 있는 자입니다. 일본에서 태어나고 자란 세대들만이 '재일'의 실존을 기르고 있는 것이 아니라 일본으로 돌려보내진 나도 못지않게 '재일'의 실존을 양성하고 있는 한 명인 것입니다. 확실히 그것이 나의 '재일'임을 깨닫습니다. 일본에서 정주한다는 것의 의미와 재일조선인으로서의 존재 가능성을 파고들도록 이끈 '재일을 산다'라는 명제는, 이리하여 나에게 들어앉았습니다.[18]

남북의 통일을 지향하는 재일의 근거는 남과 북 어느 한쪽을 강요당하고 선택해야만 하는 '외발'의 사유나 태도를 통해서는 절대 이룰 수 없다. 오히려 남과 북 그 어느 쪽도 아닌 '조선'이라는 기호, 즉 '재일'의 근원적 실존을 현재화하는 데서 남과 북 모두를 비판적으로 극복하는 통일의 가능성을 열어낼 수 있다고 본 것이다. 따라서 그는 남과 북 그리고 일본이라는 세 국가의 경계와 혼돈을 넘어서는 재일의 '틈새'를 사유하고 실천함으로써 '재일'의 실존을 형상화하는 것을 가장 중요한 시적 방향으로 삼았다. 하지만 이러한 통일의 상상력이 맹목적 이데올로기 편향이나 일방적 국가주의에 갇혀 "일본이라는 나라 역시 또 하나의 기점이 되"고 있는 재일의 현실을 의식적으로 외면하거나 부정하는 방향으로 이루어져서

18) 김시종, 윤여일 역, 『조선과 일본에 살다』, 234쪽.

는 결코 안 된다는 데 특별한 문제의식이 있다. '재일'의 실존은 민족, 국가와 같은 이데올로기의 차원을 넘어서 '재일을 산다'와 같은 명제에서 상징적으로 암시하듯이 재일의 주체성과 독립성을 구체적으로 실천하는 데서 그 의미를 찾아야 한다고 보았기 때문이다. 즉 재일조선인의 현재가 안고 있는 민족 정체성의 혼란과 언어의 중층성 혹은 독자성을 외면하지 않고 바로 그 위치에서 이를 비판적으로 극복하는 방향성을 찾아나가는 데서 재일의 시학은 더욱의미 있게 실현될 수 있다고 보았던 것이다.

1955년 재일본조선인총연합회(총련) 결성 이후 북한의 직접적인지시와 통제를 바탕으로 재일조선인 운동이 일방적으로 끌려가고있을 때, 김시종은 이데올로기 수단으로서의 정형화된 형식의 탈피와 일본어가 아닌 조선어 창작만이 가능하다는 식의 총련의 지침에강력하게 반발했다. 재일조선인 사회에서 가장 중요한 문제는 '조국', '민족', '국가'와 같은 추상적 이데올로기가 아니라 조국을 떠나일본에서 살아올 수밖에 없었던 '재일'의 실존에 대한 비판적 성찰에있음을 절대 잊어서는 안 된다고 판단했던 것이다. "재일조선인이지닌 '일본어'는 '재일조선인어'로서의 '일본어'"[19]라는 김시종의 뒤틀린 일본어 의식은 바로 이러한 문제의식에서 비롯된 시적 전략이었다. 일본어를 무기로 오히려 일본어에 저항하는 역설적 언어의식, 즉 일본어이지만 정통의 일본어가 아닌, 그래서 '재일'의 틈새를 실천적으로 사유하고 행동하는 '재일조선인어'로서의 저항적 일본어를 시적 언어로 형상화하고자 했던 것이다. 결국 김시종에게 '재일'

---

19) 김시종, 윤여일 역, 『재일의 틈새에서』, 295쪽.

의 실존적 근거는 남과 북의 대립과 경계를 넘어선 바로 그 지점으로서의 재일 그 자체의 통일 지향에 궁극적인 방향성이 있었다. "다다를 수 없는 곳에 지평이 있는 것이 아니다./네가 서 있는 그곳이 지평이다./틀림없는 지평이다."[20]에서 분명하게 알 수 있듯이, 재일조선인 시문학은 '재일'의 실존적 위치를 정직하게 응시하는 틈새의 사유와 실천으로 구체화되어야 한다고 보았던 것이다. 이런 점에서 분단의 상징인 38도선을 넘어가는 의지적 행위를 판문점이나 비무장지대와 같은 한반도 내의 대립과 경계의 장소가 아닌 일본 내의 장소 안에서 넘어가는 사건, 즉 "본국에서 넘을 수 없었던 38도선을 일본에서 넘는다고 하는 발상"[21]을 서사적으로 형상화한 『니이가타』는, 분단 극복과 통일 지향의 재일조선인 시문학의 방향성을 가장 상징적으로 보여주었다고 평가할 만하다.

봄이 늦는/이 땅에/배는/비에/도연히 흐린 편이 좋다./크게 휘어진/북위 38도의/능선(稜線)을 따라/뱀밥과 같은/동포 일단이/홍건히/바다를 향해 눈뜬/니이가타 출입구에/싹트고 있다./배와 만나기 위해/산을 넘어서까지 온/사랑이다./희끗해진 연세에/말씀까지도/얼어붙은/어머니다./남편이다./현해탄의 좌우 흔들림에/쉬어 버린 것은/억지로 처넣은/콩나물/시루였다./노골적으로/서로 엉킨/이별이/잡아 떼버릴 정도의 뿌리 수염을 떨며/희미한 불빛 아래/무리지어 있다./이만 번의 밤과/날에 걸쳐/모든 것은

20) 김시종, 곽형덕 역, 「자서」, 『지평선』, 11쪽.
21) 김시종, 곽형덕 역, 「시인의 말:『장편시집 니이가타』한국어판 간행에 부치는 글」, 『니이가타』, 글누림, 2014, 7쪽.

지금 이야기돼야 한다./하늘과 땅의/앙다문 입술에 뒤얽힌 바람이 /이슥한 밤에 누설한/중얼댐을/어렴풋이/어둠을/밀어 올리고/솟아오르는 위도를/넘어오는 배가 있다.

　　　　　　　－『니이가타』 제3부 「위도(緯度)가 보인다」 중에서[22]

　　김시종은 "고향이/배겨 낼 수 없어 겨워낸/하나의 토사물로/일본 모래에/숨어들었"던 "지렁이"와 같은 존재로 살았던 재일조선인으로서의 삶과 역사를 넘어서는 방법은, "지렁이의 습성을/길들여준" 인 일본을 떠나 조국으로 가는, 그래서 "인간부활"을 반드시 이루어 내는 데 있다고 생각했다. 즉 일본 땅에 길들여진 지렁이와 같은 모습으로부터 벗어나 "인간부활은 이뤄지지 않으면 안 된다./아니/ 달성하지 않으면 안 된다"는, 그래서 "오로지/동북(東北)을 향해서/ 지표(地表)를 기어 다"니면서 "숙명의 위도를/나는/이 나라에서 넘" (『니이가타』 제1부 「간기[雁木]의 노래」, 32~33쪽)어야 한다고 확신했 던 것이다. 재일의 근원인 제주 4·3의 봄이 여전히 잃어버린 계절이 듯이 "봄이 늦는/이 땅", 즉 일본에서 "뱀밥과 같은" '지렁이'의 형상 으로 살아온 재일조선인들에게 "크게 휘어진/북위 38도의/능선(稜線)을 따라" 넘어간다는 것은, 짐승과도 같은 취급을 당하며 살아온 재일조선인들이 비로소 '인간'으로 부활하는 절실한 과제요 목표가 되지 않으면 안 되었다. 비록 "희끗해진 연세에/말씀까지도/얼어붙은" "어머니"가 되고 "남편"이 될 만큼 "이만 번의 밤과/날에 걸쳐" 세월은 무심히 흘러 버렸지만, "어둠을/밀어 올리고/솟아오르는 위

---

22) 김시종, 곽형덕 역, 위의 책, 130~132쪽.

도를/넘어오는 배"를 타는 희망만 놓치지 않는다면 "노골적으로/서로 엉킨/이별"은 곧 해소될 수 있음을 확신했던 것이다. "현해탄의 좌우 흔들림"처럼 남과 북의 대립과 경계는 틈새를 전혀 허락하지 않는 아주 완고한 장벽으로 이어져 있어서 언제나 서로를 향해 총칼을 겨누고 있지만, 재일조선인의 조국 지향은 일본 땅을 벗어나 남과 북의 경계인 38도선을 자유롭게 넘는 통일의 여정을 꿈이 아닌 현실로 가능하게 한다는 점에서 분단 구조를 넘어서는 주체적이고 독립적인 장소성을 획득하고 있기 때문이다. 김시종은 자신이 『니이가타』를 쓸 당시의 상황에 대해 "나는 모든 표현 행위로부터 핍색(逼塞)을 강요당했던 터라, 오로지 일본에 남아 살아가고 있는 '재일'의 의미를 스스로 생각해 발견해야만 하는 입장에 서게 되었다"고 하면서, 『니이가타』는 "내가 살아남고 생활하고 있는 일본에서 또다시 일본어에 맞붙어 살아야만 하는 '재일을 살아가는' 것이 갖는 의미를 자신에게 계속해서 물었던 시집"[23]이라고 했다. 일본에서 일본인 되기를 강요당하지 않기 위해서는 '재일=통일'이라는 실존적 근거를 절대 잃어버리지 말아야 한다는 강한 신념이 통일을 상상력의 차원이 아닌 현실의 모습으로 마주하게 했음에 감격하고 있는 것이다.

이처럼 김시종은 '조선'이라는 기호를 끝까지 지켜내는, 즉 남도 북도 아닌 일본에서 살아가는 재일조선인으로서의 틈새에 생산적인 위치를 설정하여 분단 극복과 통일 지향이라는 역사적 장소성을 구체화하는 데 자신의 모든 시적 역량을 집중했다. 해방과 분단을 거친 재일조선인의 실존적 의미를 가장 잘 대변한 장소인 '이카이

---

23) 김시종, 같은 책, 7~8쪽.

노'를 특별히 주목했던 이유도 바로 여기에 있다. 남과 북으로 이원화된 이데올로기의 추상성과 관념성을 뛰어 넘어 민족이 하나 되는 '재일'의 실존을 가장 사실적으로 구현하는 문제적 장소가 바로 '이카이노'였기 때문이다. 즉 "없어도 있는 동네"라는 모순을 안고 살아올 수밖에 없었지만, "예민한 코라야 찾아오기 수월한 곳"으로 재일조선인으로서의 공동체적 경험과 감각을 공유하는 '재일'의 실존적 장소였던 것이다. 따라서 김시종은 자신이 서 있는 바로 그 지점이 새로운 역사를 열어가는 지평이 되어야 한다는 문제의식으로, 이카이노의 역사 안에 갇혀 있는 재일조선인의 상처와 고통을 의식적으로 밖으로 끄집어내고자 했다. 이카이노라는 '재일'의 장소성에 근본적 토대를 두면서도 이카이노의 역사를 비판적으로 성찰하는, 즉 이카이노에서부터 이카이노를 넘어서는 '재일'의 실존적 근거를 실천적으로 열어나가고자 했던 것이다. 이와 같은 문제의식에서 바라본 이카이노는 남과 북으로 이원화된 이데올로기적 대립과 경계를 넘어서 그 '사이'의 갈등이 만들어 놓은 균열과 틈새를 메우는 통합의 방향을 지향하는 문제적 장소로 재창조되었다. 이것이 바로 '재일'이라는 '틈새'이고, 이 틈새를 깊이 사유하고 언어화하는 데서 '재일'의 시학이 궁극적으로 지향해야 할 통일의 가능성을 열어낼 수 있었던 것이다.

4. 재일조선인 시문학의 방향과 과제: '재일'에서 '통일'로

재일조선인 시문학은 남과 북의 이데올로기적 대립과 경계를 넘어서는 통합의 사유를 보여주는, 그래서 진정한 통일 시대를 열어가는 이정표와 같은 역할과 실천적 방향을 제시할 수 있어야 한다. 즉 재일조선인 시문학은 재일조선인이 살아온 지난 역사에 대한 증언과 기록의 차원을 넘어서 지금 재일조선인이 발 딛고 서 있는 지점에서부터 새로운 문제의식을 이끌어낼 필요가 있는 것이다. 이러한 방향성은 과거의 역사와 현재의 경험을 동시에 아우르는 것이어야 할 뿐만 아니라 미래로 나아가는 연속성의 측면도 아울러 지녀야 한다. 남과 북의 이데올로기적 대립을 답습해온 재일조선인 사회의 극단적 이원화를 넘어서 그 경계에서 생성되는 창조적 의미를 생산적으로 인식할 필요가 있는 것이다. 서두에서 언급했듯이 재일조선인 시문학 가운데 이러한 역사성과 현재성 그리고 남과 북의 이데올로기적 대립을 넘어선 재일의 독립성과 주체성으로 자신의 시 세계를 열어간 지점으로 강순, 김윤, 김시종의 시 세계를 특별히 주목하고자 했던 이유도 바로 여기에 있다.

강순은 재일조선인의 실존은 남북의 이데올로기에 대한 맹목에 있는 것이 아니라, "절박한 동포들의 정직한 심정과 속임없는 내실의 형상"[24]에 있다고 했다. 그리고 김윤은 "잘라진 허리를/마음과 마음을/산천과 하늘을/접붙일 새해를 맞을 날 위한 노래를"[25] 부르는, 즉 재일조선인 스스로가 남북의 이념적 대리전의 선봉장 역할을 과감하게 청산하고 오로지 통일을 향한 과제에 헌신해야 한다고 했다. 비록 살아온 이력과 이념은 달랐을지언정, 재일조선인 사회의 분열

---

24) 강순, 「시집을 엮어놓고」, 『강바람』, 일본: 梨花書房, 1984, 317~318쪽.
25) 김윤, 「新年頌② - 1968년을 맞으며」, 『멍든 계절』, 현대문학사, 1968, 26~27쪽.

과 대립을 남과 북 각각의 탓으로 돌리기에 앞서 지금 자신이 발딛고 서 있는 재일조선인 사회 내부에서부터 진정한 화합과 통일을 위한 구체적인 노력과 실천을 해야 한다는 것이 두 시인의 동일한 생각이었다. 이와 같은 맥락에서 김시종 역시 언어, 민족, 국가라는 이데올로기의 경계를 넘어서 '재일'의 '틈새'를 인식하고 사유함으로써, 재일조선인으로서의 민족 정체성을 올바르게 정립하는 '재일'의 근거를 견지해야 한다고 주장했다. 이러한 세 시인의 주장은 모두 재일조선인 시문학이 특정 이데올로기와 언어, 그리고 민족과 국가의 추상적 관념을 넘어서, 재일조선인의 생활과 현실에 근본적인 토대를 두고 남과 북을 기점으로 한 대립과 경계를 무너뜨리는 화해와 통합의 상상력을 지향해야 한다는 것으로 일치한다. 이러한 시적 지향이야말로 재일조선인 시문학이 분단 극복과 통일 지향의 시적 지평을 열어 내는 가장 생산적인 방향임에 틀림없다.

식민과 분단의 역사를 안고 살아가고 있는 우리 민족에게 통일은 가장 중요한 과제요 목표가 아닐 수 없다. 여전히 남과 북의 대립과 갈등은 한반도의 현실을 규정하는 도그마가 되고 있고, 이러한 분단 구조의 이데올로기는 남과 북 그리고 재일조선인 사회를 비롯한 해외 한인 사회의 생활과 생존을 위협하는 결과가 되고 있는 것도 사실이다. 따라서 이와 같은 이데올로기의 경직성을 전면화하지 않는 '틈새'의 사유는 대립과 경계의 지점을 생산적으로 변화시키는 아주 유효한 방법론이 될 수 있을 것으로 판단된다. 특히 식민지 종주국 일본의 국가적 차별과 불평등을 겪으면서 인간으로서의 최소한의 주권과 생존권을 심각하게 위협받으며 살아온 재일조선인의 현실을 이해하는 데 있어서 이러한 방법론적 시도는 아주 의미 있는 변화의 지점을 열어낼 것으로 기대된다. 즉 남과 북이라는 이데올로기의 경계를 과감하게 허물어뜨린 바로 그 지점, 김시종이 말한 재일조선인이 서 있는 바로 그 지점에서부터 재일조선인 사회가 안고 있는 문제를 새롭게 바라보는 전향적인 태도가 요구되는 것이다. 지금 재일조선인 문제는 남, 북, 민단, 총련의 이데올로기적 대립을 넘어서 '재일' 그 자체의 문제라는 인식이 가장 중요하다. 따라서 국가주의 혹은 이데올로기적으로 규정된 왜곡된 주체의 시선이 아닌 타자화된 시선으로 '재일'의 문제를 새롭게 바라볼 필요가 있다는 것이다.

최근 들어 중심과 권력으로 위계화된 왜곡된 주체의 바깥에서 외부 혹은 타자의 시선으로 중심의 식민성과 허위성을 비판하는 주변부 담론이 크게 주목받고 있다. 즉 중심과 주변의 획일화된 불평등 구조를 넘어서 왜곡된 중심의 다원화를 모색함으로써 다양한 경계의 지점에서 새롭게 생성되는 사회역사적 의미를 재발견하고자 하는 것이다. 이는 경계의 문제를 '갈등'과 '대립'의 차원으로만 인식했던 그동안의 이분법적 담론을 벗어나, 경계의 지점에서 발생하는 다양한 문제들을 생산적인 담론으로 재인식하는 전향적인 태도를 보여준다는 점에서 특별한 의미가 있다. 더군다나 이러한 문제의식은 여전히 분단 구조를 공고히 하고 있는 우리나라의 현실에 비춰볼 때, 남과 북의 완고한 대립과 경계의 지점을 갈등의 장이 아닌 통합의 장으로 변화시키는 생산적인 장소성을 지녔다는 점에서 더더욱 문제적이다. 특히 남과 북의 분단 구조를 사실상 그대로 답습하고 있는 재일조선인 사회를 이해하는 데 있어서, 주변부 담론이 강조하는 틈새의 전략은 가장 근본적이면서 현실적인 문제 해결의 실마리를 제공하는 것이 될 수도 있다. 김시종의 '재일은 통일'이라는 명제가 추상적 당위론이 아닌 가장 실제적이고 현실적인 목소리로 들리는 이유도 바로 여기에 있다.

분단의 계보학과 서사의 탄생

김석범의 『화산도』를 중심으로

◉

김동현

1. 『화산도』의 문제성

해방기를 "무정형의 시공간"[1]이라고 할 때 그것은 시작의 문제와 밀접한 관련을 맺을 수밖에 없다. '제국-일본'의 항복과 미소 연합군의 승리, 그리고 미국과 소련의 점령으로 이어진 해방의 시간은 '제국' 이후의 새로운 체제에 대한 열망의 시작이었다. 9월 6일 여운형이 주도한 조선인민공화국은 이러한 해방의 파토스를 징후적으로 보여준다. 하지만 해방된 조선 인민의 열망은 미군정이 진주하기 전까지 실질적인 통치권을 행사하고 있었던 조선총독부, 그리고 승전국 미소와의 대결이 불가피한, 험난한 여정의 시작이었다.

---

1) 임종명, 「해방 공간과 신생활 운동」, 『역사문제연구』 27, 역사문제연구소, 2012, 219쪽.

1945년 8월 17일자 매일신보는 해방 직후 조선의 상황을 상징적으로 보여준다. 이날 매일신보는 머리기사로 '호애의 정신으로 결합, 우리 광명의 날 맞자'라고 하는 안재홍 건국준비위원회 부위원장의 연설을 싣고 있다. 그 옆으로는 몽양 여운형의 연설 내용을 전하는 기사가 나란히 실려 있다. 해방에 대한 감격과 새로운 시대에 대한 기대는 '광명의 날', '민족해방의 사자후'라는 표제에서 확인할 수 있다. 흥미롭게도 바로 밑에 '경거망동을 삼가라'는 기사가 배치되어 있다. 조선군 관군 명의의 경고문은 "인심을 교란하여 치안을 해하는 것과 같은 일이 있다면 군은 단호한 조치를 감하지 않을 수 없다"는 내용이었다.[2]

미군정 진주 전까지 실질적인 통치권을 행사하고 있었던 조선총독부의 존재에[3] 대한 당혹감은 해방 직후 발표된 소설에서도 확인할 수 있다. 김송의 「인경아 우러라!」에는 해방 후 시위행렬에 참가했던 주인공 신행이 일본 헌병대의 발포로 총상을 입고 체포되는 장면이 그려지고 있다. "철창 속에 가치어", "형언할 수 없는 고문, 입에 담지 못할 상소리"를 들어야만 했던 이들이 확인했던 것은 해방의 감격이 아니었다.[4] 그것은 해방이라는 무정형의 시공간이 새로운 시작을 둘러싼 대결이라는 점을 보여주는 징후적 장면이었다.

김석범의 『화산도』는 이러한 해방의 대결 국면을 제주 4·3항쟁의 문제를 통해 다루고 있다. 흔히 『화산도』를 제주 4·3을 다룬

2) 1945년 8월 17일 매일신보.
3) 박찬표, 『한국의 국가 형성과 민주주의』, 후마니타스, 2007, 36쪽.
4) 김송, 「인경아 우러라!」, 『백민』 2(2), 1946.3., 40쪽.

소설로 이야기한다. 1957년 「간수 박서방」, 「까마귀의 죽음」을 시작으로 한 김석범의 문학은 1976년 『화산도』의 1부가 되는 「해소(海嘯)」를 기점으로 『화산도』가 마무리되는 1997년까지, 20년 동안 제주 4·3의 문제를 정면으로 다뤄왔다. 김석범이 오랜 시간 제주 4·3을 그려왔다는 점 때문에 그의 소설을 제주 4·3의 관점에서 보는 것도 무리가 아니다. 이미 그는 김시종과의 대담에서 그것을 "니힐리즘의 극복"을 위해서라고 고백한 바 있다. 하지만 김석범의 제주 4·3에 대한 천착을 규명하기 위해서는 그의 소설이 그려내고 있는 4·3이 무엇이었는지, 그리고 왜 4·3이었는지를 따져야 한다.

김석범의 소설을 제주 4·3의 형상화라는 측면에서 바라보는 것은 그의 작품을 제주 4·3이라는 역사적 사실에 한정하여 읽을 우려가 있다. 결론적으로 말하자면 김석범의 『화산도』는 제주 4·3항쟁을 다룬 지역적이고 박제된 서사가 아니다. 김석범이 제주 4·3을 문제 삼는 것은 그것이 해방기 무정형의 시공간에서 정치적 주체로 등장했던 당대 인민들의 파토스, 즉 해방기 통일된 독립 국가 수립 좌절의 이유를 제주 4·3을 통해 설명하고자 했기 때문이다.

그런 점에서 『화산도』는 제주 4·3 소설이 아니라 제주 4·3을 통해 바라본, 한반도 분단의 기원을 다룬 소설이라고 할 수 있다. 『화산도』가 제주 4·3의 총체적 모습을 소설적으로 형상화하고자 했다면 『화산도』에서 다뤄지고 있는 역사적 사실이 그에 부합되어야 한다. 제주 4·3의 전개 과정을 감안할 때 『화산도』에서 의미 있게 다뤄지고 있는 역사적 사실은 1948년 4월 3일의 봉기와, 4월 28일 김달삼과 김익렬의 평화협상, 5월 1일 오라리 방화 사건 정도이다. 『화산도』가 제주 4·3의 소설적 형상화를 문제 삼았다면 『화산도』에서 그려지고 있는 역사적 사실은 제주 4·3에 대한 총체적 이해를 담보하기에는 턱없이 부족하다. 소설의 시간도 1948년 2월부터 1949년 6월까지로 제주 4·3의 일부분에 지나지 않다. 제주 4·3의 총체성을 다룬 소설로 『화산도』를 접근한다면 『화산도』의 서사는 미완이라고 평가할 수밖에 없다.

하지만 『화산도』는 이러한 서사적 시간의 한계 속에서 끊임없이 식민지의 기억과 해방기의 시공간을 환기한다. 소설 속 이방근의 입을 빌어 해방 전후의 시간을 소환하는 이유는 그것을 통해 해방의 파토스가 미군정과 이승만 정권에 의해 좌절되어가는 과정을 살펴보기 위함이다. 이방근이 서울에서 숙부 이건수와 만나 해방 3년의 문제를 지적하는 대목은 이를 잘 보여준다. 1948년 8월 15일 대한민국 정부 수립을 이틀 앞두고 있었던 순간, 이방근은 이건수에게 이렇게 말을 한다.

"(전략) 대한민국 정부라는 건 일찍이 친일파, 민족반역자들을 기반으로 해서 생겼으니까요. 친일파, 민족반역자들의 온존과 육성, 그러니, 이걸 어떻게 설명하면 좋겠습니까. 최근 3년간, 미국은 그 일을 해 왔습니다. 8월 15일, 민족 반역자들. …… 이 나라는 대체 누구의 것입니까. 치욕스럽기 그지없는 일입니다."[5]

"이 나라가 누구의 것"이냐고 묻는 이방근의 울분에 찬 목소리에서 알 수 있듯이 『화산도』는 해방의 시공간을 주체적으로 만들어가

---

5) 김석범, 김환기·김학동 역, 『화산도』 5권, 보고사, 2015, 388쪽.(이하 권수와 쪽수만 표기)

고자 했던 인민의 파토스가 좌절된 이유를 따져 묻는다. 소설 속에서 이방근은 유달현과 강몽구로부터 조직원이 되어 달라는 요구를 받았다. 서북청년단 단장인 고영상으로부터 애국에 가담해달라는 요청을 받기도 하였다. 좌우 모두로부터 포섭의 대상이 되었던 이방근은 그들의 요구를 거절하면서도 자신이 행동에 나서지 않으면 안 되는 불안감에 사로잡힌다. 이즈음에 이방근이 이건수와 만나 이러한 이야기를 나누는 것은 그것이 단순히 좌우의 이념적 판단이 아니라 당대적 욕망의 발현이라는 점을 강조하기 위한 것이다. 이방근이 뒤이어 "'빨갱이 살육'이 국가 건설을 위한 필요악"이라고 말하고 있는 점을 염두에 둔다면 제주 4·3을 『화산도』가 어떻게 바라보는지를 잘 보여준다. 김석범은 해방기 인민 주체의 나라 만들기가 좌절되는 과정에서 일어날 수밖에 없었던 역사적 사실로 제주 4·3을 문제 삼고 있다. 김석범은 제주 4·3을 제주의 문제만으로 바라보지도 않는다. 분단과 남한 국가 형성 과정에서 발생한 하나의 과정으로 제주 4·3을 이해하고 있다. 이것이 바로 『화산도』가 문제적인 이유이다. 제주 4·3만이 아니라 해방과 분단으로 이어지는 분단의 이유를 묻는 것, 그것이 『화산도』가 던지는 질문이다. 한마디로 『화산도』는 소설로 쓴 분단의 계보학이다.

2. 애국의 분열과 주체의 등장

1948년 4월 3일의 봉기 이후 이방근은 동생 유원의 일본 유학 문제를 해결하기 위해 서울로 향한다. 표면상으로는 동생의 유학 문제였지만 사실 행상인으로 위장해 제주를 찾은 박갑삼(황동성)을 만나기 위해서였다. 황동성은 이미 제주에 잠입해 이방근에게 당의 일원이 되어줄 것을 요청한 바 있다. 이방근은 황동성이 제주에서 일러준 대로 남대문 자유시장 26호 화신상회로 향한다. 무장봉기에 회의적이었던 이방근을 포섭하기 위해 황동성은 애국심을 명분으로 내세우며 서울행을 압박한다.

> 그것은 애국심의 문제입니다. 이방근 동지가 부정하고, 그러한 말을 좋아하지 않는다는 것을 나는 알고 있지만, 그 애국심이야말로 이방근 동지를 움직이게 한다고 확신합니다.[6]

서울에서 재회한 황동성은 이방근의 '애국심'을 거론하며 신문 발행에 참여해 줄 것을 요청한다. 하지만 이방근은 '애국심'이라는 용어에 대해 거부감을 보인다.

> "저는 이 동지가 여동생의, 즉 가족의 용무를 겸해서 왔다고 해도, 당 중앙의 요청을 성실히 받아들여 서울까지 온 것에 대해 당을 대신해서 이방근 동지의 혁명적 애국심의 발로로서 높게 평가하는 바입니다.……"
> "저기 박갑삼 씨, 말씀 중에 죄송합니다만, 그와 같은 표현, 높게 평가한다든가, 혁명적 애국심이라든가 하는 말투는 삼가 주세요. 저는 좋아하지 않습니다."[7]

---

6) 5권, 108쪽.
7) 5권, 129쪽.

'애국'이라는 용어에 대한 이방근의 반응은 이데올로기적 반감이 아니다. 주지하다시피 해방기는 '애국의 과잉' 시대였다. 해방기 숱하게 뿌려진 삐라들에서 종종 발견할 수 있는 적대적 언어는 '애국'과 '매국'이었다. '애국/매국'이라는 '선전 선동의 언어'들은 해방 정국에서 격렬하게 대립했다. 이러한 대립의 양상은 '애국'이라는 기표를 선점하기 위한 수사에 그치지 않았다. 그것은 "소통의 가능성이 원천 봉쇄"된 "저주의 외침"인 동시에 실제적 대결의 장이었다.[8] '애국의 과잉'에 대한 인식은 이방근이 서청 단장 고영상을 만나는 장면에서도 드러난다. 식민지 시절 일본인보다 더 악랄했던 다카키 경부가 '애국'을 앞세워 반공에 앞장서고 있는 현실을 목격하면서 이방근은 해방 정국의 타락상을 간파한다.

고영상은 자신이 일찍이 고등경찰이었다고 당당히 말했는데, 그 과거 경력이 현재의 반공 투쟁에서 얼마나 귀중한 무기가 되고 있는지를 명분으로 내세우고 있을 뿐만 아니라, 반공이라는 국시에 충실한 애국자로서의 자부심까지 드러내고 있었다. 과거에 조국과 민족을 팔아먹은 앞잡이들의 피로 얼룩진 반공이, '민족주의'라는 의상을 걸치게 됨으로써, '자유주의' 건설, '자유조국'의 건설에 강력한 지렛대가 되고 있다는 점에, 이 사회의 가장 깊은 타락과 병의 근원이 있었다. 타락을 뛰어넘는 것이었다.[9]

---

8) 정선태, 「해방 직후의 전단지, '불길한 아우성'의 흔적들」, 『'삐라'로 듣는 해방 직후의 목소리』, 소명출판, 2011.

9) 5권, 155쪽.

친일 반공 세력이 '애국주의자'를 자처하는 현실이 '타락'을 뛰어넘는 근원적 원인이라는 이방근의 인식은 『화산도』에서 일관되게 나타나고 있는 친일반공에 대한 비판의 연장으로 읽힐 수 있다. 하지만 좌우 모두 '애국'을 내세우고 있는 현실에 대해 이방근이 느끼는 거부감을 이해하기 위해서는 이방근의 '애국'에 대한 인식을 면밀하게 살펴볼 필요가 있다. 자신의 서재 소파에 앉아서 회의주의적 태도를 보이던 이방근이 정세용을 처단하는 행동주의자로 변모하게 된 이유를 '애국적 결단'으로 읽을 수 없다. 만일 정세용 처단이 '애국적 결단'이라고 한다면 이방근은 자살할 이유가 없다. 이방근의 행동주의는 '애국' 이전에 윤리의 문제이자, '애국'이라는 추상에 갇히지 않으려는 신체적 자각이다.

이방근은 정세용을 자신의 손으로 살해한 이후 끊임없이 번민한다. 당에서 정세용을 사문하기 시작했다는 강몽구의 연락을 받은 이방근은 "증인의 자격"으로 산에 오른다. 정세용에 대한 '살의'를 품고 눈 덮인 산으로 오르면서 이방근은 "자유로운 정신은 죽이기 전에 자살한다. 그러므로 죽이지 않는다. 왜 지금, 죽이기 전에 자신을 죽이지 않는가. 자유를 잃어버리면서까지 살해로 향하는 것인가"라며 정세용 처단의 당위성을 스스로에게 되묻는다. 정세용은 4·28평화협정을 무산시킨 장본인이자 고 경위를 암살한 인물이며, 유달현을 스파이로 이용했다. '전장'이 되어버린 제주에서 정세용의 존재는 마땅히 죽음으로 응징되어야 할 존재이다. 하지만 이방근은 정세용을 권총으로 살해한 이후에 자살하고 만다. 이방근이 자살이라는 극단적 선택을 할 수밖에 없는 이유는 무엇인가. 이러한 물음을 해명할 수 있는 단서는 정세용 처단 이후 이방근의 내면을 묘사하고 있는 다음의 대목에서 찾을 수 있다.

그만큼 고민한 끝에 행한 살해의 대가가 만족스럽지 않았다. 한 순간에 모든 존재가 걸린 정열의 폭발 결과는 참으로 어이없고 공허했다. 현실의 피막이 벗겨져 완성된 꿈에 삼켜진 몸이 아직 충분히 헤어나지 못하고 있었다. 꿈의 광경으로 떠오르는 눈 덮인 산으로 오르내린 왕복이, 살해할 가치가 있는 여정이었던가. 죽은 지금, 그는 이미 경찰 간부도 친척도 아닌, 한 사람의 인간이고, 한 남자의 죽음이었다. 한 사람의 남편과 자식의 죽음, 그리고 아버지의 죽음, 결국 죽일 필요가 없었다. …… 는 생각이 머리를 스쳤지만, 그러나 그렇지 않다. 정세용은, 스스로도 가담하여 만들어낸 이 학살의 땅에서 살해당하는 것이 당연하다고 납득하는 마음이 불쑥 일어났다.[10]

정세용 살해에 대한 당위성을 스스로에게 납득시키면서도 이방근은 정세용의 죽음을 "한 사람의 남편과 자식의 죽음, 그리고 아버지의 죽음"이었다고 생각한다. 이는 정세용의 죽음이 추상적 잉념을 실현하기 위한 대상이 아니라 구체성을 띤 개인의 죽음일 수도 있다고 번민한다. 정세용의 죽음을 추상적 죽음이 아니라 구체성을 띤 인간, 즉 신체성을 지닌 인간의 죽음일 수도 있다는 자각이 그의 내면에서 환기되면서 죽음을 추상성으로 환원하지 않으려는 인간적 고뇌를 보여준다. 이러한 고뇌는 서청과 경찰이 학살을 '빨갱이'에 대한 정당한 '응징'으로 여기는 것과 비교해 보면 윤리

---

10) 12권, 318쪽.

적 측면에서 한 걸음 더 나아간 것이다. 서청과 경찰은 '학살'을 회의하지 않는다. 오히려 '학살'을 '애국적 처사'라고 위장한다. 누군가의 아비이자, 자식일 수도 있는 구체적 개인의 죽음은 '애국'이라는 추상의 뒤에 숨겨진다. 추상의 가면 뒤에서 서청은 스스로의 행동을 합리화한다. '빨갱이'라는 추상이 타자의 신체성을 용인하지 않는 비윤리적 태도라고 한다면 이방근의 번민은 정직한 윤리적 고민에 가깝다고 할 수 있다. 이방근이 "밤낮 인간이 살해당하는 것을 보면서도, 도대체 내가 할 수 있는 일은 무엇인가"라고 자문하면서 '밀항'이라는 탈출을 시도하는 것도 추상적 죽음으로 수렴될 수 없는 개인의 신체성을 자각하고 있기 때문이다. 이는 이방근의 자살이 '애국'이라는 추상을 거부하는 윤리적 고뇌에서 비롯되고 있음을 보여준다. 이러한 윤리적 고뇌는 살인에 대한 무감각이 윤리적 타락으로 이어질 수 있다는 인식으로 이어진다.

관덕정 광장 옆을 지나는 이방근은 시체의 산, 각각의 살해 결과를 바라보면서 이전보다 더욱 이 절망을 견딜 수 있는, 죽은 자들과의 불가사의한 거리감, 학살의 공포와의 균형감각을 유지하고 있는 자신을 의식했다. 살인자의 눈을 하고, 자신이 살인자라는 자각과 함께 생겨난 것이었다. 살인자인 까닭에 보다 절망을 견딜 수 있다면, 어떻게 할 것인가. 그는 이러한 종류의 힘이 살인에 대한 면역을 동반한 무서운 타락의 징조임을 느끼고 있었다.[11]

---

11) 12권, 356쪽.

"살인에 대한 면역"을 "무서운 타락의 징조"라고 여기는 이방근의 윤리 의식은 살인에 대한 무감각을 공포로 인식하면서 스스로의 인간성에 대해서도 회의하게 만든다. 학살에 대한 대항 폭력의 당위성을 인정하면서 스스로에게 엄격한 윤리적 잣대를 들이대는 이방근의 인식은 그가 끊임없이 타자의 신체성을 의식하고 있음을 보여준다. 그런 점에서 이방근의 자살은 윤리적 우위를 증명하는 하나의 방식이며 '애국'을 빌미로 학살을 정당화하는 폭력을 용인하지 않겠다는 적극적 선택이다.

3. 법-제도의 폭력성과 인민 주권의 자각

이방근의 윤리성이 작동할 수 있었던 이유가 타자의 신체성에 대한 이해에서 비롯되었다고 할 때 그것은 역설적으로 국가의 탄생이 필연적으로 내포할 수밖에 없는 배제와 차별의 문제로 이어진다. 자신이 타자의 신체성을 용인하는 것은 자신이 타자가 되었을 때 그의 신체성을 인정받고자 하는 태도로 이어지기 때문이다. 타자의 언어를 발견할 때 자신의 언어도 하나의 타자로서 인정받기 원하는 것처럼 이방근의 윤리적 우월성은 서청과 경찰로 표상되는 반공 국가의 집행자들에게도 윤리적 태도를 요구할 수 있는 근거로 작용한다.

서청이 제주사람들에게 가혹한 폭력을 행사할 수 있는 이유를 이방근은 지역에 대한 서청의 몰이해 때문이라고 인식한다. 즉 반공 국가의 하수인인 서청이 제주라는 타자를 인정하지 않는 태도가 폭력의 원인이라는 것이다.

> 커다란 벽, 아니 크레바스 같은 틈새, 같은 민족이면서도 북에
> 서 온 그들과 남쪽 끝인 이 섬에 사는 사람들은 이민족처럼 느껴지
> 기도 했다. 그것은 남북의 지역적인 차이나 섬에 대한 본토 사람의
> 지방적 경멸에서 유래된 것이 아니었다. 무엇보다도 '빨갱이 소굴'
> 이라는, 제주도에 대한 이해가 결여된 그들의 증오심에서 생겨난
> 어쩔 수 없는 인식의 차이였다. 북에 대한 그들의 철저한 증오심과
> 복수심을 만족시킬 수 있는 '대체'로서의 제주도가 있었다. 그것은
> '서북'에 있어서 '제2의 모스코바·제주도에 진격해 온 멸공대'로서
> 의 '사명감'을 뒷받침하고 있었다. [12]

반공을 빌미로 한 서청의 폭력성을 이방근은 "남북의 지역적 차이
나", "지방적 경멸"이 아닌 "제주도에 대한 이해"의 결여로 파악한다.
제주라는 신체성에 대한 몰이해가 서청의 폭력성의 원인이라고 보는
이방근의 인식은 『화산도』에서 일관되게 나타난다. 이를테면 "서울
정권의 지역에 대한 차별"이라는 진단은 제주 4·3을 이데올로기적
대립이 아니라 제주/서울이라는 지역의 문제로 환원한다. [13]
　제주 4·3봉기의 표면적 이유는 5·10선거 저지였다. 물론 1947
년 삼일절 발포 사건 이후 일어난 총파업과 이에 대한 폭력적 진압
으로 경찰과 서청, 그리고 그 배후에 있었던 미군정에 대한 반감이

---

12) 4권, 16쪽.
13) 『화산도』에 나타난 서울/제주의 문제에 대해서는 「김석범 문학과 제주-장소의 탄
　　생과 기억(주체)의 발견」에서 언급한 바 있다. 고명철·김동윤·김동현, 『제주, 화산
　　도를 말하다』, 보고사, 2017, 162~186쪽.

고조된 것도 하나의 이유였다. "탄압이면 항쟁이다"라는 무장대의 초기 구호는 당시 제주 사회의 폭압적 분위기를 잘 보여준다. 사후적 진술이기는 하지만 "지금도 봉기가 지나간 무참한 결과가 '인민 봉기'라는 4·3사건의 정당성을 위협하는 그림자"[14]가 되어버렸다는 김시종의 지적은 4월 3일의 봉기를 인민의 주체적 선택이라는 측면에서 세밀하게 바라볼 필요가 있음을 보여준다. 해방 이후 제주에서는 식민지 경찰 출신들이 관리로 재등용되고 지역사정을 고려하지 않은 미군정의 무리한 곡물 수집 정책이 주민들과 끊임없이 마찰을 빚고 있던 상황이었다. 이 무렵 제주에서 일어났던 복시환 사건 등을 겪으면서 해방의 의미를 반문하지 않으면 안 되는 사회적 분위기가 되었다.[15]

『화산도』에서 '애국'의 이름으로 친일반공이 용인되는 상황에 대한 비판은 일관되게 나타난다. 그런데 여기에서 주목해 볼 것은 해방 이후의 현실을 대하는 지역 주체들의 인식의 차이이다. 이방근의 어머니 제사에서 정세용과 유달현, 고원식, 이방근은 서청과 반공주의로 표현된 '애국'에 대해 의견 대립을 보인다. 정세용은 서북의 문제를 "조국의 문제, 애국심의 문제"라고 이야기하면서 자신의 역할을 이렇게 정의 내린다.

> "(전략) 그리고 난 정치가도 법률가도 아닙니다. 토론이 서툽니다. 다만 범죄를 수사하고 사실을 추구하여 완전한 사실로 만들

---

14) 김시종·김석범, 문경수 편, 이경원·오정은 역, 『왜 계속 써 왔는가 왜 침묵해 왔는가』, 제주대학교출판부, 2007, 101쪽.
15) 제주4·3사건진상규명및희생자명예회복위원회, 『제주4·3사건진상조사보고서』 참고.

어서, 즉 법률을 적용할 수 있게 될 때까지 사실을 준비하여 사법에 맡깁니다. 그 과정의 잔심부름꾼에 불과합니다. 그것이 내 일입니다."[16]

스스로를 법의 집행자라고 이야기하는 정세용에 대해서 이방근은 냉소적인 반응을 보이며 발언의 논리적 모순을 반박한다. 이방근은 "법의 세계에서 사실이란 법률을 적용시키기 위해서 존재한다는 말"이 된다며 "법률이 요구할 때는 사실을 꾸며낼 수도 있"는 것 아니냐고 반문한다. 그의 이러한 지적은 입법권과 집행권을 동시에 행사하는 법적 체계에 대한 예리한 비판으로 읽을 수 있다.

해방은 '일본제국'의 조선에 대한 통치권의 상실을 의미하는 동시에 새로운 통치권의 등장을 예고하는 것이었다. 남한과 북한에 각기 진주한 미군정과 소련은 1948년 남한과 북한 정부 수립 이전에는 각기 그들의 사법 체제를 이식하려고 하였다. 미군정 진주 이후에도 한동안 조선총독부의 법적 체계를 준용해왔고 이후 미국식 사법 체제, 특히 해방 이후 한반도 이남에서의 정치적 목적을 달성하기 위해 사법 체제를 개편하는 과정에서 법률의 문제는 인민의 선택이 아닌 미군정과 미군정의 비호를 받는 한민당의 편향적 선택에 의해서 운용될 수밖에 없었다.[17]

식민지 시대 조선총독부의 법령과 미군정 법령이 뒤섞여 있었던 시대에 정세용은 스스로를 입법권자가 아닌 말단의 집행권자라고

---

16) 2권, 270쪽.
17) 이국운, 「해방공간에서 사법기구의 재편과정에 관한 연구」, 『법과 사회』, 법과사회이론학회, 2005, 145~149쪽 참조.

말한다. 하지만 이러한 발화는 벤야민의 말을 빌리자면 법 제정적 폭력과 법 보존적 폭력이라는, 법제도가 지니고 있는 근원적 폭력성을 은폐하는 태도이다. 이방근이 "법이 요구할 때는 사실을 꾸며낼 수도 있"는 것 아니냐고 반문하는 것은 이러한 법제도적 폭력의 문제를 인식하고 있는 것이다. 국가의 폭력성이 입법권과 집행권을 모두 행사하는 물리적 폭력의 독점에서 비롯된다[18]는 점을 염두에 둔다면 어머니 제삿날 법 집행권자인 정세용의 발언을 문제 삼는 이방근의 태도는 이후 제주에서 벌어질 국가 폭력의 양상을 보여주는 징후적 순간이다.

이방근의 법제도에 대한 근본적 문제 제기에 정세용이 "법에 대한 모독적 언사는 입에 담지 않는 게 좋"다라고 위협하는 부분 역시 인민의 선택을 폭력으로 응징하는 국가 폭력과 그로 인한 비극적 결말을 암시한다. 법은 곧 국가이며 국가를 모독하는 언사는 처벌의 대상이다. 친일과 반공을 내세운 국가는 반공을 모독하는 행위는 결코 용납할 수 없다. "법을 모독하지 말라"라는 정세용의 위협적 발언은 반공 국가 대한민국을 모독하지 말라는 국가의 명령 체계가 이미 작동되고 있음을 보여준다.

그런데 여기에서 주목할 점은 이러한 폭력적 위협에도 불구하고 대항 폭력의 가능성이 타진되고 있다는 점이다. 그리고 이러한 대항 폭력이 '우리'라는 상상된 주체의 분열을 통해서 모색되고 있다는 점도 주목된다.

---

18) 카야노 도시히토, 김은주 역, 『국가란 무엇인가』, 산눈, 2010.

'눈에는 눈을, 이에는 이를, 폭력에는 폭력을……. 포복전진하는 양손에 움켜잡은 총 대신의 쇠창이 발하는 빛이 총보다 더욱 생생하고 불길한 느낌을 주었다. 그 창날에는 몇 개나 되는 줄 같은 홈이 파여 있다고 했다. 외적에 대비하기 위한, 옛날부터 내려오는 전통적인 쇠창 제조법에 따른 것이라고는 하지만, 섬 주민들로 하여금 이런 것들을 만들게 하는 힘은 대체 무엇일까. '서북'이나 경찰이라 하더라도 동족임에 틀림없다. 아니, 민족의 피가 동족을 의미하지는 않는다. 그것은 환상이라고 해야 할 것이다. 이미 많은 피가 이 섬을 포함한 남한 전역에서 미군의 후원으로 뿌려진 게 사실이었다. 그들은 외적 미군의 동맹자, 자위와 자활을 위해 창의 양날에 홈이 새겨졌다.[19]

해방구를 방문한 이방근은 무장대의 훈련장면을 목격한다. 대항 폭력이 준비되고 있는 현장에서 이방근은 섬사람들이 무기를 손에 드는 이유를 자위와 자활을 위한 것이라고 인식한다. 서북과 경찰을 동족이라고 여기는 것이 "환상"이라고 깨닫는 것은 역설적으로 "'멸치도 생선이냐, 제주도 것들이 인간이냐'라고 거드름을 피우는 본토 출신 경찰들"의 차별적 태도에서 비롯됐다.[20] 제주 사람을 동족으로 인정하지 않는다는 '우리'라는 공동체의 분열이 대항적 폭력의 가능성을 연 원인이라고 이방근은 생각한다.

'우리'라는 상상적 공동체의 분열은 해방 이후 주권의 부여를 국가에 의해서가 아니라 인민의 손으로 부여하고자 하는 자기결정권

---

19) 4권, 91쪽.
20) 5권, 165쪽.

의 문제로 옮아가고 있음을 보여준다. 제주 4·3항쟁은 단선 단정 반대를 외치며 반공 국가 대한민국의 탄생을 막기 위한 인민들의 자기결정권의 행사였다. 제주 4·3이 문제적인 이유도 여기에 있다. 1948년 10월 이후 이른바 '초토화 작전'으로 제주도민을 대상으로 한 대학살이 자행되었던 이유는 이러한 자기결정권의 행사를 반공이라는 이름으로 용납하지 않겠다는 응징이었기 때문이다.

대한민국이라는 제정 권력은 주권의 초월 상태로 존재하면서 주권을 선택적으로 부여했다. 주권의 선택적 부여는 그동안 자명하게 여겨왔던 '우리'라는 공동체의 분열과 새로운 '우리'라는 공동체의 선택과 배제로 이어질 수밖에 없다. 그런데 이러한 차별과 배제의 논리는 신생 독립국 조선에서 새롭게 '발견'된 것이 아니었다. 이방근이 정세용과 법률의 문제로 실랑이를 벌이는 대목 바로 다음에 소학교 때 봉안전 소변 사건으로 비국민 취급을 받았던 이방근의 과거가 환기되는 것에 주목해야 한다.

봉안전에 소변을 눈 이방근을 교무주임은 "비국민이라고 욕하면서", "죽도로 구타했다". 퇴학처분을 당한 이방근은 그때를 "우리나이로 열세 살짜리 소년이 일본 관헌에 의해, 태어난 고향에서 추방당하게 된 것"이라고 회고한다. 이 회상 장면을 앞의 정세용과의 긴장 국면과 겹쳐 읽는다면 비국민의 서사가 해방 이후에도 작동하고 있음을 알 수 있다. 일본에 의해 주권이 상실된 식민지 상황에서 비국민이라는 단죄가 가능했다면 해방 이후에는 주권의 부여가 인민이 아니라 국가-권력에 의해 부여되고 있음을 이 장면이 보여주고 있다. 이는 제주 4·3항쟁을 반공 국가를 거부하려는 지역의 자기결정권과 이를 국가의 외부, 비국민으로 규정하려는 국가의 대결, 즉 주권의 대결 양상으로 읽을 필요가 있음을 보여준다.

4. 반공 국가 대한민국의 탄생과 좌절된 인민 주권

국민이라고 호명하는 힘은 비국민을 규정할 수 있다. 호명하는 자가 권력이다. 해방기 나라 만들기를 둘러싼 대결은 이러한 호명의 주체가 누구인지를 묻는 것이었다. 『화산도』에서 이방근은 끊임없이 자신의 실존적 위치를 문제 삼는다. 소설 속에서 이방근의 실존적 위치는 '소파'로 상징된다. 유달현으로부터 무장 봉기 소식을 들은 후부터 이방근은 외부의 힘에 의해 자신의 실존적 위치가 위협받을 것이라고 예상한다.

> 그런데 최근에 그 소파가 움직이기 시작한 듯한 느낌이 들었다. 위치를 말하는 게 아니었다. 소파 그 자체가 삐걱삐걱 욱신거리듯 발밑에서부터 움직일 것만 같았다.[21]

식민지 전향의 부채 의식 때문에 이방근은 해방 후 사회 참여에 비관적이었다. "해방 후 좌익 만능주의"에 대한 비판적 입장은 유달현에 대한 불신의 이유이기도 했다. 냉소주의자였던 이방근에게 '소파'는 자신의 입장을 확인하는 수단이었다. 비관주의자였던 이방근의 실존적 고민은 소설 속에서 소파의 움직임으로 묘사되는데 그것

---

21) 3권, 239쪽.

은 실존에 대한 불안으로 형상화된다. "소파가 흔들리며 움직일 듯한 불안"과 "그 불안을 몰고 오는 구체적 윤곽"[22]은 이방근의 기존 입장 이 외부적 상황에 의해 도전받고 있음을 보여준다. 『화산도』의 결말 에서 이방근의 행동을 감안할 때 이러한 소파의 흔들림은 소설 속에 서 이방근의 행동주의를 설명하는 중요한 상징이라고 할 수 있다. 소설 속에서 자신의 선택이 어떻게 될 것인지 질문했던 소설 후반부 에 이방근은 행동주의의 면모를 갖게 된다. 이방근의 행동주의에는 제주/서울로 표상되는 국가 공동체의 분열에 대한 인식도 작용했다.

> (전략) 이 무서운 결과를 예상하면서도 여전히 토벌전을 편드는 것은, 사정이야 어찌 되었건 제주도 사람으로서는 있을 수 없는 일이 고, 이 섬의 멸망을 노리는 외부 침입자의 앞잡이에 불과했다.[23]

참혹한 학살이 계속되고 있는 현실에서 "토벌전을 편드는 것은 제주도 사람"이 아니며 "섬의 멸망을 노리는 외부 침입자의 앞잡 이"라고 규정하는 것은 이러한 자기 분열적 인식이 있었기에 가능 하다. 이러한 인식은 국가가 국민을 선택하고자 하는 차별과 배제 의 폭력을 경험했기 때문이다. 1949년 이른바 '초토화 작전'이 마 무리된 이후에 제주를 찾은 서재권은 제주 4·3의 발발 원인을 "일 등국민의 건전한 국민성"과 비교하면서 제주도민이 "정신적 진공 상태"에 있었기 때문이라고 지적한 바 있다.[24]

---

22) 3권, 269쪽.
23) 10권, 315쪽.
24) 서재권, 「평란(平亂)의 제주도」, 『신천지』 1949년 9월호.

해방기 제주에서 인민 주권을 실현하고자 하는 시도는 반공 국가의 탄생으로 좌절되었다. 그 좌절의 결과는 참혹했다. 3만 명이 넘는 희생자가 생겼고 그 후유증은 지속됐다. 73주년이 지난 지금까지도 제주 4·3은 '사건'이라는 중립적 기표로 불리고 있다. 제주 4·3특별법이 제정됐지만 여전히 배타적 희생자들은 '불량위패'라는 선전과 선동의 구호로 공격받고 있다.

더 큰 문제는 제주 4·3의 가해 당사자인 군과 경찰의 책임 문제를 국가 폭력이라는 추상적 언어로 서둘러 사죄했다는 점이다. 2003년 노무현 대통령의 사과는 제주 4·3을 겪었던 유족들에게는 수십 년 동안 쌓였던 한을 위로하는 계기가 되었지만 사과의 방식은 실질적 책임의 문제를 외면한 추상의 차원, '무고한 희생'이라는 규정을 확산하는 결정적 요인이 되었다. 노무현 대통령 사과 이후 제주에서는 제주 4·3 당시 피해를 입은 사람들을 '희생자'로 규정하면서 해방 정국에서 발생한 3·10총파업 등 지역의 저항을 주체적인 시각으로 인정하지 않는 암묵적 동의가 확산되었다.

이를 더욱 공고하게 만든 계기는 제주 4·3특별법 제정 이후 서북 청년단 중앙본부 단장을 지냈던 문봉제 등 극우 인사들이 헌법재판소에 제기한 헌법 소원이었다. 당시 헌재는 이들 인사들의 위헌 소송을 각하하면서 희생자 선정 기준을 다음과 같이 결정하였다.

자유민주적 기본질서를 부정하며, 인민민주주의를 지향하는 북한 공산정권을 지지하면서 미군정 기간 공권력의 집행기관인 경찰과 그 가족, 제헌의회의원선거 관련 인사·선거종사자 또는 자신과 반대되는 정치적 이념을 전파하는 자와 그 가족들을 가해하기 위하여 무장세력을 조직하고 동원하여 공격한 행위까지 무제한적으로 포용하는 것은 우리 헌법의 기본원리인 자유민주적 기본질서와 대한민국의 정체성에 심각한 훼손을 초래한다. 이러한 헌법의 지향이념에다가 제주4·3특별법이 제정된 배경 및 경위와 동법의 제정목적, 그리고 동법에 규정되고 있는 '희생자'에 대한 개념인식을 통하여 보면 수괴급 공산무장병력지휘관 또는 중간간부로서 군경의 진압에 주도적·적극적으로 대항한 자, 모험적 도발을 직·간접적으로 지도 또는 사주함으로써 제주4·3사건 발발의 책임이 있는 남로당 제주도당의 핵심간부, 기타 무장유격대와 협력하여 진압 군경 및 동인들의 가족, 제헌선거관여자 등을 살해한 자, 경찰 등의 가옥과 경찰관서 등 공공시설에 대한 방화를 적극적으로 주도한 자와 같은 자들은 '희생자'로 볼 수 없다.[25]

헌법재판소는 제주 4·3 희생자의 범주에 "수괴급 공산무장병력지휘관", "중간간부로서 군경의 진압에 주도적·적극적으로 대항한 자", "제주4·3사건 발발의 책임이 있는 남로당 제주도당의 핵심간부", "무장유격대와 협력하여 진압 군경 및 동인들의 가족, 제헌선거관여자 등을 살해한 자", "경찰 등의 가옥과 경찰관서 등 공공시설에 대한 방화를 적극적으로 주도한 자" 등은 대한민국의 헌법 이념과 맞지 않는다고 규정하였다. 이러한 규정은 지역에서 제주 4·3을 '희생'의 범주에서만 사고하게 만드는 중요한 기준으로 작용하였다. 희생자를 결정하는 기구인 제주 4·3위원회가 헌재의 선고를 받아들이면서 남로당 핵심 간부 등 4·3 당시 무장대 핵심 세력들은 여전히

---

25) 헌재 2001.9.27. 2000헌마238 등, 판례집 13-2, 383

희생자로 인정받지 못하고 있다. 이에 따라 희생자 선정이 불허된 자는 31명에 이른다. 하지만 제주 4·3 당시 군경 토벌대들은 여전히 희생자로 선정되고 있다.

제주 4·3이 공동체의 분열을 경험한 비극이라고 할 때 헌재와 제주4·3위원회의 결정은 여전히 대한민국이라는 공동체가 배제와 차별의 인식 구조를 바탕으로 하고 있음을 보여준다. 해방 이후 3·10총파업과 통일독립국가를 선택하기 위한 지역의 주체적 선택은 여전히 대한민국의 역사에서 배제되고 있다. 제주 4·3은 통일독립국가라는 시대적 과제를 쟁취하기 지역의 주체적 선택이었다. 반공과 친일을 기반으로 한 이승만 정권은 이러한 지역의 주체적 선택을 폭력적으로 진압하였다. 제주 4·3 당시 무장대의 규모는 많아봐야 500명 수준이었다. 그들의 무기도 일본식 구구식 소총과 죽창 등이었다. 저항은 미미했고 응징은 가혹했다. 무장 봉기 이후 무장대 지도자 김달삼과 9연대장 김익렬의 4·28평화협정은 제주 4·3의 비극을 방지할 수 있는 당시로서는 최선의 방법이었다. 하지만 평소 군과 대립 관계였던 경찰은 자신들의 책임 문제가 불거질 것을 우려해 5월 1일 오라리 방화 사건을 조작해 강경진압 작전을 유도했다. 그 과정의 배후는 미군정이었고 학살의 집행자는 이승만과 군경이었다.

한국 문학에 뒤늦게 도착한 편지 『화산도』가 던지는 질문은 무엇인가. 그것은 이승만 정권과 친일반공주의를 내세운 대한민국 정부 수립을 근본에서부터 회의해야 함을 의미할 것이다. 또한 국가란 무엇인가, 국가란 무엇을 해야 하는가라는 현재적 질문인 동시에 국가가 내재하고 있는 폭력의 양상을 외면하지 않아야 함을 문신처럼 우리의 신체에 새기고 있는 것인지도 모른다.

5. 소설로 쓴 분단의 계보학

『화산도』가 탈고된 1997년과 한국어로 완역된 2015년은 그 시간적 간극에도 불구하고 끊임없이 현재적 의미로 해석될 수밖에 없다. 그것은 『화산도』에 드러난 해방 정국의 다종한 모습들은 피식민자였던 조선의 인민들이 자기결정권을 행사하고자 했던 주체적 선택의 가능성과 좌절을 보여주기 때문이다. 36년간의 식민지 지배를 경험했던 신생 독립국 조선에서 국가의 정체(政體)를 선택하는 문제는 식민지 청산과 함께 중요한 과제였고 그러한 민족적 과제를 수행하기 위한 인민들의 주체적 노력은 결국 민주주의를 향한 조선 인민들의 열망의 근원과 맞닿아 있다. 그런 점에서 『화산도』는 한국문학에 뒤늦게 도착한 편지이자 해방 이후 한 번도 온전히 쟁취하지 못했던 진정한 민주주의의 가능성을 타진할 수 있는 참조점이다.

에드워드 사이드가 『문화와 제국주의』에서 엘리엇을 인용하면서 '과거의 과거성'과 '과거의 현재성'을 언급하고 있는 것처럼[26], 『화산도』는 해방기 제주 4·3항쟁을 통해 온전히 실현되지 못한 인민 주권의 가능성을 현재적 질문으로 우리 앞에 던지고 있다. 그런 점에서 『화산도』의 서사는 완결을 지향하지 않는다. 미완의 서사는 제주 4·3항쟁이 '미완의 혁명'[27]이라는 사실을 끊임없이 상기시키며 제주 4·3의 문제가 단순히 지역의 문제가 아니라 '지금-여기'의 문제라

---

26) 에드워드 사이드, 박홍규 역, 『문화와 제국주의』, 문예출판사, 2014(초판 1994), 52쪽.
27) 고명철, 「해방공간, 미완의 혁명, 그리고 김석범의 『화산도』, 고명철·김동윤·김동현, 『제주, 화산도를 말하다』, 보고사, 2017.

는 사실을 자각하게 한다. 『화산도』가 여전히 문제적인 이유가 여기에 있다. 『화산도』에서 보여주는 제주 4·3항쟁의 서사가 제주 4·3의 전모를 온전히 드러내지 않는다고 하더라도 『화산도』가 던지는 질문은 제주 4·3의 진실에 가닿아 있다. 제주 4·3진상조사보고서가 규정하고 있는 1947년 3월 1일부터 시작해서 1954년 한라산 금족령이 해제되기까지 제주에서 발생한 '사건'의 전체를 바라보고자 한다면 『화산도』는 적절한 텍스트가 아닐 수 있다. 하지만 『화산도』는 제주 4·3항쟁이 내포하고 있는 근본적 문제, 신생 독립국가 조선에서 인민의 자기결정권과 그것을 억압하는 국가의 폭력성을 그려내면서 분단이 은폐하고 있는 민주주의 본질이 무엇인지를 묻고 있다.

그런 점에서 『화산도』를 제주 4·3 소설로 읽는 것은 잘못된 독법이다. 『화산도』는 제주 4·3소설이 아니라 분단의 계보를 소설적으로 탐구하는 분단 소설이자, 이루지 못한 미완의 통일을 겨냥하는 질문이다. 소설로 그린 분단의 계보학, 『화산도』를 한마디로 정의한다면 이보다 더 적절한 표현은 없을 듯하다.

물론 『화산도』는 그 서사의 방대함만큼이나 독법도 다양할 수밖에 없다. 『화산도』는 제주 4·3항쟁을 정면으로 다루고 있지만 그것을 지역의 문제로 국한하지 않는다. 또한 제주 4·3항쟁을 해방기 국가 정체(政體) 결정 과정에서 발생한, 과거라는 시간성에 국한된 비극적 '사건'이었다는 입장도 취하지 않는다. 『화산도』는 제주 4·3항쟁이라는 역사적 사건을 통해 해방 이후 인민 주권의 형성과 좌절을 정면으로 다루면서 '국가란 무엇인가'라는 질문을 던지고 있다. 『화산도』의 이러한 문제의식은 대한민국이라는 반공 국가에 대한 근원적 회의의 필요성을 한국문학에 던지고 있다.

일본의 식민 지배는 주권의 상실로 귀결되었고 해방은 상실된 주권의 복원을 민족적 과제로 등장시켰다. 그동안 한국문학의 장에서는 해방 정국의 좌우대립 양상을 '나라 만들기'라는 과제를 수행하기 위한 국가 정체의 선택의 문제로 바라보았다. 하지만 이러한 선택의 과정이 필연적으로 배태할 수밖에 없는 인민의 주권성의 문제에 대해서는 간과한 측면이 있었다. 국가 정체의 선택 과정은 주권의 역설[28]이라는 문제와 마주할 수밖에 없다는 지적을 감안한다면 해방기 주권의 문제는 '나라 만들기'라는 정체의 선택이 주권의 예외 지대를 만들어가면서 오히려 인민의 주권성을 폭력적으로 선택하고자 했던 배제와 차별의 문제를 사유해야 한다는 점을 보여준다.

『화산도』에서 보여주는 제주 4·3항쟁과 친일반공정권의 폭력적 진압 과정은 인민의 주권, 즉 인민의 선택지를 인정하지 않겠다는 국가-주권의 모순을 정면에서 다루고 있다고 하겠다. 『화산도』는 제주 4·3항쟁을 이념의 대결로도, 이로 인한 지역민의 희생의 관점도 취하지 않는다. 『화산도』의 문제성은 법의 제정자이며 법의 유일한 집행자인 근대국가의 근원적 모순을 제주 4·3항쟁이라는 거울에 비춰보면서 해방 이후 지금까지 우리 사회가 마주하고 있는 민주주의의 문제를 끈질기게 되묻고 있는 데에 있다. 때문에 『화산도』의 문제의식은 촛불혁명 과정에서 불거져 나온 "이게 나라냐"라는 광장의 물음과 결을 같이하고 있다. 제주 4·3항쟁이 73년이 지난 과거의 비극적 사건이 아닌 현재적 사건이 될 수 있는 이유도 바로 이 때문이다.

---

28) 조르조 아감벤, 박진우 역, 『호모 사케르』, 새물결, 2008, 55쪽.

제3부

김석범과 김시종의 육성

화산도와 나

보편성으로 이르는 길

⊙

김석범

1.

1997년 10월 『화산도』를 완결하면서 "『까마귀의 죽음』에서 비롯한 허무와 혁명—혁명에 의한 허무의 초극'이라는 내 소설 테마의 집대성으로서의 『화산도』는 혁명의 패배로 끝이 났다. (중략) 무엇보다 힘겨운 일은 '남'에서는 반정부 분자, '북'에서는 반혁명 분자로 취급당하는 정치적 협공이었다. 그 여파는 지금도 계속 되고 있다."(아사히신문)라고 언급한 적이 있습니다.

역사의 암흑, 영구 동토 속에 파묻혔던 '4·3'은 반세기를 지나서야 지상으로 부활했고, 이제 4·3은 많이 해방된 셈입니다. 앞으로 4·3의 완전해방을 위해 해방공간의 역사 바로 세우기와 불가분의 4·3이 한국 현대사에서 자리매김을 위한 역사적 과업을 수행해야합니다.

‘…… 대체로 재일조선인 문학은 일본 문학의 품 안에서 자랐을 만큼 일본 문하의 주류 전통인 사(私)소설-순문학의 영향이 자못 크며 그 아류이기도 하다. 그렇지 않으면 일본 문단에서 받아들여지기가 매우 어렵다. ‘일본 문학은 상위 문학’, ‘일본 문학의 일부분인 재일조선인 문학은 하위 문학’이라는, 이러한 문학 개념은 일본 전후 사회에서 오랫동안 당연시되었고 상식이 되었다. 일제 지배 의식 잔재의 반영이다.

　나는 재일조선인 문학은 적어도 김석범 문학은 일본 문학이 아니라 ‘일본어 문학, 디아스포라 문학’이라는 주장을 오래전부터 해 왔고, 이를테면 김석범 문학은 일본 문학계에서 이단의 문학이다. 그것은 한마디로 일본어로 쓰여졌다고 해서 일본 문학이 아니다. 문학은 언어만으로 형성, 그 ‘국적’에 규정되는 것이 아니라는 점을 일관되게 주장해 왔다.

　나는 ‘화산도’가 존재 그 자체로서 어딘가의 고장, 디아스포라로서 자리 잡으면 좋겠다고 생각한다. 『화산도』를 포함한 김석범 문학은 망명 문학의 성격을 띠는 것이며, 내가 조국의 ‘남’과 ‘북’의 어느 한쪽 땅에서 살았으면 쓸 수 없었던 작품들이다. 원한의 땅, 조국 상실, 망국의 유랑민, 디아스포라의 존재, 그 삶의 터전인 일본이 아니었으면 『화산도』는 탄생하지 못했을 작품이다. 가혹한 역사의 아이러니! ……’

　이 글은 재작년 10월 한국에서 번역 출판된 『화산도』의 머리말의 생략 인용이며, 여기에는 『화산도』의 위치와 존재성이 제시되고 있습니다.

　내용은 고사하고 『화산도』는 어떻게 생겨 먹은 소설이냐, 일본 문학도 한국문학도 아닌 디아스포라 문학.

'남'에서도 '북'에서도 쓰지 못했을 『화산도』. 이제 한국에서 김환기, 김학동의 번역으로 출판되고, 오늘 이 자리에서 작가가 직접 강연도 하고 있는 이 현상이 한국 민주화 사회의 올바른 모습이라고 생각합니다. 그리고 언젠가는 민주화가 된 '북'에서도 『화산도』가 독자들의 손에 닿는 날이 올 것이라 믿고 있습니다.

내가 재일조선인 문학, 적어도 김석범의 문학은 일본 문학이 아니라 일본어 문학이라는 주장을 한 것은 1970년부터였습니다. 일본 문학계에서 이에 대한 이론적인 반대, 반박을 하는 논문은 발표되지 않았습니다만, 재일 문학을 일본 문학의 일부로 간주, 취급하는 그들에게는 반가운 주장이 아니었습니다.

왜 그런 미움 받을 주장을 했느냐. 상위 문학, 하위 문학이라는 표현에서 드러나 있듯이 일제시대의 지배, 피지배 의식의 잔재가 청산되지 못한 것에 대한 내 나름의 항거였고, 일본 문학의 틀에서 벗어나기 위한 문학적 방법론을 자기의 것으로 하기 위한 몸부림이었습니다.

일본어는 지배자의 언어, 제국의 언어입니다. 그리고 언어학적으로도 조선어와 비슷한 점이 많지만, 단어가 연쇄, 연속해서 말이 되고, 글이 됨으로써 그 언어의 독특한 힘, 기능을 가지게 되어, 일본어로 '조선'을 표현할 적에 여러 언어적 갈등과 어려움이 생기기 마련입니다.

'日本語で朝鮮が書けるか', '일본어로 조선을 쓸 수 있는가'.

어려운 문제입니다. 일본 문학계에서는 관심이 없을 뿐만 아니라 긍정적으로 받아들이지 않습니다.

일본어로 '조선'을 쓰지 못한다면, 나는 소설 쓰기를 그만두어야 했습니다. 왜? 주로 조선, 고향 제주도에서의 미증유의 대학살 '4·3'을 테마로 글쓰기를 시작한 나에게 일본어로 조선을 테마로 글을 못 쓸 경우 글쓰기에서 물러나야만 했습니다.

한편으로 언어 문제뿐만 아니라 현지 제주도 취재를 위해 한 번도 출입을 못하게 되어 설상가상으로 나는 궁지에 빠지게 되었습니다. 사람을 만나서 이야기도 듣고, 고향의 아름다운 자연 환경 속에서 현지답사로 견문도 넓히지 못한다면 듣지도 보지도 못하는 사람과 마찬가지로 작가로서의 기능 상실자, 작가가 아닌 사람이 될 수밖에 …… 작가가 아니면 사람 구실을 못하는 존재. 텅 빈 사람 모양만 한 존재.

여기서 나의 문학적 방법론이 제기됩니다. 하나는 일본어로 '조선'을 쓸 수 있는가, 한마디로 일본어를 갖고 『화산도』를 쓸 수 있는가. 일본어라는 서로 다른 개별어로 '조선'이란 개별적 외피를 입힌 그 본질, 보편성의 가교, 통로로 만들 수 있는가.

문학적 상상력을 통해 일본어의 외피를 벗기로 그 언어의 보편성으로의 변질을 일으킬 수 있다는 언어 이론의 구축이 요구되었고, 일본어로 '조선'을 쓸 수 있다는 확신을 갖고 지금까지 『화산도』 등을 써 온 것입니다. 변질된 일본어는 『화산도』와 나의 통로인 동시에 일본어 독자와의 통로이기도 합니다.

'일단 상상력에 의해 공간으로 쏘아올린 허구(fiction), 내가 원하는 것은 사소설적이 아닌, 완벽에 가까운 허구, 건축물과 같은 공간을 이루는 허구다. …… 허구의 세계에서 말이 변질되어 말 그 자신이면서도 그렇지 않은 관계가 생긴다. 그러나 이때 말의 개별적(민족적 형식에 의한) 구속이 그 구속에 내재하는 보편적 요소로'인해 풀어지는 순간의 지속이 나타난다. 일본에 의해 환기된 이미지의 세계는 이미 일본어가 아니라도 만들 수 있는 이미지의 세계로 연결된다. 그곳에서 생성된 일종의 가역적인 공간은 일본어의 절대적 지배에서 벗어날 수 있는 새로운 공간일 것이다. 분명히 상상력에 의해 부정되어 자기를 초월한 허구의 언어가 스스로 열린 세계가 된 것이다.' (『재일조선인 문학』, 1990)

한마디로 문학은 언어에 의해 언어(일본어의 구속)를 초월한다는 것입니다. 이때 언어는 '국가-국어'의 틀을 개별적(민족적) 형식이 아닌 언어의 내재적인 것(예컨대 번역할 수 있는 측면)을 통해 초월합니다. 개별적인 틀에서 벗어나는 이 초월이 바로 보편성에 이르는 것인데, 그것을 가능하게 하는 요인, 힘이 바로 상상력입니다.

디아스포라인 나의 문학적 자유(인간 존재의 자유)를 얻기 위한 무기(방법론)가 바로 상상력에 의한 소설(허구) 공간의 구축이었습니다. 내 언어론에서 상상력이 주는 역할이 절대적이지만 그것은 언어론만이 아닙니다.

제주도를 테마로 소설을 쓰는데, 오래 살아보지 못한 낯선 현지에 가서 취재든 답사를 못 한다는 것이 가장 괴로웠습니다. 더구나 일본 근현대 문학의 사소설, 순수 문학이 주류이자 권위인 일본 문단, 문학계의 흐름을 따르지 못하는 것은(외면하는 것은) 치명적인 일이기도 했습니다.

그래도 일본 땅에서 제주도를 테마로 꼭 소설을 써야 한다면 직접 현지에 가 보는 것, 아니면 소설 쓰기를 포기할 것인가, 차마 그건 못 할 일. 현지에 못 가도 소설을 써야 한다. 결론이 없는 결론.

자가당착의 모순을 풀어 나가는 길, 힘이 상상력이었습니다. 상상력에 의해 실제로는 못 가 봐도 허구의 세계에서 작가와 제주도가 교신하는 길. 상상력.

2.

"재일조선인은 일본의 조선 식민지배에 의한 디아스포라이며, 그 디아스포라에 의한 문학이 재일조선인 문학이요, 세대의 겹침에 따라 변용하면서 현재에 이르고 있다 …… 일본 문학이 아닌 일본어 문학으로서의 '재일'문학은 우선 디아스포라의 그 역사성에 의한 것이며, 일본 문학을 포함한 고차적 일본어 문학의 개념은 지금까지의 나의 '재일'문학에 대한 생각을 전제로 한 총론적인 견해다."(『국경을 넘어서는 것』, 2004)

청년기에 특유한 일이지만, 나는 서두에 언급한 것처럼, 허무, 니힐리즘의 깊은 늪에서 허덕이며 몸부림치면서 그 탈출구를 혁명에서 구했습니다.

그래서 20대였던 해방 직후 그 시대에 일본공산당에 입당(당시 일본은 일국일당(一國一黨)의 원칙이 남아있었습니다)하기도 했고, 조련(재일조선인연맹)의 후신인 조총련 조직에도 들어갔으나, 도중에 탈퇴, 실천 운동에 등을 돌리고 문학세계에서 허무의 초극의 길을 찾으면서 오늘에 이르고 있습니다. 90이 넘은 이 노인이 아직도 혁명 정신은 젊은이 못지않게 잃어버리지 않았다고 내 딴에는 생각하고 있습니다. 이런 말은 혼자서 중얼거리는 것이 좋을 듯합니다.

미안합니다.

그래서 전적으로 문학 세계로 들어간 나는 관념적으로 당시 역사가 말살당한 제주 4·3혁명에 맞서게 됩니다.

이 무렵에 초기 작품 『까마귀의 죽음』을 썼고, 만약 내가 『까마귀의 죽음』을 쓰지 못했으면 자살했을지도 모른다……고 어느 에세이에 썼듯이 이 소설을 쓸 수 있음으로써 현실 세계의 긍정, 삶[生]의 긍정으로 늪에서 기어올라 지상으로 한 걸음 내디딜 수 있는 자기 긍정에 이릅니다.

돌이켜 보면 애초에는 의식치 못했는데 차차 『화산도』가 완결됨에 따라 언젠가 오던 아득한 길을 걷고 있다는 무의식적인 짐작이 들어 가만히 그 길을 되돌아 살펴본즉, 그것이 『까마귀의 죽음』, 『화산도』의 뿌리, 원형이 『까마귀의 죽음』이었음을 인식, 깨닫게 되었습니다.

『까마귀의 죽음』과 『화산도』, 한국어 완역 『화산도』를 합친다면, 그 거리, 걸어 온 길이 60여 년이 됩니다. 줄곧 『까마귀의 죽음』이 제시한 길을 이 나이까지 걸어온 셈이지요.

4·3이 어디에 있고, 4·3이 무슨 숫자인지도 모르는 아득한 세월, 4·3이란 말만 들어도 몸서리치던 시절. 서울 김포공항 땅 밑에 수백, 수천 부지기수의 학살당한 시체가 수십 년 동안 묻혀있었다면 어떻게들 생각하겠습니까?

지금도 후유증이 남아 있으나, 제주도민은 오랜 군사독재 정권의 탄압 아래 기억 상실자, 말도 못 하고 듣지도 못하고 눈을 뜨고 봐서도 안 되는 인격 상실의 허수아비 신세였던 것입니다. 이제 정말 세상이 바뀐 것입니다. 고맙기 짝이 없도록……

3.

재일 동포는 세대가 젊어질수록 당연하기도 하나, 일본화가 깊어지면서 귀화를 하는 한편, 재일'한국'인, '조선'인으로서의 정체성을 바로 잡으려는 고뇌와 모순을 짊어진 존재입니다(앞으로 재일동포들의 정체성 확립에 1980년대부터 많이 들어 온 뉴커머의 위치와 역할이 커질 것으로 생각합니다).

재일조선인 문학은 그 반영, 문학적 표현이기도 합니다. 그러기에 재일작가들은 그 '재일'의 부조리를 테마로 소설을 씀으로써 자기가 나아가는 길을 찾고, 정체성을 확인, 확립하는 힘겨운 길을 걷고 있습니다. 그것은 또한 일본 문학 주류인 사소설에 알맞은 테마이며 응당 일본 문학에 합류하여(달리 말하면 일본 문학에 흡수되어) 풍요로운 일본 문학을 형성하는 데 도움이 되는 것입니다.

그리고 방법론으로 의식하지 않더라도 자연스럽게 피식민지자 생활에서 빚어진 사회적 배경, 작품의 사회성, 말하자면 일본 문학에 부족 혹은 결여된 점들을 보완하는 역할도 지니고 있습니다. 지금 '재일조선인 문학의 독자성'이란, 케케묵은 김석범의 주장이지 새로운 단계에 들어선 재일 문학은 어차피 일본 문학이 되고 말 것이라는 것이 일반적인 인식입니다. 그것도 그럴싸하지만 나로서는 그저 섭섭하기만 합니다.

아무튼 김석범 문학은 그 틀에서 벗어난 존재입니다. 한마디로 사면초가, 일본 문단에서도 그렇고, 조국의 남과 북과도 대립, 협공을 당하는 오랜 세월이 계속되었습니다.

도대체 '4·3'이 일본 문단, 독자들과 무슨 상관이 있겠습니까?

일본뿐만 아니라 재일동포들도 외면해 온 '4·3'.

나는 고립지구(孤立持久), 홀로 서 있음을 오래 지탱하면서 '비타협'의 인생을 보내온 셈입니다.

그래도 점차 일부 독자들이 받아들이기 시작, 일본 문학에서는 찾을 수 없는, 눈을 번쩍 뜨고 눈여겨 읽어야만 알 수 있는 『까마귀의 죽음』 등, 그리고 『화산도』가 일본 문학계에서 제자리를 차지하게 된 셈입니다.

이 까다로운 김석범 문학을 받아들인 고마운 독자들 …… 서두에서 언급한 것처럼 일본 땅이 아니었으면 쓸 수 없었던 망명 문학인 작품들.

일본어 문학, 일본 문단에서는 김석범의 주장이 역겨운 소리일지라도 허물어져 가는 재일동포의 정체성, 아울러 융화 소멸할지도 모를 재일 문학. 재일 작가의 한 사람인 나 자신을 지키기 위한 주장이도 합니다.

『화산도』는 단지 주어진 일본어로 쓰인 소설이 아니라 '민족어'로서의 구속에서 이미지가 형성되는 허구 세계에로의 비약과 동시에 변질시키는 상상력의 힘 그리고 소여의 사실에의 의거가 아니라 없어진 역사를 허구, 소설로 재생하는 상상력에 의해 산출된 작품입니다.

'……『화산도』는 망명적인 상실 위에 성립되었다. 『화산도』는 현실의 역사가 없는 곳에, 없었기 때문에 성립한 하나의 우주, 과거를 얼음에 채울 죽음에 가까운 망각 속에 처박아 놓을 현실에 대치하는 환상의 현실 – 역사이다.' (『이렇게도 어려운 만국행』, 1988)

일본어 문학이라는 주장을 이론화하기 위해 상상력을 주역으로
내세운 나의 언어론을 키잡이로 『화산도』를 완성했고, 그 길은 험
하고 외로웠지만 그것이 나의 작가로서의 자유와 정체성을 지키는
무기였으며, 외로움을 보편화하는 길이기도 했습니다.

『화산도』의 보편성, 외로움의 보편성, 나는 외로움 속에서 외로
움을 느끼지 않는 패러독스를 함께하고 있습니다. 그것이 또 한 번
말해서 『화산도』의 보편성이기도 합니다.

『화산도』는 지금 한국에서 널리 읽히기 시작했고, 과연 문학 작
품을 통해 4·3 문제가 새로 제기되고 있습니다.

4.

예술이 정치를 피하여 순수성을 지킨다는 예술지상주의도 그 나
름의 도리가 있습니다. 원래 양자는 물과 기름과도 같은 상극지간
이며 예컨대 군사 독재 등 언론 통제 사회에서는 작가, 지식인들은
시대의 요구성에 따라 불가불 정치와 맞서야만 할 때가 있습니다.

문학이 현실, 정치와 대치할 때 정치를 문학이 소화시켜 문학의
우월성을 확보할 수 있는가?

문학과 정치. 이것은 현시대 문학이 맞서야 할 테제입니다. 현
장에서 권력과 맞서 목숨을 걸고 싸울 때도 있고, 혹은 권력과의
타협, 아니면 망명의 길을 택하기도 합니다. 제2차 대전 때 나치
독일에서 많은 예술인, 지식인들이 해외로 망명을 했고, 망명지에
서 제각기 훌륭한 일들을 했습니다.

언론의 자유가 보장된 사회에서도 정치적 문제를 테마로 하는 작품이 흔히 이데올로기의 역작용으로 그 작품의 문학성, 예술성을 상실하기 마련입니다. 일본 문학의 주류인 사소설이 바로 그렇고 정치성을 띤 작품을 문학의 순수성을 범하는 하등 작품으로 배척당하기도 합니다. 사회성, 정치성을 피하는 깨끗한 순수문학.

소설은 세계를 전체적으로 보며 소여의 현실과 대치해 길항해야 하며, 레지스탕스 문학, 저항문학으로서 정치적으로 바뀌는 것이 문학의 속성입니다.

나는 그 길을 걸어 왔으며 소위 순수문학을 일컫는 사소설을 부정하지는 아니하더라도 내가 택할 길은 아니었습니다(우물 파듯이 자기 내면을 깊이 파고들면 보편성에 달하기도 합니다). 현실과의 길항 없이 체제 순응을 하다 보면 마침내 그 소설은 현실에 흡수되어 사라지고 마는 경구가 많습니다.

정치와 문학, 러시아 혁명을 비롯해 혁명의 시대, 20세기는 바로 로맨티시즘과 니힐리즘을 극복하는 혁명과 문학의 시대였습니다.

혁명의 앙양기(昂揚期), 권력을 틀어잡고 국가 체제 관리에 따르는 관료주의, 교조주의에 들어서기 전에 문학, 예술은 혁명에 정열을 불태우는 순수성이 뒷받침되어 프로파간다도 정치성을 넘어 예술작품이 되기도 합니다.

김석범 문학은 대체로 『까마귀의 죽음』 등으로부터 아주 정치적이며 반권력, 반체제적인 문학이었습니다.

따라서 정치적 이데올로기의 작용으로 작품의 문학성과 더불어 정치성이 강한 경향을 띨 위험성이 있어 그럴 경우 자칫하면 문학이 아닌 프로파간다적인 것으로 되고 마는 수가 있습니다.

일찍이 프롤레타리아 문학은 계급주의 사상이 앞서서 예술성을 훼손, 교조적 프로파간다가 되는 경우가 많았습니다.

"나의 위(胃)는 문학의 불가사리며 강한 정치적 테마도 문학으로 녹여버릴 힘이 있다"며 자주 농담 삼아 이야기하는데 나의 문학 활동은 테마가 테마인 만큼 항상 정치성이 따라다닙니다.

문학의 문학성, 예술성은 상실, 정치적인 작품으로 전락하는 것을 막아 정치를 녹여서 문학의 자양분으로 섭취, 더욱 문학성이 강한 작품을 산출하고자 하는 것이 문학적 자세이며 바로 나의 작품의 집대성인 『화산도』는 그것의 구현물입니다. 정치성을 극복 소화, 예술로 승화시키는 일이 진짜 예술지상주의가 아닌가도 생각합니다.

5.

수상 연설 "해방공간의 역사 재심을"의 부제가 '반통일, 분단 역사의 형성기'입니다.

『화산도』의 배경이 해방공간의 시, 공간이며 주된 무대가 4·3의 현장인 제주도와 서울입니다.

해방공간, 다시 말해, 해방 정치공간의 주도 세력은 일제시대의 반민족 행위를 청산하지 못한, 친일이 친미로 전환, 변신한 친일파 세력이며 친일파를 발판으로 정권을 장악한 이승만 서울 정부입니다.

『화산도』의 주요 테마의 하나는 친일파, 참된 해방공간의 역사를 더럽히고 우리나라 새 건설기의 기틀을 망쳐먹은 친일파 문제, 4·3 대학살의 뿌리가 바로 미군정 밑에서 발족한 이승만 친일파 정권에 있음을 추구하고 있습니다.

실패로 끝난 4·3혁명, 실패로 끝난 조선민주주의 통일정부 수립, 하 수상한 혼란의 시대, 『화산도』는 제주도를 무대로 극한 상황 속에서 움직이는 인간 군상, 주로 주인공 이방근을 통해 전장화되고 학살 터에서 사람들이 어떻게든 살아가야만 하는 양상을 그려낸 것입니다.

전쟁 포고도 없이 학살, 능욕, 만행이 일상화된 생활, 지옥 속에서도 살아가야 하는 무고한 목숨.

20세기 문학의 보편적인 테마가 살인과 자유(인류의 영원한 테마). 우리들에게 사람이 사람을 죽일 권리가 있는가? 왜 살인을 하고 그 후처리는 어떻게 하느냐. 자유로운 인간을 타자, 다른 사람을 죽이지 않는다. 그 전에 자기 자신을 죽이는 즉 자살을 한다. 이방근의 사상입니다.

그러나 그는 자살하기 전에 살인을 하게 된다. 그 '절대악'인 결찰 간부 정세용, 외8촌 형이기도 한 정세용을 한라산의 눈에 덮인 게릴라 아지트에서 총살하고 스스로 자유를 상실하는 그것이 원인인지는 알 수 없으나 결국 자살합니다. 한라산 기슭 산천단 동굴 옆에서 자살합니다.

소설은 여기서 끝나는데 왜 이방근은 산천당에서 자살했느냐. 작가인 나도 좀 이해하기가 어렵고, 지금 일본 잡지에 연재 중인 소설에서도 그 문제를 일본으로 망향해 목숨을 유지한 한라산 게릴라였던 남승지 그리고 이방근을 스승으로 모시는 밀항선 선주 한대용을 통해, 아니 그들과 함께 이방근의 자살의 원인, 그 뿌리를 찾기 위해

신경을 쓰고 있습니다.

어처구니없는 폭력으로 뒤덮인 섬 땅에서 무고한 사람들의 떼죽음이란 무엇이냐.

아무튼 이방근의 살인과 불가분의 자살은 4·3 학살 터의 극한 상황을 한층 더 두드러지게 표출하는 문학적 역할을 하고 있습니다.

도대체 4·3의 학살 터에서의 사람의 생사는 무엇인가. 살아서 죽은 사람. 어떻게 생사를 가리는가. 죽음이 무엇이며 삶은 무엇인가.

살아남은 자 남승지와 한대용은 그들 속에서 죽은 자 이방근의 숨겨진 혁명 정신을 이어받아서 앞으로 나아갈 길을 다지게 됩니다.

죽은 자는 생자, 산자 속에 산다. 이것은 인류적인 전 인간적인 기억의 문제이며, 그것이 인류의 역사입니다.

괴기는 시라지고 없어지나 강제로 없앨 수도 없습니다. 반세기, 영구 동토 속에서 얼어붙었던 한없이 죽음에 접어드는 망각과 기억.

권력자는 학살을 망각 속에서 땅 속 깊이 처박아 없애려고 했으나 긴 긴, 기나긴 세월이었지만 반세기 만에 지상으로 되살아난 것입니다.

해방공간의 역사, 은폐하고 왜곡된 역사. 5년간 신탁 통치를 폐기하고 이승만 단독정부 수립 과정이 올바른 역사였던가를 밝히는 4·3의 역사 바로 세우기는 불가분의 역사적 과업입니다.

이 지나간 역사는 지금 산자인 우리들 속에 살아 있습니다.

위 글은 한국의 은평구에서 제정한 제1회 이호철통일로문학상(2017) 본상 수상자로서 선정된 작가 김석범이 시상식을 기념하기 위해 2017년 9월 18일에 열린 '역사의 정명과 평화를 향한 김석범 문학' 심포지엄에서 기조발제한 글이다.

나의 문학과 4·3

◉

김석범

　안녕하십니까. 일본에서 온 김석범올시다. 저는 혼자서 온 것이 아니라 일본에서 일본 사람과 재일동포 다 합해서 약 30명쯤 되는 사람들이 단체여행을 꾸려가지고 4·3 유적지를 탐방하고자 온 일행 가운데 한 사람입니다. 실은 개인적인 행동을 할 자유가 없음에도 불구하고 특별히 여러분께서 초청해 주셔서 이런 자리에 오게 되었습니다. 이 자리가 기조강연으로 되어있지만, 내용을 특별히 준비해 온 것도 아니고, 이론적인 측면을 말씀드릴 것도 아닙니다. 맨 처음 전화로 일본에 연락이 왔었는데, 그때 주최 측의 말씀으로는 저의 4·3문학 행적, 그러니까, 말하자면 감상이나 감회 정도를 얘기하면 좋다는 말씀이 있었어요.

　그래서 오늘은 저의 『화산도(火山島)』라는 소설이 어떻게 해서 성립했는지를 중심으로 말씀드릴까 합니다. 『화산도』가 한국에서 1988년에 다섯 권으로 발간되었지만, 실은 그것이 전부가 아닙니다. 1976년부터 한 10년쯤 일본 문예잡지에 연재한 다음 그걸 일단 세 권의 책으로 엮은 것을 한국에서 형식을 바꿔가지고 다섯 권의 책으로 출간하게 된 것입니다. 그 당시 실천문학사에서 출판을 하게 되었는데, 원작자인 저와 실천문학사 간에 직접적으로는 아무런 연락을 취할 수가 없었습니다. 자칫 잘못하다가 판매금지가 될까 봐 신문광고도 『화산도』라는 책이름만 냈지 작가의 이름도 없는 괴이한 광고가 그 당시에 나왔습니다.

지금 한국판으로 번역 소개된 『화산도』는 3분의 1 정도 분량밖에 못 돼요. 한국판으로 나온 것은 상당히 내용이 생략되고 줄어진 점들이 많습니다. 그리고 일지(日誌) 형식으로 되었는데, 원작은 일지 형식이 아니어요. 이러한 여러 가지 애로점을 가지고 있긴 하지만, 저의 소설작품이 한국에서 번역 출판된 것이 퍽 의의는 있었디고 봅니다. 한국에서는 『화산도』 이전에 현기영 씨의 『순이 삼촌』 등이 나와 있지 않습니까? 그 후에 일본에 있는 동포 작가에 의해 제주도의 사건을 다룬, 그 당시로서는 큰 작품이 나왔다는 그런 의미에서, 1988년도에 한국에서 나온 『화산도』는 불충분한 출판이었지만, 나름대로 상당히 의의가 깊은 것이라고 생각합니다.

제가 4·3 문제를 다루기 시작한 건 『까마귀의 죽음』에서부터입니다. 1957년에 공인잡지에 발표되었는데, 약 10년 동안은 영 문제시되지 않았어요. 알아주는 사람이 거의 없었습니다. 『까마귀의 죽음』에 나로서는 김석범의 전 작품 중에 대표작으로 생각되는 작품이지만, 발표 당시에는 주목을 끌지 못했어요. 10년 후에 겨우 신흥서방이라고 동포가 하는 조그마한 출판사에서 한 1천 부 정도 출판하게 되었습니다. 그 후 1971년에 그것이 고단샤(講談社)라고 큰 출판사에서 『까마귀의 죽음』이 나옴으로써 겨우 어느 정도 일본 독자들뿐만 아니라 편집자들에게 알려지기 시작했습니다.

여러분은 김석범이 『화산도』를 비롯하여 기타 4·3에 관련된 여러 작품을 쓰고 있어서 일본에서 독자가 많고 환영을 받고 있을 것이라고 생각할지도 모르겠어요. 하지만 그렇지 않습니다. 같은 우리 동포, 가령 일본에 있는 동포들 역시 고향을 잊고 4·3에 대해서 눈감고, 이런 시대가 오래 계속되지 않았습니까? 우리 자체가 그런데 일본 사람들과 일본 문단에선 제주도, 더군다나 상당히 정치적 문제가 내포되어 있는 4·3사건에 대해서 형상화한 작품에 주목할 리 없습니다. 일본 사람들 혹은 일본 문단인 경우에는 옛날부터 우경적인 경향이 있어요. 특별히 일본 문단에서 제주도에 관해 배려를 해줘서 제가 4·3사건에 대해 작품을 쓴 것이 아닙니다.

일본 문학에서는 개인의 신변문제를 주로 다루는 사소설(私小說)이 일제 강점기부터 하나의 주류로 형성되어 왔어요. 『까마귀의 죽음』은 소설의 방법, 형식, 내용 자체가 상당히 정치적 색채가 농후하지 않습니까? 일본 문단에서는 그런 작품을 받아들이지 않았습니다. 그러기 때문에 맨 처음부터 저의 문학활동이라는 것은 일본 문단의 주된 흐름에서는 벗어나 있었어요. 한국 문단에서는 『화산도』가 일본의 사소설의 영향을 농후하게 받았다고 평하는데, 그건 영 모른 데서 나온 말씀이죠. 전혀 그런 것이 아닙니다.

재일본 조선인 문학은 옛날부터 일본 사소설의 큰 영향 밑에서 성장해 왔어요. 지나친 표현을 쓰자면, 그러한 비호 혹은 옹호 밑에 재일본 조선인 작가들이 일본 문단에 작품을 발표했다고 할 수 있습니다. 그런데 재일본 조선인 작가 가운데서 유독 일본 문학의 흐름에 영향을 받지 않고, 사소설적인 방법을 취하지 않고, 재일본

조선인 문학의 독자성을 견지해서 작품을 써온 작가는 저 혼자입니다. 제가 자기 자랑하고자 하는 것이 아니고 말이죠, 그런 가운데 일본 문단에 상당히 들어가기 어려운 4·3 문제를 제가 다뤄 오지 않았습니까?

그러나 일본 문단에는 일정한 지향을 가지는 독자들도 있고 훌륭한 편집자들도 있습니다. 일본 문단 문인들과는 특별한 교제가 없는 제가 그러한 편집자들의 도움을 얻은 것이죠. 일본 사람들에게 먹혀들기 힘들 것 같은 4·3에 관한 작품을 일본 문학계에서 주목한 것입니다. 일정한 독자들을 얻을 수 있었고 책으로 출판되어 나오게 된 것입니다. 저의 책은 대체로 큰 출판사에서 나오는데, 저의 작품을 출판해서 큰 벌이가 되는 것은 아니어요. 그러나 적자가 나는 것도 재미가 적지 않습니까? 그러니까 수지가 조금 맞을까 말까 하는 정도인데도, '우리 출판사에서 김석범의 작품도 낸다'는 것이 하나의 피아르가 되는 것이어요.

제가 자화자찬하는 것이 아니라, 이건 문학의 힘입니다. 내가 4·3 문제를 다루고 있지만 이건 제주도 4·3사건에 국한된 문제가 아니라는 것입니다. 초월성을 가지고 있습니다. 4·3문학인 동시에 보편성을 띠고 있어요. 일본문단에서는 아직 김석범을 적대시하는 부분도 많습니다. 저가 호락호락 일본 문단 친구하고 어울려 다니는 사람도 아니지 않습니까? 그런데도 일본 독자 혹은 일본 문단에서 무시할 수 없는 존재가 된 것이지요.

한국에 오니 어떤 분이 노벨상 후보니 어쩌니 하던데, 그건 오해입니다. 자꾸 허풍이 돌고 있는데 그런 것은 아니어요. 농담 삼아서 말씀드리자면, 화산도가 4백자 원고지로 1만 1천 장이 넘을 정도로 너무 길어서 그렇지, 이것이 만약에 영어로 번역이 된다면 노벨상을 받을 수 있지요. 일본 사람들이 재일본 조선인 작가를 위해 영어로 번역해서 출판할 리 있겠습니까? 노벨상이 어려운 것은 아니어요. 다 비슷하지 않겠습니까? 노벨문학상이라고 해서 대단한 것이라고 생각하지 마십시오. 한국 문단에서도 노벨상 받을 만한 사람이 있지 않겠습니까? 영어로 번역해 선전만 잘하면 말이죠. 정치적인 여러 가지 수단도 써야 됩니다.

이 자리에 일본에서 나카무라 후쿠지(中村福治) 선생님이 와 계시는데, 나카무라 선생이 쓰신 책이 이삼 일 전에 한국의 삼인출판사에서 번역되어 나왔습니다. 책이름이 『김석범 '화산도' 읽기』로 되어 있습니다. 『화산도』가 한국에서 전 작품이 번역되기도 전에 『화산도』에 대한 비평 논의가 일본인 학자의 손에 의해서 한국에서 출판된 것은 상당히 아이러니가 있지 않겠습니까? 제가 일본에서는 책이 그리 팔리는 작가는 아니지만, 그래도 일본 문단에서는 저에게 대해서는 함부로 말하지 않습니다. 그만큼 되어 있습니다. 이건 문학의 힘입니다.

제주도 4·3사건은 정치적인 문제도 있고 여러 가지 요인들 때문에 그런 것을 취급한다고 하면 보통 같으면 배척합니다. 배척하는 출판사도 있습니다. 김석범은 옛날부터 좌익으로 통하고 있는 사람이기 때문이죠. 그렇지만 일본 문단에서는 대체로 저의 작품이 들어갈 요소는 있어요.

『화산도』의 내용이란 게 말이죠, 그저 4·3사건 그런 학살이니 하는 것만 연상하는데, 문학이란 것은 르포르타주가 아니지 않습니까? 4·3사건을 문학에서 취급할 때 어떤 일어난 사태를 작품으로 재현할 수도 있지만, 그것만으로 끝나서는 안 된다고 생각합니다. 어디까지나 문학이라는 것은 현실을 다루되, 단순한 기록문학이라든가 하는 것과는 성질이 다르지 않습니까?

그러므로 오히려 문학성이라는 것은, 문학성이라는 것도 여러 가지가 있겠지만, 저의 주장은 문학성이란 하나의 픽션임을 염두에 두어야 한다는 것입니다. 커다란 건물을 짓는 것처럼 허구를 가지고 하나의 이야기, 소설세계, 문학세계가 이루어지는 것이죠. 저는 원래 일본의 사소설적인 신변 문학을 좋아하지 않습니다. 일본은 지금까지도 그렇죠. 아직도 그런 사소설적인 경향이 커요.

지금부터 40여 년 전에 제가 『까마귀의 죽음』을 쓰게 됐는데, 왜 쓰게 됐느냐? 1948년 제가 대학에 입학한 그해 4월에 사건이 터지지 않았습니까? 그 당시 일본에 있는 우리들은 사태에 대해 잘 몰랐습니다. 그런데 1948년 가을부터 겨울에 걸쳐 가지고 밀항자들이 일본에 들어와요. 그래서 제주도에서 온 밀항자들을 통해서 그 당시에 학살의 참상을 어느 정도 알게 되었습니다. 전반적인 사항을 모두 알 수는 없지 않겠습니까? 실제 그때 제주경찰서에 체포당해 가지고 거기서 며칠 동안 고문당했다는 증언 등 기타 여러 가지 얘기가 있었어요. 그때 충격이 보통이 아니었습니다.

저는 원래 젊었을 때 니힐리즘, 즉 허무주의적인 생각이 농후하고, 한편으로는 사회주의, 공산주의의 갈등이 있었어요. 저는 일본에서 태어났어도 제주도가 고향입니다. 그 당시에 저의 고향에서 그것도 미국의 강점 밑에서 이승만 정권에 의해 보통 아닌 학살이 벌어졌다는 거예요. 비록 일부분에 불과했지만, 진상을 다소 알게 되면서 그 충격이 보통이 아니었어요. 내가 만약 진짜 허무주의 같으면 어땠겠습니까? 제주도 고향 땅 현장에 가보라, 그래서 나의 눈앞에서 어린아이가 학살당하고 부녀자들이 강간당하는 그런 현장을 목격했을 때 어떤 행동을 취할 것인가, 그런 현실 앞에서 허무주의가 성립하겠는가, 하는 것이 자기 자신에 대한 자문이었어요. 침묵을 지키거나 권력에 대변자가 되어야 할 것인가? 아니면 항거하여 학살 현장에서 죽임을 당할 것인가?

제가 현지에 있지 못한 사람이기 때문에 일본에서 소식을 듣는 입장이었지 않습니까? 그것도 밀항자, 말하자면 도망치고 온 사람, 제주도에서 싸우는 사람 입장에서 보면 비겁하다고 할 수 있는 사람들에게 그런 소식을 들었어요.

그러나 너무 충격이 크면 오히려 제대로 된 소설이 안 나옵니다. 제가 지금까지 40여 년 동안 4·3 문제를 다루고 『화산도』를 일본 문예잡지에 20년 연재했는데, 그 지속력이 어디서 나왔느냐? 제가 만약에 현지 제주 땅에서 그 당시 생활하면서 직접 투쟁에 참가했다면, 제가 직접 체험을 했다면 소설이 잘 안 나왔을 거여요. 나중에 알고 보니 보통의 사태가 아니었다는 것이죠. 작가는 정신으로 쓰는 것이 아니겠습니까? 어떻게 현실과 맞대어가지고 소설화할 수 있느냐 하는 것이 저의 과제였습니다. 그저 현실에서 그런 사건이 터졌으니까 그걸 사실대로만 그려낸다고 하면, 그것은 소설이 아니잖습니까? 물론 소설이라는 건 재능도 필요하죠. 하지만 그것보다 더욱 필요한 것은 강력한 정신력과 의지력이라고 생각해요. 하나의 세계를 구축해내는, 현실에서 상상력을 발휘하여 하나의 큰 자기 나름의 우주를 구축하는, 그래서 큰 건물을 건설하는 것처럼 작품을 써야 합니다. 보통의 의지와 정신력을 가져서는 이뤄내지 못합니다.

4·3 문제를, 더군다나 일본에 있어 체험을 하지 못한 사건에 대해, 직접 눈으로 보지 못한 현실을 대하는 나의 태도가 무엇이냐? 그 대상이 없지 않습니까? 머릿속에서 떠올릴 수밖에 없지 않습니까? 머릿속에 떠올라도 현실을 모른지라 작품화하기 힘들었어요. 그 당시에는 자료가 없었습니다. 그래서 겨우 사건이 터진 후 10년 후인 1957년에 제가 400자 원고지 일백오십 장 정도 되는 『까마귀의 죽음』이라는 소설을 썼어요. 하지만 그 작품이 당시에는 별로 주목받지 못했어요.

저의 소설을 전부 합하면 400자 원고용지로 1만 5천~6천 장 정도 될 것입니다. 그런데 저는 저의 작품 중에서도 『까마귀의 죽음』을 대표작으로 보고 있어요. 그리고 『화산도』의 제2부를 끝마친 후에도 제1부를 끝마칠 때와 마찬가지로 감회를 가지게 되었는데, 결국 쓰다 보니까 20년이 걸려서 400자 원고지로 1만 장이 넘는 『화산도』를 썼는데, 그 작품을 마무리 짓고 난 내 소감은 '아이고, 내가 40년 전의 『까마귀의 죽음』으로 다시 돌아가고 있구나!' 하는 것을 비로소 깨달았습니다. 결국 작품은 다르지만, 『화산도』의 원형이 400자 원고지 일백 수십 장 정도 분량의 첫 작품인 『까마귀의 죽음』의 테두리에 있는 것입니다. 『까마귀의 죽음』을 일본에서는 제대로 평가하지를 못했죠. 그런데 지금도 나오고 있으며, 금년 초에는 불란서에서 불어로 번역이 되었습니다만, 40년 전 작품이 아닙니까? 보통 같으면 2~3년 정도면 번역을 해서 나오는 법인데 말입니다. 1988년에는 대만의 세계문학전집에 『까마귀의 죽음』이 한 편으로 들어가 있어요. 황석영 씨 작품도 한 편이 들어가 있고요. 발표 당시 묵살당한 『까마귀의 죽음』이 지금도 이렇게 살아 있습니다. 자화자찬하는 것이 아니라, 바로 이것이 문학의 힘입니다.

『까마귀의 죽음』을 1957년에 쓴 이후로 그리 평가도 받지 못했으면서도 제주 4·3 관련 주제로 계속해서 작품을 썼습니다. 그 후에 1976년부터 일본 문예잡지에 『화산도』를 연재하기 시작했는데, 그때는 제가 조총련 조직에서 나오던 시기입니다. 조총련 조직에서 제가 비판당합니다. 그리고 여러분도 아시다시피 한국 정부의 경계 대상이었습니다. 지금은 적극적으로 김대중 정권을 지지하는 사람입니다만, 그 전에는 그러지 못했습니다. 한국 여행을 다녀오면, 꼭 한국 정부를 비판하는 글을 써온 사람입니다.

저는 이번이 네 번째로 제주도에 들어온 것입니다. 예전에는 제가 혼자서 한국 출입하는 것도 상당히 어려웠습니다. 옥신각신 대사관과 싸웠습니다. 그저 순순히 제가 대사관에서 하는 말을 들을 수는 없었습니다. 아무런 조건 없이 일본에서 조선 국적을 가지고 들어오려면, 뒤에서 거래가 있는 법입니다. 지금 김석범의 신변을 잘 알고 있는 건, 대한민국의 정보기관입니다. 저에 대해 철저히 조사했기 때문입니다. 요즘 몇 년 전부터는 저가 한국 대사관에 신용이 있어요. '고집이 센 사람이고 타협을 하지 않는 사람이다. 인간적으로 믿을 수 있는 사람이 아니냐?' 그런 말들이 나옵니다. 이번에 실은 혼자서도 출입하기 어려웠던 자기 고향에, 한국에 일본 친구 30명이 단체여행을 하게 되었다는 사실은 대단한 사건입니다. 옛날에는 한 사람도 출입하지 못했는데 말이죠. 더구나 30명의 사람들 가운데 옛날에 기피인물이던 김석범이 섞여 있지 않습니까? 그저께 먼저 저 혼자 제주에 왔는데, 공항에 내리니까 어떤 사람이 명함을 내미는 거여요. '경찰'이라고 써 있어요. '경찰이 왜 여기에 나왔어?' 하고 제가 질문을 했어요. 옛날에는 제가 한국에 들어오면 경찰이 자꾸 쫓아다녔어요. '21세기에 무슨 일이 있어서 왔느냐?' 하니까 '그게 아니라 일본에서 사람이 많이 온다니까 그 사람들을 돌보기 위해서……'라고 답하더군요. 이렇게 시대가 바뀌었어요. 꿈에도 생각 못 한 일이 현실화되지 않았습니까?

요즘 일제강점의 역사와 관련하여 과거청산 문제가 대두되고 있습니다. 그런데 우선은 과거청산에서 우리나라가 제일 세계적으로 부끄러운 것이 있어요. 옛날에 과거청산을 똑똑히 하지 못했다는 것입니다. 일본은 그나마 국제재판이라든가 자주 하는 척이라도 하지 않았습니까? 반면에 한국은 조금도 그러지 못했어요. 이걸 제대로 해야 합니다. 특히 한국 현대사에서 제일 수치스러운 것은 친일파 문제에 대한 과거청산을 하지 못한 것이라고 봅니다.

사태 50년 후에 김대중 정권하에서 4·3특별법이 국회를 통과했습니다. 물론 이건 우리의 힘과 노력으로 된 것입니다만, 김대중 정권이 아니라면 통과되기 어려울 뻔하지 않았습니까? 잘 모르긴 하지만, 4·3특별법 성립이 과거청산의 첫걸음이라고 저는 생각하고 있습니다. 기록적인, 역사적인 사건이라고 생각합니다. 한국은 과거를 청산할 줄 모르는 나라, 과거의 잘못을 물려받아서 정권을 유지한 나라이기 때문에 과거청산이 될 일이 없었지요. 아직 친일파 문제는 그대로 남아 있지만, 4·3특별법을 성립시켰다는 사실은 실질적으로 과거청산을 위해 움직이기 시작했음을 의미하는 것이라고 봅니다. 한국 민주주의의 커다란 한 걸음을 내디딘 것이라고 생각합니다. 이번에 제가 재일동포, 일본 사람들과 같이 들어온 것도 이건 10년 전만 해도 상상도 못 한 일입니다.

물론 비행기에서 제주 땅에 내릴 적에는 속이 좋지 못합니다. 얼마 전 일본 문예잡지에도 썼는데, 아직 이 땅 밑에, 정방폭포 물 아래 학살된 시체가 버려진 채로 있습니다. 여러분도 아시다시피, 동광리 주민들이 끌려가서, 정방폭포에서 몇 차례 많은 사람들이 학살당하지 않았습니까? 거기서 학살해서 그냥 폭포에 내던져버린 거예요. 이것 제가 직접 본 것은 아닙니다만, 그 정방폭포 아래에는 뼈다귀가 많이 있지 않겠습니까? 정뜨르 비행장도 그런 현장이지 않습니까? 이런 것들이 다 문학입니다. 단지 정방폭포에 아직 시신이 많이 남아 있다는 식으로 쓰는 데서 그친다면 좋은 문학이 아니겠지요. 거기서 작가가 가진 상상력이 발휘되어 물속까지 들어가 보아야 되겠지요. 거기에 들어감으로써 작가의 마음속에 어떤 형상이 일어나는가? 어떤 문제가 제기될 수 있는가? 문학이라는 것은 구체적인 것을 써야 됩니다. 문학은 사회과학이 아니기에 맨 처음부터 보편적인 것이 아니지 않습니까? 어디까지나 구체적인 것을 보편화하는 게, 다시 말하자면 구체적인 것과 보편적인 것이 하나로 묶여진 것이 문학으로 생각합니다.

　저는 4·3의 문학화와 관련하여 상당히 고생을 많이 했어요. 협격(挾擊)을 당한 사람이어요. 사면초가였지요. 지금 일본 오사카(大阪) 지방에 사는 제주 출신 재일교포들이 왜 4·3 피해신고를 잘 하지 않느냐 하는 의문을 가지는 분들이 있는데요, 제주 출신들이 겉으로는 4·3 문제에 대해 관심이 없어요. 없는 척합니다. 입을 다물어서 살아왔습니다. 4, 5년 전에 돌아가신 저의 형님께서 저가 제주도 4·3사건에 대해 소설을 쓴 것을 알아가지고 "그 비좁은 제주도 땅을 상대로 해가지고 소설이 되느냐?" 하고 물은 적이 있어요. 땅이 좁다고 해서 소설의 주제나 대상이 안 되겠습니까? 그런 게 아니어요. 그런 정도로 재일제주인들의 인식이 없다는 것이어요. 겨우 요즘에야 좀 시대가 바뀌어져서 어느 정도 보편적으로 됐을 뿐이지요. 일본에 제주 고향 사람이 많다고 해서 제주도 4·3 문제가 올바로 거론되는 것은 아니지 않습니까?

저의 경우에는, 신세타령은 아니지만, 그런 열악한 환경 속에서 제가 4·3 문제를 써왔다는 것 아닙니까? 어디에서도 타협이 없었어요. 일본 문단에 대해서도 타협이 없었고 북이든 남이든 양쪽 어느 조직에도 타협하지 않았어요. 저의 외국인 등록증에 국적란의 기명은 '조선'으로 되어 있지만, 지난 1988년도에 40여 년 만에 한국에 들어왔을 때 기자회견에서 말했어요. "나는 조국이 없는 사람이다. 남쪽의 대한민국도 나의 조국도 아니고, 북쪽의 조선민주주의인민공화국도 나의 조국이 아니다. 나의 조국이라는 것은 오직 통일조선이 나의 조국이다"라고 말입니다. 지금도 여전히 그렇게 생각하고 있습니다. 작년에 남북정상회담이 있었습니다. 여러 가지 애로점이 있었으나, 과거에 비해 세상이 많이 달라진 셈이죠. 하지만 우리가 앞으로 해나가야 할 일이 상당히 많습니다.

두서없는 말씀을 경청해 주셔서 고맙습니다. 멀리서 온 손님 대접해 주는 셈으로 치고 용서해 주시기 바랍니다.

이 글은 2001년 4월 2일 제주작가회의가 주관한 '4·3문학에서 통일문학으로' 심포지엄의 기조강연 내용을 정리한 것이다. 출처: 『제주작가』 2001년 상반기호(통권 6호).

내 안의 일본과 일본어

⊙

김시종

　이런저런 화젯거리가 무성했던 '전후(戰後) 50년'이었지만, 1년이 지난 '51년'째인 올해는 스쳐 지나간 바람처럼 화젯거리조차 싹 쓸려가 버린 느낌입니다. 분명 우리는 '전후 50년'이라는 매듭을 지난해 맞이한 셈입니다만, 요즘의 생활 실상을 감안하건대, 그 전쟁이 어떤 경위와 내용을 담은 것이었는지를 전후 상황과 서로 비춰보면서 곰곰이 생각한 이는 그리 많지 않을 것입니다. 대체로 '종전'을 기점으로 지나온 세월을 '전후 50년'이라고 말합니다. 일어나지 말았어야 했던 전쟁으로부터 서로 양해한 가운데 죽 외면해온 50년이기도 했습니다.

　굳이 말할 것도 없이 '전후'는 15년 전쟁에 패한 날부터의 시대 구분이며, 식민지 세대인 나에게는 옛 일본의 멍에에서 풀려난 반세기였습니다. 요점은 '나의 무엇이 해방되었는가'라는 문제입니다만, 아무튼 전후는 패전과 해방이 한데 맞물려 비롯된 새로운 시대의 도래였다는 사실에는 변함이 없었습니다. 그런데 어찌 된 까닭인지 전후의 추이는 수구 세력의 부흥 위에 민주주의가 구가되고, 해방이 되었을 내 나라 조선은 아직도 남북으로 분단된 채 민족의 비애를 그러안고 있습니다.

나 역시 식민지 언어였던 일본어의 굴레에서 일찌감치 해방되었을 터이건만, 또다시 그 일본어에 끌려 되돌아온 재일(在日) 생활자로서 꿈마저 일본어로 꾸면서 오늘에 이르고 있습니다. 옛 일본의 식민지 사람으로 자란 내 의식의 저변을 형성하고 있는 그 일본어에 대해, 일본어를 생활 언어로 삼고 있는 지금의 일본인들에게 이야기하는 것은 그리 수월한 일이 아닙니다. 그 일본어에는 식민지 세대 후반에 속하는 나의 알 수 없는 비애감까지 뒤엉켜 욱신거리기 때문입니다.

말할 것도 없이 언어는 사람의 의식을 주관하는 것입니다. 인간의 사유와 사고는 언어에 의해 발달해갑니다. 실어증이라는 병이 있는데, 이 병에 걸리면 사물의 판단력을 잃게 된다고 합니다. 우리는 언어를 익힘으로써 사물을 자각하고 판단하고 분석하거나 재통합하고 있는 것입니다. 암흑 속의 한 점 불빛처럼 언어가 미치는 범위는 빛 가운데 있습니다. '언어'라 하면 일반적으로 입 밖으로 나오는 말 혹은 눈으로 확인할 수 있는 글자를 생각하기 쉬우나, 언어는 오히려 몸 전체가 품고 있는 것이라 생각해야겠지요. 뺨 근육 하나, 입가의 일그러짐 하나가 이미 언어를 품고 있고 그것이 온몸으로 '표현'되는 사람들로 청각 장애자나 글자를 모르는 사람들이 있습니다.

"언어는 존재의 집"이라고 말한 이는 독일 철학자 하이데거인데, 의식의 기능으로서 나에게 눌러앉은 최초의 언어는 '일본어'라는 남의 나라 말이었습니다. 즉, 일본어는 내 의식의 저변을 형성해버렸다는 사실입니다. 전쟁 전 식민지 통치하에서 익힌 일본어가 일본인이 아닌 내 의식의 관문이 되어 지금까지도 나의 사고에 주둥이를 들이대며 간섭하고 있습니다.

이것은 어쩌면 간신히 깨친 조선어로보다는 내 나이 열일곱 살 때 종전이 되고 일본이 패함으로써 조선인으로 되돌아가 소위 '해방된' 국민이 되긴 했으나, 종전이 될 때까지 나는 제 나라의 언어 '아' 자 하나 쓸 줄 모르는 황국 소년이었습니다. 그러한 내게, 나라를 빼앗길 때도 되찾을 때도 아무런 관련이 없었던 내게 '이것이 너의 나라다' 하고서 나라가 주어졌습니다. 그 '나라'에 맞닿을 만한 아무것도 갖추지 못한 내게 말입니다. 무엇보다도 우선 나에게는 조선어, 민족의식을 심화시키고 자각심을 일으킬 만한 모국어가 없었습니다. 간신히 알아들을까 말까 할 정도로, 표준어와는 아주 먼 방언만이 그나마 나의 모어였습니다. 그럼에도 세대적으로는, 시련을 견디어 되살아난 조국의 미래를 짊어진 확실한 젊은이 가운데 한 사람이었던 것입니다.

그야말로 손톱으로 벽을 긁는 심정으로 제 나라의 언어를 '가나다'부터 배우기 시작했습니다. 덕분에 민족적 자각 또는 제 혈관 속에 감춰져 있어 의식하지 못했던 나라를 향한 마음 등이 마침내 깨우쳐졌습니다만, 그 자각을 위한 노력을 통해서도 원초적인 민족의식을 막아온 일본어라는 언어는 익숙해진 지각을 집요하게 부추겨 사물의 옳고 그름을 일일이 자신의 저울에 올려놓으려 합니다. 사고의 선택이나 가치 판단이 조선어에서 오는 것이 아니라, 일본어에서 분광되어 나옵니다. 빛을 비추면 프리즘이 색깔을 나누듯이 조선어가 건져

집니다. 이렇게 치환되는 사고 경로가 나의 주체를 주관하고 있습니다. 그 흔들림의 근원에 일본어가 뿌리내리고 있습니다.

일본에서 지낸 세월이 반세기에 이르게 되고 보니, 애써 쌓은 모국어 실력도 날이 갈수록 멀어지는 것을 부정할 수 없습니다. 아무래도 일상 전체가 일본어로 꾸려지고 있는 탓에, 나의 조선은 점점 임시 거처의 양상을 짙게 띠고 있습니다. 이처럼 일본어는 전적으로 나의 과거와 현재를 그러안고 있는 것이며, 바로 그 때문에 잃어버린 나의 과거 그 자체이기도 합니다. 다시 떠올리고 싶지 않은 기억인 동시에 응시해야만 하는 내 생성의 비의(秘儀)입니다.

식민지하의 조선에서 '국어(일본어)' 상용이라는 말이 드세게 나오기 시작한 것은 보통학교라 불린 소학교 과정이 국민학교로 명칭이 바뀐 지 얼마 안 되었을 즈음입니다. 내가 마침 4학년 때였습니다. 학교에서는 절대로 조선어를 사용하면 안 된다는 것이었습니다.

기이할 정도로 그 이름을 선명히 기억하는데, 당시 교장 선생님은 미야모토 후카시로 옛날 무사 같은 분위기의 무척 근실한 선생님이었습니다. 조례를 기다리는 동안, 2천 명 남짓한 학생들이 3부제 수업을 받고 있는 터라, 아이들은 밀치락달치락 뛰어놉니다. 이 교장 선생님은 조례 전에 운동장으로 나와서는 슬그머니 둘러보다가 갑자기 질문을 던집니다. 그리고 곧장 대답을 못 하는 학생은 대답할 때까지 뺨을 때립니다. 아니면 노는 데에 정신이 팔려 저도 모르게 조선어가 튀어나온 학생을 붙잡아 힘껏 양쪽 뺨을 번갈아 가며 올려붙입니다. 따라서 교장 선생님이 둘러보는 곳은 소란스러움이 싹 가라앉을 만큼 공포의 분위기였습니다. 나는 상당히 영리한 소년이었고 일본어를 열심히 공부했으므로 그 교장 선생님의 무서운 질문을 받아넘길 만한 자신감이 늘 있어서 조금도 두렵지 않았습니다.

그런데 일본어에 웬만한 자신감을 지니고 있던 내가, 어느 추운 겨울 아침 미야모토 교장 선생님의 혹독한 사랑의 훈련에 드디어 맞닥뜨리게 되었습니다. 돌연 선생님이 다가와 "이거 네가 떨어뜨렸지?" 하고 물었습니다. 보니까 줄넘기에 사용한 새끼줄 끄나풀이 떨어져 있었습니다. 그런 일이 없었기에 나는 주저 없이 확실하게 부정을 했는데, 그 부정 방식이 습관화된 제 나라의 언어 틀에 맞는 대답이 되고 말았습니다. 조선어는 영어와 마찬가지로 '−이다'나 '−이 아니다', 즉 'Yes'나 'No'밖에 없기 때문에 나는 내가 한 일이 아니어서 '지가이마스'라고 말했습니다. 직역하면 '그렇지 않다'라는 뜻이지요. 그래서 조선어 방식으로 대답을 한 것입니다. 다짜고짜 눈앞이 캄캄해질 정도로 따귀를 호되게 얻어맞았고, 조례가 시작될 때까지 계속되었습니다. "네가 떨어뜨렸지?" "아닙니다(지가이마스)." …… 추운 겨울날 아침에 얻어맞는 따귀는 코끝이 떨어져 나갈 만큼 아팠는데, 고막이 찢어지고 귀와 코에서도 피가 났습니다. 조례를 알리는 종이 울려 질문은 그쳤지만, 교장 선생님은 발길을 돌리면서 "이이에(일본어로 '아니오'라는 뜻)라고 말해!"라고 한마디하고는 조례 대 쪽으로 가셨습니다.

이 교장 선생님은 결코 조선의 아이들이 미워서 혹독하게 대한 것이 아니고, 그 반대입니다. 조선의 아이들을 천황 폐하의 자녀로 삼는 게 이 아이들을 행복하게 해주는 것이고 조선에 이로운 것이라고 절실히 여기는 교육자입니다. 몇 살 쯤이었던가, 열두 살 무렵이었을까요. 이 '이이에'라는 짧은 단어가 그 이후로 뼈에 사무친 특별한 일본어가 되었습니다. 사실 일상 회화에서 '이이에'라는 부정 표현은 높임말의 중간적인 부드러움을 지닌 좋은 단어입니다. 상대방의 주장을 일단 인정하고 부드럽게 받아치는 용어인 것입니다. 전체 부정을 하지 않지요. 상대방의 기분을 크게 해치지 않고 은근히 받아넘깁니다.

이러한 용어, 아주 좋은 단어입니다만, 조선에서 자란 순진한 황국 소년이었던 내게는 어림도 없는 대화였습니다. 말하자면 나는 '이이에'라는 부정 표현 하나를 익히기 위해서 고막이 찢길 정도의 대가를 치렀던 것입니다.

돌이켜 생각하건대, 이 '이이에'라는 단어는 일본인에게 아주 익숙한, 쌍방 관계를 풀어나가는 생활의 지혜 같기도 합니다. 풍파를 일으키지 않는다, 이것은 대체로 일본인의 노련한 처세술입니다. 에둘러서 말하자면, 일본인의 사고 질서의 한 가지 특징이라고도 할 수 있습니다. 일본인에게는 모든 일의 시비를 따지기보다는 평온한 상태를 우선시하는 지혜가 있습니다.

나에게는 뼈에 사무친 쓰라린 단어이지만, 이 평균의 중용을 취하고 부정적인 중화 작용을 하는 단어나 사고 감각이 내 나라와 동포에게는 없다고 생각합니다. 우리는 '-이다' 아니면 '-이 아니다' 중에서 어느 한쪽이니까요. 이 명확성은 쌍방 관계가 길항하든지, 아니면 정면충돌하기 쉬운 것이지요. 우리나라 사람도 개별적으로 보면 지식수준이 높은 사람도 많고, 결코 일본인에 비해 두뇌 회전이 느리지도 않습니다. 상당히 좋은 면을 지니고 있습니다.

전쟁 전의 학교가 그러했고 또한 이곳에 와서도 그러한 예를 자주 보고 듣게 되는데, 한 반에서 공부를 아주 잘하거나 아주 못하는 학생은 대개 조선의 아이들입니다. 나는 일본의 중등 교육인 현립(縣立) 고등학교에서 20년 가까이 일한 적이 있습니다만, 어김없이 그렇습니다. 공부를 월등히 잘하든지 전혀 안 하든지, 둘 중 하나입니다. 평균점을 익힌다거나 천칭의 중심축이 되는 생리 체질 같은 것이 우리한테는 매우 부족합니다. 이러한 점에서 분명히 저는 일본어를 익혀 득을 보고 있습니다. 쌍방 관계를 속단하지 않고 우유부단함에 기댈 수 있는 것도, 일본어가 부여해준 유효성이자 특전이라고 말할 수 있을지도 모릅니다. 내가 앞으로도 일본어와 더불어 살아가는 한, 나의 일본어는 우리나라에 없는 한 가지 자질의 요소라고 줄곧 생각할 테지요. 나의 일본어에 대한 최소한의 동의(同意)입니다. 사물을 밝혀내는 데는 간격을 두고 간격을 없애버리는 것이 가장 좋습니다. 일본 정치의 안정은 대체로 이러한 틀에서 성립됩니다. 이렇게 말하면 중립적인 지혜만 앞세우는 것 같아 꺼림칙합니다만, 진심을 말하건대 일본인도 깔끔하게 매듭을 지을 필요가 있다고 생각합니다.

일본어는 메이지 유신 때 표준어로 재개편되었다고 하는데, 철저한 상의하달 방식 때문인지 표준어로서의 일본어는 무척이나 예법이 뛰어난 교과서 언어로 널리 보급되었습니다. 앞서 말씀드렸듯이, 어떤 사항의 진실을 묘사하기보다는 쌍방관계를 해치지 않는 수사법에 공들이고 있어서, 상대방을 존경하는 뜻조차도 상대방을 헤아려서 공손하게 꾸밉니다. 일본의 국어는 국어심의회에서 전후에 수차례나 수정되었음에도 천황 가(家)에 대한 특별 경어만은 고쳐지지 않습니다. 경애심은 그다지 깊어 보이지 않는데 말입니다. 툭 터놓고 대하는 편안함을 표준어는 전혀 허용치 않습니다. 이것은 '이이에'라고 말하면서 간격을 없애는 것과 어쩐지 표리 관계에 있는 듯합니다.

일본어가 지닌 울림의 기능을 보더라도 – 이것은 조선어와 비교해 말할 수 있습니다만 – 일본어는 음운의 진폭이 한정되어 있어서 편향적인 기미가 있는 언어라 할 수 있습니다. 따라서 소리의 깊이도 얕은 것 같습니다. 일본어는 좋은 걸 고르고 골라낸 맑은 소리만을 기본 모음으로 삼고 있습니다. '아이우에오'가 기본 모음인데, 이 가운데 음성 모음이라 할 수 있는 것은 '에'와 '우'뿐이지만, '에'와 '우' 역시 아주 맑은 울림을 지닌 소리입니다. 대표적인 양성 모음인 '아'에 대비될 만한 대표적인 음성 모음은 '어'입니다. 소문자 알파벳 'e'를 뒤집은 발음기호 'ə'로 표시됩니다. '어'라는 음성 모음이 없는 것은 오늘날 아마도 일본인뿐이지 않을까요.

이처럼 밝은 소리만을 골라낸 것 같은 일본어의 기본 모음, 이 음운의 폭 좁음이란 가만히 앉아 다른 울림을 거부하는 일본인의 내재적인 순결주의의 밑바탕이 되고 있다는 생각을 나는 지울 수 없습니다. 예를 들면 고토(琴)의 울림 하나를 보더라도, 우리나라 '가야금'의 원형인 '거문고'가 전해져서 그것이 일본의 고토로 변형된 것입니다. 이것은 원래의 가야금과는 소리의 울림이 딴 악기처럼 다릅니다. 조선의 가야금은 인간의 육성이 그대로 현의 울림이 된 듯 사람 목소리를 닮은 울림을 냅니다만, 일본의 고토는 그 이상은 더 청명할 수 없을 만큼 맑은 소리를 지녔습니다. 일본의 도자기도 임진왜란 때 끌려온 조선의 도공들에 의해 시작되었다고 들었는데, 일본의 다기나 도자기 하나를 보더라도 미미한 일그러짐조차 허용치 않습니다. 우리나라의 고려자기나 조선백자는 그런 점에서 매우 대범하다고나 할까요, 자화자찬 같아 송구스럽지만, 별로 개의치 않습니다. 자[尺]를 갖다 댄 듯 완벽한 원을 그리는 것은 거의 없다고 말할 수 있습니다. 굽는 과정에서 적당히 일그러지고 그 일그러짐을 멋스럽게 여기는 것입니다. 이렇듯 철저하게 무엇이건 완벽한 물건으로 만들어버리는 습성에는 맑은 울림으로 배열된 일본어의 기본 모음이 의식 저변에 뿌리박혀 있다는 생각이 강하게 듭니다.

일본인은 세계 어느 인종보다도 조선인을 알아보는 어감이 발달되어 있습니다. 조선인을 싫어하게 된 데에는 여러 가지 이유가 있습니다만, 한 가지 생각해 볼 만한 것으로 이 울림의 작용이 있었으리라 여겨집니다. 오래 거주하고 있는데도 어쩐지 소름 끼치는 발음을 합니다. 언어의 기능에는 의미성과 울림(음운)이 있고, 학자에 따라 상징성을 보태는 사람도 있습니다만, 기본적으로 언어는 의미성과 음운으로 이루어집니다. 의미성이란 인간의 이성을 주관하는 기능이며, 음운 즉 청각을 매개로 전달되는 울림이란 인간의 감성과 관련된 기능이므로 한 가지 울림에 익숙해지면 평생 그 울림의 취향이 바뀌지 않게 됩니다. 이 울림은 이를테면 오케스트라 연주 중에 이질적인 소리가 섞이면 귀에 거슬리듯이, 다섯 개의 모음에 익숙한 일본인의 음감(音感)은 50음에 없는 소리가 들어오면 금세 생리적으로 반응해 대처하는 감각이 됩니다. 질서 정연한 맑은 소리를 모음으로 지닌 일본어의 음감 중에는 조선인이 지닌 언어의 울림, 가령 제가 입을 다물고 있는 한 조선인인 줄 알아보지 못합니다. 안경도 쓰고 있거든요.(웃음) 하지만 입을 여는 그 순간 들통이 납니다. 울림이란 인간의 감성을 주관하는 큰 기능인 까닭에, 어감의 뒤틀림은 조선인과 한데 어우러질 수 없게 하는 주요 요인이 되었습니다. 바꿔 말하면, 유독 조선어의 음감에 대한

생리적인 반발력에 있어서 일본인은 아주 뛰어납니다.(웃음)

문화를 도모하고 이를 구성하는 것은 언어이기 때문에 언어의 차이가 무엇을 말하는지를 생각하는 것이 문화의 독자성을 풀어내는 열쇠가 됩니다. 조선 혹은 조선인에 대한 이해를 갖고 있는 분들과 조선어의 특징에 대해 서로 논의하고 생각해볼 기회가 거의 없었다는 점에서는 우리 조선인 쪽의 책임도 결코 적지 않다고 생각합니다.

앞서 말씀드린 대로 일본인은 일본의 언어, 즉 50음 음역 속에서 흡사 어머니 뱃속의 양수에 감싸인 태아처럼 살아가고 있습니다. 그리고 또 한 가지 일본어의 특징으로 자랑할 만한 것으로, 세계적으로 인정받는 모음의 아름다움을 들 수 있습니다. 기본 모음이 다섯 개, 거기에 소리를 중첩시킨 중성 모음이 네 개 있습니다. 전쟁 전에는 일곱 개(원문대로 번역함 – 옮긴이)입니다. 'や·ゆ·よ·わ' 그리고 'ゐ'와 'ゑ'가 있었으나 전후에 'ゐ'와 'ゑ'가 없어지고 'や·ゆ·よ·わ'로 되었습니다. 일본의 소리, 울림은 압축하면 다섯 가지로 모음의 총수는 아홉 개(원문대로 번역함 – 옮긴이)입니다. 그렇지만 조선어의 경우는 기본 모음만 열 개로 일본어의 배나 됩니다. 게다가 '야·유·요·와' 같은 중성 모음까지 넣으면 전부 스물한 개의 모음이 생겨납니다. 이렇듯 일본어와 달리 모음의 폭이 훨씬 넓습니다. 그런 만큼 모음 음역의 확장이 다르므로 소리의 울림도 꽤 다릅니다.

오늘날과 같이 일본어 50음이 완전해진 것은 메이지 유신 이후의 일로, 그때까지 일본에는 60여 곳의 방언이 있었습니다. 예를 들면, 쓰가루 반도와 가고시마 현의 말은 일본어와 외국어 정도의 차이가 있어서 거의 대화가 불가능했을 것입니다. 그것을 메이지 유신 후에 상의하달을 꾀하기 위해 표준어 – 나는 이것을 교과서 언어라고 부릅니다만 – 를 만들었습니다. 그때 '방언'에 많이 남아 있던 음성 모음을 최소한으로 정리했습니다. 대단한 언어학자가 있었다고 짐작됩니다만, 지구상의 어느 종족, 민족을 불문하고 젖먹이가 스스로 내는 첫 소리는 '아'가 아니라 실은 음성 모음 '어'입니다. '어'는 극히 자연스럽게 입이 벌어진 상태에서 목구멍에서 울리는 소리이지만, '아'는 입을 가장 크게 벌린 소리여서 젖먹이로서는 상당히 훈련하지 않고서는 낼 수 없는 소리입니다. 젖먹이가 힘껏 울어대기만 하면 자신의 요구가 받아들여진다는 사실을 깨닫게 됨으로써 발음 가능한 소리인 것입니다.

서양인들은 '아' 발음을 거의 하지 않습니다. 국제적으로 활약하는 골프선수로 아오키 이사오(靑木功)라는 선수가 있는데, 구미 투어에 가면 '아오키'라 불리지 않고 어김없이 '에오키'라 불렸습니다. 그는 그게 싫어서 '아오키'라 불러달라고 강경하게 요구했다고 합니다만, 서양인들은 '아'라는 발음을 좀처럼 하지 못합니다.

조선어의 경우, 기본 모음에 '에'까지 넣으면 열한 개가 생기는데, 그중 절반 이상이 음성 모음입니다. 그 음성 모음이 언어의 성립 면에서 가장 중요한 역할을 담당하고 있습니다.

일본의 언어학자로 이가라시 치카라(五十嵐力)라는 훌륭한 선생님이 계셨는데, 일본어에서 주요 위치를 차지하는 기본 언어에는 조선어가 자리 잡고 있다는 이야기를 했습니다. '중요하다'는 뜻을 나타내는 '오모'라는 고어는 '오모테(겉, 표면)'의 '오모'이며 그것은 그대로 주인이라는 '오모'와도 연결되는데 '母'를 가리키는 조선어 '어머니'의 '어머'에서 온 말이라고 썼습니다. 또한 일본어 '親'은 조선어로 '어버이'라고 합니다. 이 '어버이'란 말은 '母'를 뜻하는 '어머니'의 '어'와 '父'를 뜻하는 '아버지'의 두 번째 소리 '버'를 합해, 거기에 '님'을 가리키는 '이'가 붙어 생긴 단어입니다. 조선에서는 유교의 영향으로 부권이 강한 사회이므로 아버지가 먼저 와야 할 터인데도 부모님을 가리킬 경우에는 어머니가 먼저입니다. 즉, 음성 모음이 중시됩니다.

아무튼 조선어에는 음성 모음이 높은 비중을 차지하고 있기 때문에 일본어를 발음해도 조선어 습관상 그만 음성 모음의 울림이 되어버리는 수가 많습니다. 이것은 언어의 습관성이 작용된 일이므로 어쩔 수 없지만, 어쨌건 음운의 기능은 일단 익숙해져 버리면 평생 바뀌지 않습니다.

머잖아 8월 15일 종전 기념일이 다가옵니다만, 일본은 1945년까지 전쟁을 하고 있었습니다. 전쟁 기간은 참으로 고난의 세월이었고, 전쟁이 끝났어도 식량난으로 인해 엄청 고생하신 분들도 이 자리에 계시리라 생각됩니다. 돌이켜 보면 실로 견디기 힘든 시절이었지만, 그 당시 불린 전시하의 노래들을 정겨운 멜로디로 듣고 있노라면 그 시절이 사뭇 좋았던 것처럼 그리움마저 느끼게 됩니다. 이것이 울림이 지닌 마력입니다. "눈동자는 정신보다 속임수가 적다"라고 다빈치가 말했습니다만, 그 눈동자도 소리에는 이기지 못합니다. 저는 천성 탓에 하지 않지만, 파친코 게임장에서는 군함행진곡을 틀어놓으면 반드시 매상이 올라간다고 하니, 정말로 울림이란 무서운 것입니다.

일본인은 메이지 유신 이후 언어의 영역에서만도 맑은 울림소리를 가려내어 아름다운 울림 속에서 감성을 키워낸 민족입니다. 언뜻 보기에 일본인과 다름없는 사람들이 일본인에게 없는 울림을 갖고 들어오면, 이치를 따지기보다 생리적으로 '어, 이건 뭐야?' 하고 놀라게 됩니다. 일본인은 서로 친숙한 관계에서 가장 안심하는 습성을 지니고 있다 보니 익숙지 않은 울림이 들어오면 그 순간 경계하게 됩니다. 조선인을 본의 아니게 경원해온 사실 이면에는 이러한 음운의 울림에 대한 과민 반응이 있었던 게 아닐까, 나는 생각합니다.

시간이 얼마 남지 않아 간단히 말씀드리겠습니다만, 끝에 오는 'ん'에도 세 가지 차이가 있습니다. 일본어에서는 비음 'ん'을 단어 사이에 넣어 아무런 의심 없이 발음하기 마련인데, 'あんがい(앙가이)'일 경우에는 입을 벌려 혀가 갈고리 모양으로 안쪽에서 굽어지고 목구멍의 울림이 코로 빠지는 'ng' 유성음이며, 'あんまり(암마리)' 경우는 양 입술이 서로 닿혔다가 콧구멍을 울리는 'm' 소리의 울림입니다. 'あんない(안나이)'의 'ん'은 혀끝이 윗니의 치근에 닿아 코로 울리는 'n' 소리의 울림입니다. 이러한 유성 자음이 지닌 제각각의 소리만을 내면 일본인은 자음으로 끝나는 단어를 갖지 못해 입을 닫아야 할지 열어야 할지 알 수 없게 됩니다. 마찬가지로 'いっかい(잇카이)'나 'いったい(잇타이)', 'いっぱい(입빠이)' 같은 촉음의 차이도 그 자체만의 소리는 발음할 수 없습니다. 하지만 조선어에서는 그러한 것이 적절히 분간되어 쓰이고 발음되기 때문에 일본어의 울림에 없는 소리를 조선인을 내게 되어 음운 알레르기 반응이 일어납니다.

재일 한국인 중 나이 든 사람들은 몇십 년간 일본에 거주해도 무의식적으로 일본에 대한 완고한 반발심이 있는 법이어서 일본어에 익숙지 않은 생활을 하고 집에서는 조선어를 사용해왔습니다. 덧붙이건대 일본으로 이주한 사람들 대부분은, 지역 차별인 것 같아 안됐습니다만, 야마구치 현이나 후쿠오카를 비롯한 기타큐슈 일원, 가고시마의 사람들처럼 지방 출신자가 많기 때문에 그들의 고향 사투리 억양이 그대로 일본어 억양이 되어버려 공연히 일본인의 생리에 거슬렸으리라 생각됩니다.

나라가 다르다는 것은 민족이 다르다는 것입니다. 민족이 다르다는 것은 사용하는 언어가 다르다는 것입니다. 언어란 생활을 품은 문화의 총화이므로 언어의 차이는 당연한 것으로 받아들여져야 한다고 생각합니다. 다만 일본인은 조선인이 사용하는 일본어에는 알레르기 반응을 일으키지만 서양인이 쓰는 서툰 일본어에는 오히려 친근감을 갖습니다. 명확하게 다른 관계에 있기 때문입니다. 물론 그 밑바탕에는 메이지 유신 이후 조선을 통치해왔다는 사실에 기인한 조선인 멸시가 뿌리박혀 있긴 합니다. 그러나 이러한 역사적 뒤잉킴은 이성적으로 서로 논의함으로써 극복될 수 있는 일입니다. 실제로 오늘날에 와서는 일본 총리대신이 조선 식민지 통치를 인정하고 공식적으로 사죄하고 있으며, 나카야마 외무대신도 동남아시아까지 가서 침략을 인정하는 시대에 이르렀습니다. 그러므로 이것은 시간이 지나면 극복할 수 있는 일입니다. 하지만 생리 감각적으로 뿌리박힌 것은 이치로 따질 수 없으니 좀처럼 회복되기 어렵습니다.

다소 지나치다 싶은 말씀도 드렸습니다만, 제가 일본어에서 얻은 것은 결코 적지 않습니다. 나의 모국어와 일본어 관계에서도 나는 제 나라 언어에는 없는 언어의 활용을 자기 언어의 틀로서 지니고 있습니다. 탁음(濁音)이지요. 나는 지금 무척 주의를 기울여 '다쿠온(탁음)'이라 말했습니다. 조선어는 언어 습관상 단어의 처음 즉 어두에 탁음이 걸리지 않습니다. 쉬운 예로, '바카(바보)'를 제대로

말하지 못합니다. '뎅와(전화)'라는 단어도 말하지 못합니다. '긴자 (銀座)'라는 단어도 '킨쟈'가 됩니다. 조선어에서 탁음이 되는 것은 さ행 이외는 일본어와 똑같고, 'た'행, 'か'행, 'は'행도 탁음이 되기는 합니다. 엄밀하게 'は'행은 후두마찰음 'h'음이므로 'は'행이 탁음이 되어, 즉 양순음 'b'음이 되는 것은 일본어 특유의 편의적인 표기 처리입니다. 그러므로 이와 똑같이는 말할 수 없으나 그 탁음 방식이라는 것이 'た'행 – 'ち(chi)'와 'つ(tsu)'는 다른 두음이지만 일본어에 준해 말하자면 – 이나 'か'행 같은 자음이 모음과 모음 사이에 끼었을 때 연탁 작용으로 탁음이 됩니다. '이로(색깔)'와 '카미(종이)'가 결합하면 '이로가미'가 됩니다. 탁음은 언제나 단어 사이에서 발생하는데, 나는 재일 2세의 후세대에 가까운 사람이지만 선배에 해당되는 재일 1세 사람들에게 이 탁음은 무척이나 어려운 발음입니다.

　'한글'이라 불리는 조선의 문자는 1443년에 제정되었는데, 세계의 어떤 언어 계통에도 속하지 않는 문자입니다. 매우 독창적으로 만들어진, 아주 뛰어난 기능을 지닌 문자입니다. 한글이 제정되었을 때 당시의 왕은 4대째인 세종이었는데, 문자의 제정을 선포한 글에 이런 문구를 넣었습니다. "이번에 제정한 문자는 한글이라 이름 지었다." '한글'이란 '유일한 문자' 또는 '위대한 문자'라는 뜻으로, 이 문자는 하늘을 나는 새의 지저귐에서부터 바다 속 조개 울음소리까지 써서 나타낼 수 있다고 강조하였습니다. 하지만 그로부터 5백여 년이 지난 지금도 어두에 걸리는 탁음은 표기할 수 없습니다. 언어의 습관상 필요 없었기 때문인데, 일본어를 익히고 나서 '아아, 이건 우리나라가 통일은 빨리 안 되더라도 남북의 학자들이 – 이것은 이

미 오래전부터 필요하다는 얘기가 있었지만 – 일본어의 탁음 같은 기호를 제정해서 'か(카)'에 점을 찍으면 'が(가)'가 된다는 식의 작업을 해주어야 한다'고 절감했습니다. 이 탁음 때문에 착오가 생기는 경우가 많습니다. 나도 일본에 온 지 얼마 안 되었을 즈음에는 종종 일본 사람들에게 놀림을 받았으니까요. "너 정말 재일조선인이야?"라는 말을 흔히 들었습니다. 나이 든 조선인은 '바카'라고 하지 못하고 '빠가'로 되어버립니다. 새된 목소리로 "이 빠가야로!" 하고 서로 고함을 치면, 일본 사람들은 조선인은 어지간히 멍청하다고 생각했을 게 틀림없습니다. 오사카 이카이노 근처에 다이세이도리라는 전철역이 있었는데, '다이닛폰테이코쿠', '타이닛폰테이코쿠' 중 어느 쪽인지 늘 고민했습니다.(웃음) 일본에 온 지 얼마 안 되었을 무렵, 오사카의 덴노지 동물원에 가기 위해서는 '다이코쿠초'에서 갈아타야 했는데, '타이코쿠초'의 표를 달라고 말했더니 창구 직원이 심술궂게도 몇 번이나 "뭐?", "뭐?" 하고 되묻고는 "아, 다이코쿠초?" 하면서 냉소를 띠었습니다. 일본어에는 어디서 '다이'이고 어디서 '타이'가 되는지 문법상의 약속이 없습니다. '등장하다' 혹은 '등산하다'의 '등(登)'이라도 '토' 혹은 '토우'라 읽어 규칙이 없지요. 일본어는 폭이 매우 좁고 깊이가 얕다고 말했습니다만, 반면에 주저하게도 됩니다. 거꾸로 깊이가 무척 깊고 대범하지 않은가 싶을 만큼 한번 이러하다고 결정되면 소리의 울림도 아무런 거리낌 없이 자유롭게 구사합니다. '服部'나 '日下'라는 글자도 어째서 '핫토리'이고 '구사카베'인지 도무지 알 수 없습니다. 고유명사이니까 그렇다고 합니다. 아예 한자를 고치면 될 터인데 일단 만들어진 것에는 참으로 고분고분 순응합니다. 조선인의 경우에는 큰 싸움이 날 일입니다.

절대 양보하지 않습니다. 그런데 "아니 그게 아니라, 우리는 조상 대대로 '핫토리'라는 이름을 써요."라고 하면 이야기는 끝납니다. 우리나라라면 절대 그렇게 되지 않습니다. "증거를 대!" 이렇게 나오거든요.(웃음) 그런데 일본에서는 '타이세이도리'라 하거나 '다이코쿠초'라 하는 것도 그것이 약속이라는 이유로 현실을 바꾸지 않습니다. 그것은 정치 문제에만 국한되지 않습니다. 일본인은 언어의 기능에서부터 현실을 흔들지 않는 사고 체질을 지녔다고 나는 생각하는데, 일본어가 내 몸에 밴 탓인지 모르겠습니다.

근대 백년사에서 조선 민족 최대의 불행은 일본의 직접 통치 36년, 이보다 더 거슬러 올라가 청일전쟁 전부터 치면 50여 년에 걸친 일본의 침략과 식민 통치를 겪은 것이 가장 큰 고난이자 불행한 역사였다고 말합니다. 이것은 역사적으로나 문헌적으로 증명할 수 있는 사실입니다. 내 개인에게 있어서는 민족적으로 공동체험의 불행한 시대, 식민지 사람으로서 괴롭고 슬픈 체험이 한겨울 산골짜기의 양지처럼 그곳만이 아련히 채색되어 있다는 사실이 무엇보다도 큰 불행입니다.

내게는 어렸을 때 부르던 '동요'가 없습니다. 누구나 순수하게 기억을 떠올리는 어린 시절의 노래가 없습니다. 마음에 남은 노래라고는 죄다 일본 노래뿐입니다. 옛 일본은 내가 한창 사춘기일 때 전쟁에 패했습니다만, 아직 푸릇푸릇하던 당시의 내가 그러안고 있던 것은 어른들이 부르던 흘러간 옛 노래나 군국주의 일본을 풍미한 전쟁 가요, 소학교에서 배운 창가 같은 것입니다.

드넓은 조선의 풍토 속에서 볼이 터지도록 목청껏 소리 지르며 부른 노래가 고스란히 내가 그러안고 있는 나의 일본입니다. 아니,

그것이 나의 식민지입니다. 지금도 나는 〈으스름 달밤(おぼろ月夜)〉에 정감을 느낍니다. 눈시울이 흐릿해집니다. 그러한 노래로밖에 회상할 수 없는 소년기가 비참하기도 하고 더없이 안타깝기도 합니다. 〈희미한 저녁놀(夕やけ, こやけ)〉을 부를 때 나는 부스럼 딱지 같은 고향의 집들, 그 초가지붕 저편으로 〈鎭守の森(마을의 수호신을 모신 숲)〉을 시심으로 덧씌워 노래했습니다. 그런 만큼 그 노래들이 지닌 풍경과는 거리가 먼 조선의 풍토는 점점 내 마음에서 떨어져 나가게 되었습니다. 복고풍은 노래 없이 시작되지 않는다고 말한 일본의 선배 시인이 있습니다만, 사실 '노래'는 놀랄 만한 환기력을 지녔습니다. 노래로 불린 시대가 언제까지나 노래와 더불어 그리운 정감을 퍼 올립니다. 그리워해서는 안 될 그리움 속에서 나의 소년기가 황토 빛을 띠고 있습니다.

나는 쇼와(昭和) 초기에 태어났고, 나의 소년기는 일본의 식민지 통치가 완성된 시기였습니다. 그렇다고 해서 기억이 어둡지는 않습니다. 암흑기라 불리는 식민지 시대에 성장했음에도 불구하고 어렴풋한 향기까지 불러일으키는 색채가 일본어에 의한 비밀스런 기억으로서 나의 체내에 담겨 있습니다. 그것이 내게는 어두운, 나의 과거입니다.

나의 소년기는 힘겨운 역사성 속에서 채색되어 있습니다. 그 나름으로는 괜찮은 소년기였습니다. 그것은 기억을 불러일으키는 모든 것이 일본어로 만들어진 세계입니다. 그러므로 유년기 시절의 여전히 색 바래지 않는 풍토 때문에 아무리 시간이 지난들 나는 조선에서 멀리 떨어져 있습니다. 조선에서 태어나 조선에서 공부하고 일본으로 왔습니다만, 내 안의 소년은 일본어가 능숙한 소년입니다. 따라서 나의 과거는, 일본이 전쟁에 패하여 식민지 조선을 떠남으로써 그렇게 사라져버린 환(幻)의 과거입니다. 사라져버린 그 과거가 내 안의 소년으로 욱신거리기 때문에 나는 뒤가 켕기고 나의 과거는 비할 데 없이 어둡습니다.

그럼에도 불구하고 나는 그 일본어로 시를 쓰고 자신의 생각을 정착시키려 허덕거리며 일본에서 40년 남짓 지내왔습니다. 사실 그 익숙한 일본어야말로 내게는 문제입니다. 잡다한 습성의 한복판에서 마구 뒹굴어도 때 묻지 않는 서정을 어떡하든지 일본어로 표현해낼 책무가 내게 있습니다. 뒤엉킨 일본어로부터 자기 자신을 해방시키기 위해서입니다.

굳이 말할 것도 없이, 나는 50년 전에 옛 일본에서 해방되었습니다. 해방되었다기보다는 '이것이 너의 나라다'라는 '조선'에 떠맡겨졌습니다. 내 나라가 돌연 8월 15일 오후, 눈앞에 나타났습니다. 덕분에 나는 당연한 반동이랄까, 날이 갈수록 글쓰기에 제대로 처신할 수 없게 되었습니다. 철이 들고 나서 익힌 언어가 내 의식의 질서입니다. 옛 식민지 통치하의 나에게서 해방되기 위해서는 그 소년을 만들어낸 일본으로부터 벗어나야만 했습니다.

부잣집 양반 자제들이 일본에 유학해, 일본에서 시라카바파(白樺派) 문학이 대두했을 때 사소설적인 섬세하고 유려한 문체의 발아를 보고 그것을 조선으로 갖고 돌아오면서 조선의 근대 문학이 시작되었습니다. 조선의 근대 문학은 일본 근대 문학의 미운 자식 같은 문학입니다. 좋은 일본어 또는 언어라 하면 시라카바파 문학에서 볼 수 있는 일본 자연주의 문학의 섬세하고 유려한 문장을 가리킵니다. 나 또한 그러한 일본어로 자랐고 만들어졌습니다. 그 일본어로부터 나는 어떻게 빠져나올 것인가. 내가 나에게서 해방되는 일이니까, 나의 소생이 걸려 있으니까 글쓰기에 약빠른 처신을 할 수가 없습니다. 나중에 희곡을 써볼 생각은 있지만 소설은 좀처럼 쓸 수 없을 것 같습니다. 이전부터 소설을 써보지 않겠느냐고 살갑게 이끌어주는 몇몇 출판사가 있지만, 소설이란 거침없이 언어를 펼쳐나가는 작업입니다. 그러나 나는 언어를 펼치기보다 자신을 형성해온 언어를, 의식의 웅덩이 같은 일본어를 시의 필터로 걸러내는 작업에 몰두합니다. 그렇게 시를 쓰고 있습니다. 따라서 언어는 자꾸만 딱딱하게 굳어지고 문장은 점점 짧아집니다. 그래서 에세이 하나 쓰는 데에도 필요 이상으로 자신을 힘겹게 하여 어깨만 결릴 뿐입니다.

에세이를 쓰면서도 실은 시 쓰기와 비슷합니다. 좀 더 가벼운 마음으로 다변 투로 글을 써도 좋으련만, 그러면 단박에 능숙한 일본어를 구사하는 자신으로 되돌아갈까 봐 그럴 수가 없습니다. '그렇게 된다면 나의 시는 이미 없다'라고 스스로 만들어 자신에게 강요한 강박 관념에 얽매여 있습니다. 이것은 나의 사고 질서에 완고하게 눌러앉은 일본어에 대한 나의 자학적인 대응 방식입니다. 상호 응시를 지키지 않는 한, 식민지 일본어의 소유자인 나는 대수롭잖게 원래의 서정으로 끌려 되돌아가버리고 맙니다. 그렇다고 동족 사이에 일본어를 능숙하게 구사한다고 나무라는 사람이 있는 것도 아닙니다. 나만이 편집광처럼 생각하고 있습니다.

애써 익힌 야박한 일본어의 아집을 어떻게 하면 떨쳐낼 수 있을까. 어눌한 일본어에 어디까지나 투철하고, 유창한 일본어에 길들여지지 않는 자신일 것. 이것이 내가 생각하는, 나의 일본어에 대한 나의 보복입니다. 나는 일본에 보복을 치르고 싶다고 늘 생각합니다. 일본에 길들여진 자신에 대한 보복이 결국은 일본어의 폭을 다소나마 넓히고, 일본어에 없는 언어 기능을 내가 끌어들일 수 있을지도 모릅니다. 그때 나의 보복은 이루어지리라 생각합니다.

이 글은 2005년 『사상의 과학』 3월호에 실린 「나의 일본어, 성공과 실패」와 1996년 6월 하이쿠단체 '화요(花)' 총회에서 강연한 「내 안의 일본과 일본어」에서 발췌, 편집한 것이다.

나의 문학, 나의 고향

◉

김시종

사전에 양해를 먼저 구하겠습니다. 내 표현 중에 가끔 '조선'이리는 어구가 나오는데, 이건 남북을 통한 총체어로서의 '조선'입니다. 이 점을 염두에 두시기 바랍니다.

제 고장이 가장 어려운 시기에 늙으신 부모님마저 버리고 도피한 저가 이 창조의 마당에 뻔뻔히도 서 있다는 것은 매우 제가 켕기는 일입니다. 무참하기 이를 데 없는 4·3사건, 빨갱이 사냥의 공포로부터 1949년 6월 겨우 일본으로 탈출한 이후 50여 년간 고국과도, 제가 자라난 고장과도 떨어져 한 많은 일본 땅에서 저는 부득이 일본 사회를 거쳐 왔습니다. 도일 당시는 재일 2세에 가까운 젊은 세대였습니다만, 여든 살이 내일모레인 지금은 가장 나이대가 많은 제일동포의 한 사람이 되고 말았습니다.

일본으로 온 이래 저는 자기를 다루는 두 개의 명제, 문제의식이라고 말해도 좋을 질문을 안고서 살아왔습니다. 하나는 매우 사적인 사유에 속한 말입니다만, 제 생각에 깊고 폭넓은 문제의식이라고도 말할 수 있을 것입니다.

식민지 통치라는 일본 제국주의의 멍에로부터 되살아났다는 8·15 해방은 나에게 있어서 도대체 무엇이었던가. 군국주의와 천황숭배 교육에 담뿍 잠기어 성장한 나의 무엇이, 무엇으로부터 해방이 되어 해방 후에 회복된 조선사람이 되었던가. 자기 자신에 대한 끝없는 질문이, 이 물어봄이 일본말로 시를 쓰는 재일조선인으로서의 나의 마침표도 되는 것입니다. 말하자면 나의 감성의 밑천이 되고 있는 일본말에 대한 성가신 고찰이기도 하겠죠. 이것은 저만이 아니라 재일 문학인들이 주로 일본어로, 일본말로 작품 활동을 하고 있는 실상과도 적지 않은 연관이 있으리라고 생각됩니다.

새삼스레 말할 필요도 없습니다만, 언어는 사람의 의식을 관리하는 것입니다. 인간의 사유와 사고는 언어에 따라 배양되고 발전되어 갑니다. 실어증이란 병이 있는데, 이 병에 걸리면 사물에 대한 판단이 아주 어렵다고 합니다. 우리들은 언어를 몸에 갖춤으로써 사물을 자각하고 판단하고 분석하며 재통합시키기도 합니다.

어둠 속에 한 점의 등불처럼, 언어가 미치는 범위는 밝혀지는 빛인 것입니다. 독일의 철학자 하이데거는 "언어는 존재의 집"이라고 말했습니다만, 의식의 기능으로서 나에게 눌러앉은 최초의 언어가 일본말이라는 식민지 언어였습니다. 요컨대 일본어는 나의 의식의 저변을 형성시키고 있다는 인식의 말이라는 것입니다. 식민지 통치하에 몸에 갖춰진 일본어가, 일본사람도 아닌 나의 의식의 관념이 되어 아직도 나의 사고방식에 심히 간섭을 하곤 합니다.

나는 열일곱 살 때 해방이 되어 일본사람에서 조선사람이 되어 되돌아온, 말하자면 새삼스레 해방된 나라의 국민으로 된 사람입니다. 아주 부끄러운 말입니다만, 해방이 될 때까지 나는 제 나라 글로는 '아' 자 하나도 못 쓰는 사람이었습니다. 그러한 나, 나라가 빼앗길 때도 돌아올 때도 아무런 관여가 없었던 나에게 '이것이 너의 조국'이라며 '나라'를 들이대고 왔습니다.

그러나 나는 그 '나라'에 얻어 걸릴 만한 것이 아무것도 없는 사람이었습니다. 무엇보다도 나에게는 우리말과 민족의 의식과 자각을 갖출 만한 모국어가 없었습니다. 그럼에도 세계적으로는 시련을 견뎌 되살아난 조국에서 내일의 전망을 짊어져야 할 젊은이의 한 사람이었던 것입니다.

나는 그야말로 손톱으로 벽을 긁어내듯이 노력해서 우리말을 배워갔습니다. 덕택으로 민족적 자각이라든가 자기 핏줄 속에 숨어 있었던 조국에 대한 새로운 생각 등이 겨우 눌러 깨워져갔습니다. 하지만 그 자각의 노력을 해나가는 데도 일본어라는 원초적인, 민족의식을 잠그고 온 그릇된 언어는 집요하게도 사물의 시비를 일일이 자기 천칭에 달려고 합니다.

사고의 선택이나 가치 판단이 우리말에서 오는 것이 아니라 일본어로부터 분광되어 옵니다. 빛을 대면 프리즘이 각 색깔을 구분하는 것처럼 우리말을 골라낸다는 얘기입니다. 이렇게도 옮겨지는 사고의 경로가 나의 주체를 도맡았으며, 그 요동의 근원에 나의 일본어는 뿌리내리고 있습니다. 반세기 이상을 일본에서 살았기 때문에 정성껏 저장한 셈이었던 우리말도 날이 갈수록 멀어져가는 점을 부정할 수 없습니다. 일상 일체를 일본어로만 지내고 있으므로 나의 조선은 점점 임시로 머물러 사는 집과 같은 양상으로 멀리 떨어져만 갑니다.

이렇게 일본어는 나의 과거와 현재를 완전히 껴안고 있을뿐더러, 그에 의하여 상실되어버린 나의 과거 그 자체이기도 합니다. 그러한 일본말인데도 불구하고 나는 그 일본어로써 시를 쓰고 자기 생각을 정착시키려고 부득부득 애써 50여 년을 일본에서 보내왔습니다. 바로 그 일본어가 나에게는 익숙한 말이기에 문제인 것입니다.

잡다한 속성 속에서 쓰레기가 되더라도 짓눌리지 않는 서정을 기어코 일본말로 발로할 책무가 나에게 있습니다. 얽매인 일본어로부터 나 자신이 해방되기 위해서입니다. 철이 들 무렵에 내 몸에 갖추어진 말이 나의 사고 질서의 밑천입니다. 식민지 통치하에서 자라난 나에게서 해방되기 위해서는 그 소년을 만들어낸 일본어로부터 우선 나 자신이 끊어 가야지요.

재산가의 자제들이 일본으로 유학해서 당시 대두한 시라카바파 (白樺派) 문학의 사소설적인 일본의 세심하고 유려한 문체를 본보아, 그것을 조선으로 유입해서 우리나라의 근대문학을 시작합니다. 조선의 근대문학은 일본 근대문학의 휘장, 부모를 닮지 않은 아들과 같은 문학이기도 합니다. 좋은 글월은 물론이고, 언어 그 자체도 시라카바파 문학에서 볼 수 있는 일본식 자연주의 문학의 세심하고도 유려한 언어가 본보기가 되었습니다.

나도 그러한 일본말로 배양된 사나이의 한 사람입니다. 그러므로 사소설적인 일본어로부터 나는 어찌 빠져나오는가, 내가 얽매이고 있는 일본어로부터 풀려나오기 위하여, 나의 소생이 걸린 자기 감성의 양수이기도 한 일본말과 언제나 대결하지 않고서는, 나와 같이 식민지 일본어를 소유하는 사람은 아무렇지도 않게 본래 그대로 나빠지고 맙니다.

나빠지게 몸에 감춘 야박한 일본의 아집을 쫓아내고, 더듬더듬 한 일본어에 어디까지나 사무쳐서 숙달한 일본어에 잠기지 않는 내가 되어야 한다는 것, 그것이 내가 껴안고 있는 나의 일본어에 대한 나의 보복입니다. 나는 일본에 보복을 할 것을 언제나 생각하고 있습니다. 일본에 익숙한 자기에 대한 보복, 내 의식의 밑천을 차지하는 일본어에 대한 보복. 이런 보복이 결국에는 일본어의 내림을 다소나마 펼쳐서, 일본어에 없는 언어의 기능을 갖출 수 있을까 모르겠습니다만, 나의 일본에 대한 오랜 보복은 그때야 비로소 완성될 것입니다.

나는 시라는 것을 직능, 직업의 능력이라거나 자신의 특별한 자질의 권리라고 보지 않습니다. 그렇다면 시란 무엇인가? 다시 질문을 해보면 여러분 속에서 여러 가지 생각이 교차할 것입니다. 그 속에 대부분 생각하는 공통점이 있을 것인데, 대략은 심정적인 정감, 유려한 서정, 아름다운 정경, 거의 이런 범위일 것입니다.

사실 시란 것은 그런 것이기도 합니다. 그렇게 함축된 그 속에 시가 내재하고 있다는 것은 틀림없습니다. 이러한 공간과 느낌 속에 통제하고 있는 공통된 감정과 인식, 그것은 바로 시란 것은 거짓이 없다는 것, 허위가 없다는 것, 어디까지나 순수한 자기의 재산, 그 순수함에 대한 공감을 나누어 받는 것이란 점에서 공통적인 부분을 찾을 수 있겠습니다.

우리가 그림이나 음악, 연극, 무용, 영화에 접해서 감명하다든가, 카타르시스에 잠기고 그렇게 느끼는 것은 드디어는 예술을 만들어낸 사람의 시에 감명을 받기 때문입니다. 따라서 그 작품이 좋은가 나쁜가는 그 작품 속에 시가 있느냐 없느냐 하는 문제이죠.

홀륭하게 그려낸 영화 간판이 있더라도 그것을 예술이라고는 말하지 않습니다. 그것은 예술적인 그림이라고 볼 수 없습니다. 그 작품을 만들어낸 사람의 독창성이 없다면 시는 그 속에서 살 수가 없습니다. 이렇게 보면 시란 것은 생각하기보다 더욱 보편성이 있는 것입니다.

요컨대, 시는 이른바 시인만이 갖고 있는 독점물이 아닙니다. 시인은 어쩌다 언어로서의 시를 쓰고 있을 뿐입니다. 사람은 제각기 자기 시를 품어 살고 있습니다. 있는 대로 있고 싶지 않다는 생각, 그런 의지를 언제나 생각하고 살면서, 인간의 말을 나눌 수 없는 식물, 동물, 심지어는 방석이나 금속 같은 대상과도 상통하는 말을 할 수 있는 사람은 벌써 그 마음속에 시가 싹트고 있는 것입니다.

시인은 그런 것과도 말을 할 수 있는 사람입니다. 우리는 어린아이들이 말하는 것을 보고 가끔 놀랄 때가 있습니다. 어린아이들은 그것이 동물이든, 돌이든 자기 맘에 맞으면 같이 말을 합니다. 말을 할 수 없는 대상과 말을 하기 때문에 성장한 어른들은 그것을 보고 놀랍니다. 그러나 그것은 그냥 어린아이뿐만이 아닙니다.

시를 쓴다는 것은 그런 겁니다. 그러니까 시인에게는 마이너스 될 것이 없습니다. 어떤 역경에 있더라도, 반드시 그것은 자기 창조의식 속에서 재생산이 되어 언제나 좋은 영향을 끼칩니다. 그것이 자기 사고에 보배가 되는 것입니다. 요리사로 일생을 보내는 사람도 있거니와 잡역부로서 생애를 마치는 사람도 있고, 어린이들과 함께하면서 정년에 이르는 교원도 많습니다. 말하자면 자기의 삶의 태도에, 있는 그대로 믿지 못하겠다는 생각을 겹치고 있는 사람에게는 그 생각 속에 반드시 시가 싹틀 것입니다.

구연가는 말로써 자기 시를 표현하고, 조각가는 끌과 망치로써 돌을 파고 나무를 깎아서 자기 시를 표현합니다. 그렇다면 어째서 시를 쓴다는 사람만을 시인이라고 이름붙이고 있는가. 앞서 말한 것처럼 누구든지 자기 시를 갖고 있으며, 자기 시를 사는 사람은 많이 있습니다. 그러나 목구멍까지 치받쳐 오르는 생각이 있으면서도, 언어로써 표현하지 못하는 사람이 더 많습니다.

사람이 산다는 것은 대략 그런 겁니다만, 그 주물거리는 언어를, 그 침체되고 있는 언어를, 어떤 생각을 표현해낼 수 있는, 뽑아 낼 수 있는, 지어낼 수 있는 언어 능력을 가진 사람. 그것이 말, 언어에 의한 시인입니다. 따라서 시를 쓰는 사람, 언어를 구사하는 사람의 책무는 자기 생각은 반드시 여타 많은 사람들의 생각과 겹쳐있다는 확신을 가질 필요가 있습니다. 그 생각이 없고서는 시인은 너무나 사적 표현자가 됩니다. 결국은 자기 자신도 대중 속에 있는 한 사람이라는 것, 많은 사람들의 생각을 필연적으로 겹쳐 갖고 있다는 것, 그러므로 그 시인이 뭐든 쓰더라도 그 시인의 시는 그 사람의 시라서 어떤 사람도 힘을 보태지 못한다는 말입니다.

그러나 그 말 속에는 자기 자신의 생각이지만, 같은 생각을 가지고 있는 많은 사람들이 그 글자 속에 포함되어 있는 것입니다. 그러니까 시를 쓴다는 것은, 시인의 존재라는 것은, 제 생명을 살고 있으면서도 다른 사람의 삶을 겹쳐 갖고 있다는 것입니다. 그러므로 시인의 언어는 귀중하다고 말할 수 있습니다. 시는 모든 예술의 핵심을 이루는 것이고 예술을 생산시키는 원천이라고 말하는 것은 이런 이유에서 입니다.

시란 것은 생각하건대 언어망으로서의 예술의 하나입니다. 그렇게 살아보려고 힘쓰는 의지력 속에서만, 그래서는 안 될 일에 대한 비평이 숨 쉬고 있습니다. 그런 자세 자체가 벌써 시라고 말해도 좋을 것입니다. 그 비평의 언어를 발로할 수 있는 사람이 시인이므로 시는 좋아하든 안 하든 현실인식에 있어서의 형질입니다.

그러므로 시는 성실히 소박하게 살고 있는 중에 언제나 있어야 합니다. 그것은 그것을 저해하는 모든 것과 단연코 마주볼 수밖에 없는 게 시요, 시인입니다. 그 속에서 우러나는 게 비평이고 평론입니다. 어찌 큰 세력에 휩쓸리고 있더라도 권위에 아부하지 않고, 풍미에 쏠리지 않고, 절대 소수자 측에 입각해서 유순하게 살아가는 것이 시인의 용기라고 저는 생각합니다.

한국에서는 지금도 시를 평가하는 말에 서정적이어서 좋다는 평가가 많습니다. 일본과 달라서 시를 소중히 하는 나라, 시인의 사회적 지위가 높은 나라에서도 '정감과 서정' 사이에 경계가 없습니다. 한국의 현대시는 정감이나 감정에 대한 고찰이 아직도 일반적 경계에 있다고 저는 봅니다.

현대시와 근대시의 차이는 한마디로 말해서 그리는가, 노래하는가의 차이입니다. 근대시는 그러한 기분을 정감적으로 공유되면 좋고, 의식의 굴절에서 작용하는 바는 없습니다. 통일적인 인식과 비슷한 정도, 자연관과 계절관이 이렇다 할 이유도 없이 생기는 정감을 음조에 채워서 빚어내는 것입니다.

저는 읽는 사람들의 감정에 합쳐지는 시가 가장 좋은 시라고 봅니다. 그것을 시라고 믿고 있습니다. 이 모든 게 인생의 애락을 감촉하는 데 좋은 모습이고 제재인 것이기도 합니다. 근대시는 대략 그런 기분을 빚어내면 좋습니다. 그러하기 때문에 근대 서정시라는 기저에는 자연찬미가 공존하고 있습니다.

서정시, 자연은 언제나 서정시를 쓰는 사람의 큰 대상입니다. 자연은 애초부터 시, 문학의 예술적 대상이었습니다. 그러나 자연은 오로지 찬미할 대상만이 아닙니다. 시는 거기에서 살아가는 것밖에 없습니다.

자연이 아름다운 것이기만 한다면 일 년의 반 이상을 얼음에 둘러싸여 있는 북부 사람들, 에티오피아같이 5천 년 전부터 무더운 곳에서 사는 사람들, 그런 사람들은 자연이 없는 것입니까? 일본과 우리나라처럼 물 좋고 산 좋고 바다가 있는 곳에서는 그것만이 자연이라고 생각합니다. 자연은 언제나 노동의 대상이 아니라 자신의 신병을 안정시키는, 몸의 회복을 일깨우는 감상과 공감의 대상인 것입니다. 그것이 근대시의 특징입니다.

내가 일본에 오래 살고 있습니다만, 어느 지역은 작년에도 눈이 한 20미터 쌓이기도 합니다. 매일같이 지붕의 눈을 치우지 않으면 집마저 주저앉아 버립니다. 작년에도 많은 사람이 죽었습니다. 자연이 좋고 눈이 아름답다고, 정감적으로 믿는 경우도 있습니다. 지금 일본이 부자 나라이긴 합니다만, 일본의 밑바닥에는 아주 큰 문제가 있습니다. 자연이 풍부한 곳일수록 사람이 살지 않습니다. 남아 있는 사람이래야 늙은이들입니다. 그 사람들이 매일처럼 집의 눈을 치우려니까 언제나 사고가 나게 마련입니다. 자연은 오로지 거기에 사는 이외에 없습니다. 그런데 자연을 노래하고 서정적이라고 합니다.

다시금 말합니다. 서정과 정감은 다른 겁니다. 그에 대해서 현대시는 정감보다도 사고(思考)의 가시화를 이야기합니다. 사고라는 것은 남에게 배울 수 없는 겁니다. 그러나 남에게 배울 수 없는 그 사고를 자기가 상상하는 것, 생각하는 것을 남의 눈앞에 보이도록 그려내는 것, 그런 방법을 쓰는 게 현대시입니다. 이렇게 말하면 아주 어렵게 생각할 수도 있겠지만 그렇지 않습니다. 옛적부터 그 기능을 가져왔습니다. 우리의 실생활 속에는 그런 게 많습니다.

속담에 그런 게 많죠? '꽃같이 아름답다' 할 때 이해가 더 잘 될 것입니다. 이해가 아니라 양해가 될 것입니다. 꽃같이 아름답다, 그런 감정을 사람은 다 같이 갖고 있습니다. 꽃같이 곱다, 아름답다, 아무 의심 없이 모든 사람이 그렇게 씁니다. 그러나 생각해 봅시다. 꽃이란 게 한두 가지가 아니죠? 수만 수천 종류가 있습니다. 근대 서정시는 꽃이라고만 하면 됩니다. 그러나 현대시에서는 어떤 꽃인가가 문제입니다. 어떤 꽃이기에 그 사람이 흥미를 가졌는가? 그 사람의 흥미와 생각 중에 그 꽃이 어떤 관계에 있는가? 그것을 눈에 보이듯이 심상을 그려내는, 어려운 말로 하면 공간 조형이라고 합니다만, 그런 게 현대시의 방법입니다.

우리가 보통 생활하는 데 쓰는 일상어는 그대로 흘러가 버립니다. 쓰라리다 하면 듣는 사람은 쓰라린 입장이 있구나 하고 이해해 버리고 아무 의심도 없습니다. '쓰라리다'는 그 내용에 대해서는 아무도 더 생각하려고 안 하는 것입니다. 그 쓰라림은 어떤 형태를 갖고서 쓰라린가. 정감이 주조가 될 게 아니라 그 쓰라림 자체가 하나의 형태를 가져야 합니다. 일상 속에 혼자 떠돌지만 그 말은 사람의 마음속에 들어앉기까지 언제나 그대로 흘러가 버립니다.

그러니까 듣는 사람의 상상력을 부풀어 오르게 해서 사고력에 들어앉는 것, 그것은 생각도 못합니다. 우리가 기쁘다, 슬프다, 쓰라리다, 괴롭다, 이렇게 호소하더라도 그 용어 자체가 심정의 촉매이므로 그건 벌써 쓰라리다, 괴롭다 그 자체로 비유적으로 갑니다. 일본말로 이럴 때는 끓인 물을 먹어버렸다든지, 가슴속에 돌이 박혔다든지, 돌이든지 끓인 물이든지 그런 대상이 되는 형태 있는 물건, 그런 것을 그려내고 그려냄으로써 남에게 보일 수 없는 심정과 사고를 앞에 나타낼 수 있습니다.

다른 예를 들어보겠습니다. '입살이 독사'라고 하는 말이 있습니다. 입에 사는 독사라고 해서 그 사람이 다친다는 말입니다. 말한 사람에게 돌아온다는 것이지요. 이 자체가 시 아니겠습니까? 나쁜 말 하는 사람의 말은 살이 되어서 남을 치는 게 아니라 자기한테 돌아온다는 겁니다. 날카로운 말을 잘 하는 사람에 대해서 그 사람의 혀에는 못이 있다고 그럽니다. 침이 있다고. 혀에 침이 있을 리 있겠습니까? 저 사람 참 말이 나쁜 사람이야, 말이 거칠어서 안 되겠어, 다 그렇게 말하죠. 그러나 그 거칠다는 것을 그대로 흘리지 않고, '저 사람 말에는 언제나 침이 있어'라고 생각해 봅시다. 그 침이란 게 듣는 쪽에 박혀서 아픔이 됩니다. 그 아픔이 실감이 되는 것입니다. 이런 것은 옛적부터 일반 생활 속에 있는 말이지요.

그러니까 사람의 말이란 것은, 이렇게 말하면 이상하게 여길는지도 모르겠습니다만, 말이 정확히 전해지기 위해서는 사물의 형태를 갖고 있어야만 정당히 전달된다는 것입니다. 그렇지 않으면 언제나 흘러버리는 게 말입니다. 눈에 볼 수 없는 것을 눈에 띄도록 눈앞에 보이도록 그려내자고 힘을 쓰니까 정감이라는 것을 극력 피합니다. 정감보다도 이성을 중요시하는 거죠. 그래도 정감을 최대한 배제하려고 하면서도 일정한 비중은 그 작품을 통관하고 있습니다. 통관하고 있는 그것이 그 시인의 독자적 서정입니다.

우리가 보통 한마디하면 다 알아버리는 정감을 공유하는 것이 아니라, 그 정감을 극력 배제하면서, 그 정감을 중요시하지 않으면서도 일정한 비중을 차지하고 있다면, 그것이 그 사람의 독자적인 서정입니다. 서정과 정감은 아주 다른 겁니다. 주정적인 정감으로부터 끊어져서 그래도 움직이고 있는 일동 그 자체가 우리가 찾아내야 할 현대 시인의 서정입니다.

감정, 우리들은 감정이라는 것을 감정이 움직인다고 하지요. 감정대로 유동하는 정감, 이 정감이라는 것은 감정의 산물입니다. 감정이 움직임으로써 유동하는 중간에 우리는 통여하지 않도록 막아냅니다. 무엇이기 때문에 그 감정이 북돋아서 움직이고 있느냐, 그 기분이 어떤 것이냐를 증명해야죠, 증명해 내는 게 서정입니다. 정감하고 서정의 차이. 내 아는 범위 내에 좋은 시를 쓰시는 분들이 많습니다만, 대략은 한국시는 정감적입니다.

서정이라는 것은 지향의 에너지를 둘러싸고 있는 것입니다. 정감만으로는 작용하지 않습니다. 거듭 말씀드립니다만, 근대 서정시라는 것은 노래하는 상태에서 써지는 것입니다. 정감 편중의 시가 근대 서정시입니다. 정감에 동조하기 쉬운 인간의 감정, 감정이라는 것은 보통 자연스러운 마음의 영이라고 생각을 합니다만, 실제는 감정 자체도 만들어지는 것입니다.

감정은 자연스러운 게 아닙니다. 반드시 만들어지는 것입니다. 더구나 위정자들, 권세 있는 사람들이 이런 풍경을 감정에 호소해서 만들어냅니다. 감정에 있어서 그것을 정감처럼 느끼는 그런 풍조가 생깁니다. 일본에서나 한국에서나 단편 시집이 많이 팔린다고는 하지만 한국에 그 정감과 떨어져서 냉혹히, 냉정히 자기 사고를 응시하고 있는 서정이 얼마나 있을까 생각해 봅니다.

이 글은 2006년 11월 제주에서 열린 '재일 제주작가와의 만남' 행사의 문학강연 내용을 녹취한 것임.
출처: 『제주작가』 2006 하반기호(통권 17호).

제4부

김석범과 김시종,
문학과 삶의 궤적

김석범 연보

1925년 10월 2일(음력 8월 5일) 출생. 모친이 제주에서 도일한 지 3~4개월 후 오사카 이카이노(大阪猪飼野)에서 태어났다.

1927년 부친은 제주의 몰락한 계급의 후손으로 파락호였다고 한다. 전답과 가산이 제법 있었다고 했는데 모두 탕진하고 36세에 제주에서 병사했다. 부친의 사망 이후 모친이 한복 재봉을 하면서 조그만 집에서 조선인들에게 하숙을 치면서 생계를 이어갔다. 하숙집에는 조선인, 일본 노동자들이 빈번하게 드나들었고, 모친은 넉넉하지 않은 생활인데도 도울 수 있는 한 물심양면으로 그들을 도왔다. 대여섯 살 무렵 자고 있을 때 전협(일본전국노동조합협의회) 소속이었던 형을 체포하기 위해 사복형사 여러 명이 신발을 신은 채들이닥치는 것을 목격했다.

1938년 오사카 시립 쓰루하시(鶴橋) 제2심상소학교를 졸업, 곧바로 칫솔공장에서 일하기 시작.

1939년 여름 유소년 시절에 몇 번 제주를 오고 간 적이 있었지만 철이 들어서는 처음으로 제주도에 건너와 수 개월간 지내다. 한라산의 웅장한 모습에 혼이 나갈 정도로 감동을 받았다. 오사카로 돌아와서 간판점 견습, 철공소 등에서 다시 일하다. 제일 오래 한 일은 신문배달이었다. 독학을 시작하다. 제주에서 돌아온 후에는 태어난 곳인 오사카가 고향이 아니라 제주도가 고향이라는 의식이 강하게 들었고 그즈음 반일사상도 짙어지면서 조선 독립의 꿈을 열망하는, 어린 민족주의자로 변하다. 남몰래 조선사 책을 구해 읽다. 잃어버렸던 조국에 대한 생각을 억누르기가 어려워지다.

1940년 오사카 부립 고즈(高律) 야간 중학 입학 자격을 얻었지만 본시험
(학과시험 없는) 체력 검사와 구두시험에서는 불합격.

1941년 오사카 지쿄(自彊)학원 중학 3년으로 편입, 일 년간 재학.
12월 8일 진주만 공습이 있던 날 이마자토(今里) 로터리 부근 마
이니치신문 판매점에서 신문을 배달하면서 결국 일본은 패망할
것이라는 막연한 생각에 확신이 생기다.

1943년 가을, 제주도 숙모 집과 원당봉 원당사, 한라산 관음사에서 기숙
하면서 한글과 천자문 등의 한문을 읽으면서 조선어를 공부하
다. 관음사에서 김상희와 한패가 되다. 조선 독립에 대해서 이야
기를 나누다. 일본에서는 결코 얻을 수 없는 경험이었다.

1944년 여름까지 제주도에 머물다. 몇 번인가 서울에 가려고 했지만 계
획을 이루지 못하고 오사카로 돌아오다. 곧바로 제주도에서 단
파무선전신국(短波無線電信局) 사건(청진단파사건, 11월)이 일
어나다. 제주도에 머물고 있었을 때에 심야에 제주도무선전신국
에서 조선독집을 호소하는 샌프란시스코 방송을 함께 들었던 김
운제(金運濟)가 소련으로 탈출을 하던 도중에 청진에서 체포되
면서 김상희도 체포되어 청진형무소로 보내진 것을 알게 되다.
만약 한두 달 정도 오사카로 돌아오는 게 늦었다면 체포되었을
것이다. 일본 패전 후에 사건 관계자들은 석방되었지만 김상희
는 여전히 행방불명. 형이 경영하는 공장에서 일하면서 도사보
리(土佐堀) YMCA 영어학교에 다니기 시작. 다음해 3월까지 재
학했는데 그 후에 영어학교가 존속했는지는 분명하지 않다. 일
본 국내에서 중국으로의 탈출 결심을 굳히다.

1945년 3월 하순 대한민국 임시정부가 있는 중국 충칭(重慶)으로 망명을
염두에 두고 제주도에서 징병검사를 받는다는 구실로 서울로 가
다. 당시 징병검사는 살고 있던 오사카에서 받아야 했지만 고향
제주의 선영을 참배한 후에 일편단심으로 임하겠다는 결심을 밝
혀 겨우 경찰의 도항 증명을 얻을 수 있었다. 일본에서는 마지막이

라는 심정으로 오사카에서 출발. 일단 서울 선학원에서 지내면서 4월 초에 이른바 창씨개명 신고를 하지 않으려고 본명 그대로 제주에서 징병검사를 받다. 며칠 전부터 식사를 하지 않고, 안경을 쓰지 않으면서 검사를 받았지만 제2을종에 합격. 곧바로 서울로 가다. 선학원에서 이석구(李錫玖) 선생과 만나다. 이 선생의 제자로 청년 승려 행색이었던 장용석(張龍錫)이 전라도로 여행을 하던 도중 선학원에서 하룻밤을 지냈고 그와 밤을 새워가며 조선 독립을 이야기하다. 장용석은 아침 일찍 떠나다.

5월 발진티푸스를 앓아 순화병원에 한 달 가까이 입원. 의지할 데 없는 몸이었지만 조선의 수도에 있다는 존재 감각만으로 고독을 떨쳐버릴 수 있었다. 퇴원 후 이 선생의 주선으로 강원도의 궁벽진 시골 사찰에서 요양을 위해 10일 정도 머물다. 그때 이 선생에게 설득되어 중국 탈출이 터무니없는 공상에 지나지 않는다는 것을 알다. 이 선생에게 모친과 형이 있는 오사카로 돌아가겠다고 뜻을 말하자 노골적으로 화를 내면서 "이제 와서 무엇 때문에 불바다로 변한 일본으로 돌아가는가"라면서 반대. 절의 주지도 같이 반대하다. 이 선생도 "금강산에 있는 절에 가서 잠시 때를 기다리게, 거기에는 나와 같은 뜻을 지는 청년들이 은신해 있네. 시기가 되면 연락을 할 테니 그때 하산하시게."라고 했지만 시기가 언제가 될지는 좀체 알 수가 없었다.

일본 패전이 얼마 남지 않았던 시점이었지만, 그때만 하더라도 일본이 패전하리라는 생각을 미처 하지 못했다. 6월 말 경에 살도 빠지고 수척해져서 반대를 무릅쓰고 오사카로 되돌아오다.

8월 일본 항복, 조선 독립. 조국 독립을 기쁘게 맞을 수 없으면서 8·15해방 이후 급격하게 허무적으로 되었고 내적으로 칩거하다. 사회주의 지향과의 상극이라는 생각이 깊게 들다.

11월 신생 조국 건설에 참가하기 위해 이번에야말로 일본에서 조선으로 가야겠다는 결심으로 서울로 가다. 이 선생과 장용석 등을 만나 처음으로 선학원이 독립운동의 아지트이며, 조선인민당 조직부장의 이 선생이 당시 승려로 변장하고 건국동맹 간부로서 지하 운동을 하고 있던 독립운동의 투사였다는 것을 비로소 알다. 일본 패전을 전제로 한 조선 독립 비밀 결사 건국동맹이 여운형, 이석구, 김진우 등 6명을 주동으로 해방 한 해 전 조직되었다. 사찰 주지 선생도 동지였다. 장용석이 있던 남산 자락의 옛 사택에서 학생들과 김동오, 김영선 등 노동조합 간부 청년 등과의 공동생활을 시작하다.

12월 말 모스크바 3상회의에서 조선 신탁통치가 결정되었다는 뉴스가 전해지자 서울은 신탁통치 반대 움직임으로 떠들썩해지다.

1946년   새해 초부터 조선공산당, 조선인민당 등이 신탁통치 반대 데모에서 급거 신탁통치 찬성 데모로 바뀌자 데모에 연일 참가. 하룻밤 사이에 반탁에서 찬탁으로 변한 고비에 직면하다.

3월 서울에서 조선 임시정부 수립을 위해 제1차 미소공동위원회가 개최되었지만 5월 결렬.

이 기간에 이석구 선생의 권유로 조선 독립운동의 동지이며 한학의 대가로 역사학자이자 국문학자인 정인보 선생이 설립한 서울 국학전문학교 국문과에 장용석, 김동오와 함께 입학.

여름 한 달을 예정으로 오사카로 밀항. 가을부터 임시로 거주하던 이쿠노 나카가와(生野中川) 조선소학교에서 아동 상대로 교원하다.

1947년   서울에서 장용석으로부터 편지가 오다. "왜 너는 우리들이 기다리고 있는 조국에 돌아오지 않는가"라는 내용이었다. 이 편지도 한 달이 지나서야 도착. 편지는 한 달에 한두 통씩, 그가 총살되었다고 생각될 무렵까지 이어지다. 마지막 편지에 적힌 날짜는 1949년 5월 5일. 전해 여름 서울에 머물렀거나 오사카에서 예정대로 다시 서울로 갔더라면 동년배의 그들과 함께 20대 초반에 세상을 떠났을 것이다. 장용석이 보낸 편지 스무 통은 지금도 가지고 있다.

4월 간사이(関西) 대학 전문부 경제학과 3학년으로 편입.

5월부터 서울에서 개최된 제2차 미소공동위원회 결렬. 8·15해방 독립은 이름뿐, 일본 제국의 조선총독부 기구를 그대로 물려받은 미군정은, 전쟁 전 친일파 세력을 토대로 한층 더 가혹해졌다.

1948년 3월 간사이 대학 전문부 경제학과 졸업.

4월 교토(京都) 대학 문학부 미학과에 입학. 예술의 '영원성'과 '보편성'을 부정하는 마르크스주의 예술 이데올로기론에 의문이 들어 미학을 선택했지만, 대학에 거의 나가지 않았다. 일단 퇴학 계를 냈지만 주임 교수 이지마 쓰토무 선생의 만류로 간신히 졸업. 재일조선인 대학생동맹 간사이본부(오사카) 일에 종사하다. 일본공산당에 입당. 제주도 4·3사건이 일어나다. 한신(阪神)교육투쟁 탄압에 항의하여 오사카 부청 앞 데모에 참가. 이때 김태일 소년을 사살한 경찰 총소리를 데모대 인파 너머에서 듣다. 가을 이후 제주도에서 학살을 피해 오사카 지방으로 밀항이 시작되다. 밀항한 사람들은 굳게 입을 다물고 말하지 않았지만 그들 중 먼 친척이었던 사람에게서 학살의 진상을 듣다. 평생을 지배하게 되는 크나큰 충격이었다.

1949년 9월 단체 등 규정령에 따라 재일본조선인연맹(조련) 해산 명령이 내려지고 재산 강제몰수 조치가 취해지다. 10월 조선인 학교 폐쇄, 개조 명령이 내려지고 모든 학교가 폐쇄되다.

다음 해 6월 25일 한국전쟁이 일어나다.

1951년 3월 교토대학 문학부 미술학과 졸업. 졸업 논문 「예술과 이데올로기(芸術とイデオロギー)」.

4월 조련 해산 후 민전(재일조선통일민주전선) 조직 산하 오사카 조선청년고등학원에서 일을 하다. 30명 정도 되는 조선인 청년 노동자들이 모인 야학으로 수업료는 없었다. 경영난으로 얼마 안 가 문을 닫았다.

10월 오사카조선인문화협회 설립에 관여하다.

12월 김종명 등과 『조선평론(朝鮮評論)』을 창간.

활자화된 첫 작품인 『1949년 무렵의 일지에서-「죽음의 산」의 한 구절(1949年頃の日誌より-「死の山」の一節より)』을 박통(朴樋)이라는 필명으로 『조선평론』에 게재하였다.

1952년 2월 일본공산당 당적을 탈퇴하다. 『조선평론』 제3호 편집 작업을 끝마치고 나서 은밀히 센다이(仙台)로 가다.

그곳에서, 겉으로는 지방 신문사 광고 수주 일이었지만 사실상 조직의 일에 관여하다. 극도의 신경증으로 일을 견디지 못해서, 3~4개월 만에 그만두고 도쿄로 가다. 조직 활동을 하면 애국이라고 하던 시절이었는데 두 개의 조직에서 나왔다는 것은 정치생명이 끊어지는 것을 의미했다. 자기 자신에 대한 절망적인 심정이 되어 갔던 센다이에서의 생활은 나중에 『까마귀의 죽음』 집필의 계기가 되었다.

오사카로 돌아갈 수 없어서 도쿄로 가서, 『평화신문』 편집부와 재일조선인문학회에서 일을 시작하다. 이 무렵 김태생과 처음 만나다.

1955년 5월 재일조선통일민주전선 조직을 해산하고 재일본조선인총연합회(조총련)가 결성되다. 오사카로 돌아가 공장 노동 등으로 생계를 이어가다.

1957년 5월 구리 사다코(久利定子)와 결혼.

「간수 박 서방(看守朴書房)」을 『문예수도(文藝首都)』 8월호에 발표.

『까마귀의 죽음(鴉の死)』을 『문예수도』 12월호에 발표.

1958년 모친 병환으로 돌아가시다. 향년 72세.

1959년 12월 북조선 귀국운동이 시작되고 제1차 귀국선이 니가타(新潟)를 출항. 오사카 쓰루하시(鶴橋) 역 근처에 선술집(야키토리 가게)을 열다. 근처에 조총련 오사카 본부가 있었다. 사람들이 매우 놀랐다. 그중에는 대학까지 나온 녀석이 선술집밖에 할 게 없느냐는 사람도 있었지만 생면부지의 사람들과 인연을 맺기도 했다. 친구들도 자주 왔었다. 여러 손님들의 이야기를 들을 수 있었는데 「똥과 자유와」는 선술집에서 들었던 이야기를 소재로 한 것이다. 그때 만난 사람도 나중에 북조선으로 귀국했다.

1960년 3월 선술집 문을 닫다. 그때까지 단골손님이었던 오사카 조선고등학교 교장 한학수(뒤에 아내와 함께 북조선으로 귀국, 처형되었다.)와 같은 학교 선생이었던 강재언 등(학생 동맹 시대부터의 친구들)으로부터 센다이의 일을 그만두고 고등학교로 오는 게 어떠냐는 권유를 했지만 응하지 않았다.

3월 들어 갑자기 일본어 교사 한 명이 그만두면서 부탁을 하게 되었다면서(끌어들일 의도가 있었겠지만) 일 년 정도로 예상하고 신학기부터 오사카 조선고등학교 교사가 되다. 자유롭게 수업을 해도 좋다고 했기 때문에 일본어 시간에는 부교재로『김사량 전집』을 사용해 1년을 마쳤다. 한편 고학년은 문학(조선어) 수업을 맡았고 다음해 한 학기까지 한 후에 학교를 떠났다. 「똥과 자유와(糞と自由と)」를『문예수도』4월호에 발표.

1961년 10월, 한 달 전 일간지로 바뀐『조선신보(朝鮮新報)』편집국으로 옮기다.

1962년 「관덕정(觀德亭)」을『문화평론』5월호에 발표.

1964년 가을 재일본조선문학예술가동맹(문예동)으로 옮겨 조선어 문예지『문학예술』편집을 맡다. 조선어로 몇 편의 단편을 쓰면서 장편『화산도』를『문학예술』에 연재했는데, 1967년에 중단하다.

1967년 9월『까마귀의 죽음』,「간수 박서방」,「똥과 자유와」,「관덕정」4편을 실은 작품집『까마귀의 죽음』을 신코쇼보(新興書房)에서 발간.『까마귀의 죽음』간행에는 조직의 비준이 필요했는데 비준을 받지 않은 채 강행했다.

10월 위암 수술로 요요기(代々木) 병원에서 그해 말까지 3개월간 입원.

1968년 건강 회복에 애쓰다. 여름 조총련 조직을 떠나다.

1969년 「어느 재일조선인의 독백(一在日朝鮮人の独白)」을 『아사히저널』
2월 16일호부터 3월 16일 호까지 5회 연재. 「허몽담(虚夢譚)」을
『세카이(世界)』 8월호에 발표. 7년 만에 일본어로 쓴 소설이었
다. 일본어로 다시 쓴다는 것에 대해서 고민하다.

1970년 이즈미 세이이치(泉靖一)와의 대담 「고향과 제주도(ふるさと済州
島)」가 『세카이』 4월호에 실리다.
9월 「언어와 자유―일본어로 쓴다라는 것(言語と自由―日本語で
書くということ)」을 『인간으로서(人間として)』 제3호에 게재.
오에 겐자부로(大江健三郎), 이회성(李恢成)과의 3인 대담 「일본
어로 쓴다는 것에 대해서(日本語で書くことについて)」가 『문학(文
学)』 11월호에 게재되다.
12월 「만덕유령기담(万德幽霊奇譚)」을 『인간으로서』 제4호에 발표.

1971년 「장화(長靴)」를 『세카이』 4월호에 발표. 7월, 「왜 일본어로 쓰
는가에 대하여(なぜ日本語で書くかについて)」를 『문학적입장(文
學的立場)』 5월호에 게재. 「민족의 자립과 인간의 자립(民族の
自立と人間の自立)」을 『전망(展望)』 8월호에 게재. 「밤(夜)」을 『문
학계(文學界)』 11월호에 발표. 12월, 「고향(故郷)」을 『인간으로
서』 제8호에 발표.

1972년 「등록 도둑(トーロク泥棒)」을 『문학계』 5월호에 발표. 「김지하
와 재일조선인 문학자(キム・ジハと在日朝鮮人文学者)」를 『전망』
6월호에 게재. 평론집 「언어의 주박(ことばの呪縛)」을 지쿠마쇼
보(筑摩書房)에서 간행.
9월 「방황(彷徨)」을 『인간으로서』 제11호에 발표.
12월 「사라져버린 역사(消えてしまった歴史)」를 『인간으로서』
제12호에 게재. 「거리감(距離感)」을 『전망』 12월호에 게재, 「언
어, 보편으로 가는 가교가 되는 것(ことば、普遍への架橋をする
もの)」를 『군상(群像)』 12월호에 게재.

1973년 「재일조선인문필가에 대해서(在日朝鮮人文筆家のことについて)」

를『전망』3월호에 게재, 「나에게 있어서의 언어(私にとってのことば)」를『와세다문학(早稲田文学)』3월호에, 「이 훈장(李訓長)」을『문학계』6월호에 발표.

7월 「출발(出発)」을『문예전망(文藝展望)』제2호에 발표.

10월 「밤」, 「등록 도둑」, 「이 훈장」 3편을 수록한 작품집『밤(夜)』을 문예춘추사(文藝春秋社)에서 간행.

1974년 4월 「장화」, 「고향」, 「방황」, 「출발」을 크게 수정한 장편『1945년 여름(1945年夏)』을 지쿠마쇼보에서 간행. 「사기꾼(詐欺師)」, 「밤의 소리(夜の声)」, 「도상(途上)」 3편을 수록한 작품집『사기꾼(詐欺師)』을 고단샤(講談社)에서 간행. '재일조선인문학'에 대하여(「在日朝鮮人文学」について)」를『신일본문학(新日本文学)』7월호에, 『제주도 4·3사건과 이덕구(済州島4·3事件と李徳九)」를『역사와 인물(歴史と人物)』7월호에, 「말하라, 말하라, 찢겨진 몸으로(語れ, 語れ, ひき裂かれた体で)」를『중앙공론(中央公論)』7월호에 집필.

박정희 정권이 민청학련 사건으로 체포된 김지하 등에게 사형을 선고. 16일부터 19일에 사이에 마쓰기 노부히코(真継伸彦)[1] 난보 요시미치(南坊義道), 김시종, 이회성과 함께 김지하 사형 판결에 항의, 스키야바시(数寄屋橋) 공원에서 단식투쟁을 결행. 「내 안의 조선(私の中の朝鮮)」을『월간 이코노미스트』10월호부터 12월호까지 3회 연재. 「박정희 정권과 테러리즘(朴政権とテロリズム)」을『중앙공론』11월호에 집필.

1975년 2월 전 해 준비 단계부터 편집위원으로 관여했던『계간 삼천리(季刊三千里)』를 창간.

4월 평론집『입 있는 자는 말하라(口あるものは語れ)』지쿠마쇼

---

1) 소설가(1932~2016). 주요 작품으로는『상어(鮫)』, 『빛나는 소리(光る聲)』등이 있다.

보에서 간행.

5월 「취우(驟雨)」를 『삼천리』 제2호에 발표.

6월 「『마당』의 질문에 답하다-제주4·3사건봉기에 대하여(『まだん』の質問に答える-済州4·3蜂起について)」를 『삼천리』 제3호에 집필.

9월 「남겨진 기억(遺された記憶)」을 『문예(文芸)』 9월호에 게재.

1976년 2월 「해소(海嘯)」(뒤에 『화산도』 제1부가 됨)를 『문학계』 2월호에 발표, 연재 시작. 요코하마(横浜) 지방재판소에서 「사죄광고 및 손해배상 청구사건」 공판 개시[『마당』 편집위원 김양기(金s兩基)가 원고] 이후 1977년 2월까지 11차례 공판을 하면서, 1978년 1월에 화해, 고소를 취하했다. '명예훼손' 소송에 대해서는 『삼천리』 편집위원 중 한 명의 입장에서 그 경과를 『삼천리』에 「왜 재판인가」라는 제목으로 6월호부터 13호까지 6차례 썼다.

8월 「재일조신인문학」을 이와나미서점(岩波書店)에서 간행한 『이와나미 강좌 문학』 제8권에 집필.

「일본어로 '조선'을 쓸 수 있는가(日本語で朝鮮を書けるか)」를 『언어(言語)』 10월호에 집필.

11월 평론집 『민족·언어·문학(民族·ことば·文学)』를 소주샤(創樹社)에서 간행. 「우아한 유혹(優雅な誘い)」을 『문예』 11월호에 발표.

1977년 1월 「취우」, 「남겨진 기억」, 「우아한 유혹」 3편을 모아 작품집 『남겨진 기억』을 가와데쇼보신샤(河出書房新社)에서 간행.

「재일조선인 청년의 인간선언-귀화와 아이덴티티(在日朝鮮人青年の人間宣言-帰化とアイデンティティ)」를 『주간 이코노미스트』 2월 15일 호에 집필.

1978년 7월 『만덕 이야기(マンドギ物語)』을 지쿠마쇼보, 「지존의 아들(至尊の息子)」을 『스바루(すばる)』 8월호에 게재.

11월 「결혼식 날(結婚式の日)」을 『삼천리』 제16호에 발표.

1979년   『왕생이문(往生異聞)』을 『스바루』 8월호에 게재.
2월 「지존의 자식」, 「왕생이문」 2편을 모아 작품집 『왕생이문』을 슈에이샤(集英社)에서 간행.

1980년   영화평 「영화 '유랑 연예인의 기록'이라는 것(映画「旅芸人の記録」のこと)」을 『스바루』 4월호에 집필. 「일본어의 주박(日本語の呪縛)」을 『언어생활』 5월호에 게재. 한국에서 광주항쟁이 일어나자 「광주학살을 생각한다(光州虐殺に思う)」를 『삼천리』 제23호에 게재.

1981년   「제사 없는 제의(祭司なき祭り)」를 『스바루』 1월호에 발표. 2월 『삼천리』 편집위원이었던 김달수(金達壽), 강재언, 이진희 등이 한국을 방문. 이들의 방한을 반대했었기 때문에 일본으로 돌아온 3월 말에 편집위원을 그만두다. 「유방 없는 여자(乳房のない女)」를 『문학적입장』 5월호에 발표. 6월 『제사 없는 잔치』를 슈에이샤에서 간행. 「해소」를 『문학계』 8월호까지 연재 후 종료. 2월 평론집 『재일의 사상』을 지쿠마쇼보에서 간행.

1982년   「유명의 초상(幽冥の肖像)」을 『문예』 1월호에 발표. 「취몽의 계절(醉夢の季節)」을 『해(海)』 8월호에 발표. 10월 「유방없는 여자」, 「유명의 초상」, 「취몽의 계절」, 「결혼식 날」 4편을 모은 작품집 『유명의 초상』을 지쿠마쇼보에서 간행.

1983년   『문학계』에 연재한 「해소」에 10장부터 12장까지 약 1천 매 정도를 새로 더해서, 『화산도』로 제목을 바꿔서 6월에 1권을, 7월에 2권, 9월에 3권을 문예춘추사에서 발간하다.

1984년   제주 출신 현기영 작가의 「순이 삼촌」, 「해룡 이야기」 2편을 일본어로 번역하고, 「현기영에 대해」라는 해설을 덧붙여 『해(海)』 4월호에 게재. 소설을 쓰고 있으면서도 번역을 한 이유는 제주 4·3사건을 다룬 소설이 30년이라는 시간을 지나 발표되었다는 점에 감격했고, 시공간적으로 보편성을 담보하는 작품이라고 생각했기 때문. 「속박의 세월(金し縛りの歳月)」을 『스바루』 7월호

에 발표. 10월 『화산도』(전3권으로 제11회 오사라기지로(大佛次郎) 상을 수상.

12월 아사히 신문사에서 제공한 경비행기로 제주도 인근 방공식별구역까지 비행, 아득히 멀리서 제주도를 바라보다.

1985년 「돌아가는 길(帰途)」를 『세카이』 7월호에 발표. 짬이 나는대로 젊은이들과 지문날인 거부 운동에 참여.

11월 외국인 등록증을 교체할 때에 가와구치(川口) 시청에서 지문 날인을 거부하다.

1986년 『화산도』(제2부)를 『문학계』 6월호에 연재를 시작하다.

9월 「속박의 세월」, 「돌아가는 길」, 「향천유기(鄕天遊記)」 3편을 수록한 작품집 『속박의 세월』을 슈에이샤에서 발간.

1988년 4월, 제주도 4·3사건 40주년 기념집회가 도쿄와 서울에서 열리다. 재일제주 출신을 중심으로 '제주도 4·3사건을 생각하는 모임'을 결성하고, 한국에서 온 유학생들도 함께 참여해 이전보다 정력적으로 준비를 했다. 도쿄 집회에는 600명 가까이 모였다. 제주도에서 개최하려던 계획은 성공하지 못했다. 서울 집회는 도쿄 집회와 연동해서 제주 4·3을 공식화하기 시작한 획기적인 집회였다. 한국에서 『화산도(제1부)』가 다섯 권으로 출판(실천문학사, 이호철·김석희 옮김)되었고, 『까마귀의 죽음』(소나무, 김석희 옮김)도 번역, 출간. 『까마귀의 죽음』 중국어 번역이 『당대 세계 소설가 독본』(타이페이, 광복서국) 31권으로 출간.

6월 『화산도』, 『까마귀의 죽음』 번역 출간을 기념하기 위해서 출판사 초대로 한국 방문이 예정되어 있었지만 한국 대사관의 연기요청으로 단념. 한국어판 『화산도』, 『까마귀의 죽음』이 일시적으로 금서가 되다.

11월 42년 만에 한국, 고향 제주도 방문을 하게 되다. 4일부터 25일까지 22일 동안 주로 서울과 제주도에서 묵었다.

1989년 『42년만의 한국, 나는 울었다(42年ぶりの韓国、私は泣いた)』를

『문예춘추』 5월호에 쓰다.

「현기증 속의 고국(眩暈のなかの故国)」을 『세카이』 9월호에서 12월호까지 4회 연재.

1990년　8월 평론집 『고국행』을 이와나미서점에서 간행. 전해 『세카이』에 연재했던 「현기증 속의 고국」을 「고국행」으로 제목을 바꾸고, 『화산도』와 제주도에 대한 에세이를 더해 책 제목으로 정했다.

1991년　「꿈, 풀 우거지고(夢、草深し)」를 『군상』 4월호에 발표. 「권력은 스스로의 정체를 폭로한다(権力は自らの正体を暴く)」를 『세카이』 4월호에 집필. 8월 『만덕유령기담·사기꾼』을 고단샤 문예문고에서 간행.

10월 연재 중인 『화산도』(제2부) 취재 목적으로 한국 입국 신청을 했지만 일정을 앞두고 이유 없이 거부되다. 「이루지 못한 고국 방문(故国再訪、成らず)」을 『문학계』 12월호에 쓰다.

1992년　「고국으로의 질문(1)-재방문을 거부당해서(故国への問い(1)-再訪を拒まれて)」를 『세카이』 2월호에 집필. 「고국으로의 질문(2)-친일에 대하여(故国への問い(2)-「親日」について)」를 『세카이』 6월호부터 다음해 2월까지 6회 연재.

1993년　7월 평론집 『전향과 친일파(転向と親日派)』를 이와나미서점에서 간행.

「작렬하는 어둠(作製する闇)」을 『스바루』 9월호에 발표.

1994년　「테코와 코마(テコとコマ)」를 『스바루』 2월호에 발표.

「김일성의 죽음, 그 외(金日成の死、その他)」를 『문학계』 10월호에 쓰다.

「빛의 동굴(光の洞窟)」 『군상』 12월호에 게재.

1995년　6월, 「꿈, 풀 우거지고」, 「빛의 동굴」 두 편을 묶어 『꿈, 풀 우거지고(夢、草深し)』를 고단샤에서 간행. 「화산도」(제2부)가 『문학계』 2월호에 연재 종료. 「노란 햇빛, 하얀 달(黄色き陽、白き月)」을 『군상』 12월호에 발표.

1996년	6월, 「작렬하는 어둠」, 「테코와 코마」, 「노란 햇빛, 하얀 달」을 모아 『땅그림자(地の影)』라는 제목으로 슈에이샤에서 발간.

1996년   6월, 「작렬하는 어둠」, 「테코와 코마」, 「노란 햇빛, 하얀 달」을 모아 『땅그림자(地の影)』라는 제목으로 슈에이샤에서 발간.
8월 『화산도』 제4권을 문예춘추사에서 간행.
10월 서울에서 열린 한국 문화체육부가 후원한 「한민족문학인대회」에 초청되어서 『화산도』 취재도 겸해서 참가, 해방 후 두 번째로 한국 방문을 하게 되다. 도쿄에서 출발하는 당일(2일)이 되어서야 입국허가 임시여권이 발행되었다. 17일간의 여정으로 제주도에서는 10일 동안 머물렀다. 「외딴 숲(離れた森)」을 『군상』 10월호에 발표. 11월 『화산도』 제5권 발간(문예춘추사).

1997년   1월 『화산도』 제6권 발간(문예춘추사). 「다시 한국, 다시 제주도 -「화산도」로의 길(再びの韓国、再びの済州島-「火山島」への道)」을 『세카이』 2월호와 4월호에 연재.
9월 『화산도』 제7권 발간. 1976년 『문학계』 2월호에 연재를 시작한 이후 20여 년이 지나서야 원고지 1만 1천 매 분량의 『화산도』 전 7권이 완결됐다. 『까마귀의 죽음』으로부터는 40년, 거대한 시대의 흐름과 맞서 싸우면서 나온 결과물이다.

1998년   1월 『화산도』(전 7권)로 마이니치(每日) 예술상 수상. 김대중 정권 탄생.
5월 김시종 시인과의 대담 「제주도 4·3사건 50주년, 반세기를 되돌아보며(濟州島四·三事件50周年に、降り返って)」가 『새누리(セヌリ)』 제29호에 게재되었다. 「망각은 되살아나는가 - '중얼거림의 정치사상'에의 단상(忘却は蘇るか-'つぶやきの政治思想'への断想)」을 『사상』 5월호에 게재.
7월 제주도에서 열린 제주도 4·3사건 50주년 국제심포지엄 참가를 위해 한국에 입국신청을 했지만 거부되었다. 대회참가자 3백여 명 전원의 항의로 한국 정부가 입장을 바꿔 입국 허가, 급히 대회 마지막 날에 제주도에 도착할 수 있었다.
「잡풀 무성한 애기 무덤(紵茂る幼い墓)」을 『군상』 10월호에 발표. 「지금 '재일'에게 국적이란 무엇인가-이회성에게 보내는 편지(いま、「在日」にとって「国籍」とは何か-李恢成君への手紙)」를 『세카이』 10월호에 집필. 「이토록 어려운 한국행(かくも難しき韓国行)」을 『군상』 12월호에 게재.

1999년 3월 강연록 「문화는 어떻게 국경을 넘는가-재일조선인 작가의 시점에서(文化はいかに国境を越えるか-在日朝鮮人作家の視点から)」가 『릿쿄아메리칸스터디(立教アメリカン・スティーズ)』 21호에 게재되다. 『까마귀의 죽음·꿈, 풀 우거지고(鴉の死・夢、草深し)』를 쇼가쿠칸문고(小学館文庫)에서 간행. 2편의 소설 이외에 평론 「'왜 일본어로 쓰는가'에 대하여(なぜ日本語で書くのかについて)」를 수록했다.

「다시 '재일'에게 있어서의 '국적'에 대하여-준통일 국적의 제도를(再び、「在日」にとっての「国籍」について-準統一国籍の制定を)」을 『세카이』 5월호에 게재. 「바다 밑에서, 땅 밑에서(海の底から、地の底から)」를 『군상』 11월호에 발표.

2000년 2월 『바다 밑에서, 땅 밑에서』를 고단샤에서 간행.

12월 프랑스 판 『까마귀의 죽음』 번역 출간.

2001년 4월 「만월(満月)」을 『군상』 4월호에 발표. 오사카 성광회(聖光会)가 기획한 '4·3사건 유적지 순례 투어'로 제주와 서울에 가다.

5월 평론집 『신편, '재일'의 사상(新編、'在日'の思想)』을 고단샤에서 간행.

8월 『만월』을 고단샤에서 간행. 현기영과의 대담 「왜 제주 4·3사건을 써왔는가(済州島4·3事件をなぜ書き続けるか)」가 『세카이』 8월호에 게재되다. 이노우에 히사시(井上ひさし), 고모리 요이치(小森陽一), 박유하와의 좌담회 「재일조선인 문학-일본어 문학과 일본 문학(在日朝鮮人文学-日本語文学と日本文学)」이 『스바루』 10월호에 게재되다.

11월 문경수가 엮은 김시종 시인과의 공저 『왜 계속 써왔는가,

왜 침묵해왔는가-제주도 4·3사건의 기록과 문학(なぜ書き続け
てきたか なぜ沈黙してきたか-濟州島4·3事件の記録と文学)』을 헤
이본샤(平凡社)에서 간행. 「고난의 끝 한국행(苦難の終りの韓国
行)」을 『문학계』 11월호에 집필.

2002년 「허일(虛日)」을 『군상』 5월호에 발표. 거짓은 어떻게 커져 가는
가(嘘は如何にして大きくなるか)」, 「월드컵 내셔널리즘(W杯のナ
ショナリズム)」을 『문학계』에 8월호에 발표.
12월 「잡풀 무성한 애기 무덤」, 「외딴 숲」, 「허일」 3편의 소설과
기행문과 에세이를 담은 『허일(虛日)』을 고단샤에 간행. 「역사는
완수될 것인가-한일국교정상화에 대해서(歷史は全うされるか-
日韓国交正常化について)」를 『세카이』 12월호에 발표.

2003년 제주MBC 특별기획 「4·3과 화산도」 출연을 겸해 한국행.

2004년 「귀문으로서의 한국행(鬼門としての韓国行)」을 『문학계』 1월호
부터 3월호까지 3회 연재.
8월 평론집 『국경을 넘는다는 것-〈재일〉의 문학과 정치(国境を
越えるもの-在日の文学と政治)』를 문예춘추사에서 간행.

2005년 4월 4·3 58주년 기념행사 참가를 위해 한국행.
「적이 없는 한국행(籍のいない韓国行)」을 『스바루』 6월호에 집필.
「연작 괴멸 1-돼지의 죽음(連作 壞滅 1-豚の死)」을 『스바루』 7월
호에 발표.
「연작 괴멸 2-이방근의 죽음(李芳根の死)」을 『스바루』 10월호
에 발표.
『김석범 작품집』 1, 2권 헤이본샤에서 간행.

2006년 「연작 괴멸 3-깨져버린 꿈(割れた夢)」을 『스바루』 1월호에, 「연
작 괴멸 4-하얀 태양(白い太陽)」(연작 괴멸 4)을 『스바루』 4월
호에 발표.
『재일 문학전집 김석범(〈在日〉 文学全集 金石範)』이 벤세이출판
(勉誠出版)에서 간행.

『땅 밑의 태양(地底の太陽)』 슈에이샤에서 간행.

2008년 제주4·3 60주년을 맞아 한국행. 1988년에 한국에 간 이후 20년 만에 다시 방문.

「슬픔의 자유의 기쁨(悲しみの自由の喜び)」을 『스바루』 7월호에 발표.

2010년 『죽은 자는 지상으로(死者は地上に)』 이와나미서점에서 간행.

2012년 『과거로부터의 행진(過去からの行進)』 이와나미서점에서 간행.

2015년 『화산도』가 한국에서 전 12권으로 완역 출간(보고사).

제1회 4·3평화상 수상자로 선정. 특별상에는 인도네시아 무하마드 이맘 아지스. 평화상 수상을 위해 4월 제주 방문. 이날 수상 소감으로 해방기 친일파와 이승만 정부에 대한 비판을 했는데 이를 한국의 보수 언론인 조선일보가 사설로 비난. 일부 국회의원과 보수단체들도 평화상을 박탈하자고 하는 등 한국에서 논란이 일었다. 이 일이 계기가 되어 『화산도』 완역 출간을 기념해 열릴 예정이었던 '재일 디아스포라 문학의 글로컬리즘과 문화정치학 김석범 화산도' 심포지엄에는 참석하지 못함. 주한일본대사관이 여행증명서를 발급해주지 않았기 때문.

2016년 「마지막 한국행(終わりの韓国行)」을 『세카이』 2월호와 3월호에 발표.

2017년 제1회 이호철 통일로문학상 수상. 수상을 위해 다시 한국행.

2018년 제주4·3 70주년을 맞아 제주행.

2020년 「삶·글쓰기·죽음(生·作·死)」을 『스바루』 12월호에 발표. 6월 갑작스러운 심장 질환으로 수술 후 보름 가까이 입원했을 때 들었던 생각을 썼다.

연보는 『제일문학전집』(벤세이출판(勉誠出版), 2006)에 수록된 김석범의 연보를 바탕으로 하였다. 연보의 내용 중 일부 부정확한 내용은 수정 보완하였으며, 2000년 이후는 각종 자료들을 살펴서 추가하였다.(연보 정리: 김동현)

김시종 연보

1928년 12월 8일(양력으로는 1929년 1월 17일) 조선의 부산에서 아버지 김찬국(金鑽國, 35세), 어머니 김연춘(金蓮春, 40세)의 외아들로 출생했다. 1894년생인 아버지는 학생 시절 3·1만세운동에 참가했다가 중국으로 건너갔으며, 그 후에 조선에 돌아와서 각지의 축항 노동에 종사했다. 부산의 항만 매립공사 때 김연춘과 알게 되어 1924년 결혼했다. 어머니는 1889년 제주도의 부유한 집에서 태어나서 당시에 조선 여성으로서는 드물게 읽고 쓰기를 할 수 있을 정도의 소양을 갖추고 있었다. 아버지는 초혼이고 어머니는 재혼이었다. 유년기의 김시종은 외가인 제주도를 여러 번 방문했다.

1932년 고령 출산의 영향인지 김시종은 몸이 허약한 어린이었는데, 특히 기관지 천식을 앓았다. 부모가 어릴 때의 이름을 '바위(岩)'라고 불렀던 것도 무탈함을 바랐기 때문이다.

1933년 어머니는 밥을 지을 때도 약한 아들을 위한 의식을 올렸는데, 솥뚜껑을 열고 밥에 밥주걱을 세워서 기도를 하곤 하였다. 또 여러 가지 한방약도 복용했지만 기관지 천식에는 별로 효과가 없었고, 결국 어머니가 벌꿀에 버무린 해삼을 먹인 것이 가장 효과를 발휘했다.

1936년 원산의 할아버지 집에 한방에 의한 치료를 겸하여 일시 맡겨졌다가 부모가 이주한 제주로 갔다. 원산에서는 고모가 주로 보살펴줬으며, 크리스천인 할아버지가 부르는 찬송가를 자주 들었다. 어머니는 제주의 번화가에서 대중식당과 요리점을 하고 있었다. 제주관립보통학교(→제주공립심상소학교→제주북국민학교→

제주북초등학교)에 입학하였으나 열병에 시달려 거의 다니지 못
했다.

1937년 다시 제주관립보통학교 1학년생으로 다니게 되었다. '육지새끼'
라는 놀림을 받았다.

1938년 아버지의 책장에 있는 세계문학전집의 소설들을 손에 닿는 대로
읽어대는 조숙한 소년이었다.

1940년 다소의 일상회화는 별도로 하고 학교에서의 조선어 수업은 완전
히 없어졌다. '천황(天皇)의 적자(赤子)가 되는 것이 조선인으로
서 가장 올바른 삶의 방식, 인간이 되는 것이다'라고 매일처럼
교육을 받았다.

1941년 봄 소풍을 갔던 해변에서 억센 끈이 목에 감긴 강아지를 보았다.
귀가 후에도 그 광경이 눈에서 떠나지가 않으면서, 자신의 목이
졸리는 것 같아서 잠들 수 없었다. 이때 시를 습작하고 있었는데
나중에 '나의 시는 그때 하나의 방향이 정해진 어떤 기준이 심어
진 듯한 느낌이 들었다'고 회고한 바 있다.

1942년 광주의 관립광주사범학교에 진학했다.

1944년 처참한 식생활과 격한 군사교련으로 늑막염을 앓았다.

1945년 제주도에서 해방을 맞이했다. 목포상고 3학년생 백준혁을 만나
인민위원회 관련 집회와 행사에 참여하며 학생 활동가의 일원이
된 가운데 성내에 개설된 국어강습소에서 국어공부에 몰두했다.
9월말에 광주의 학교로 갔지만 수업은 거의 받지 않고 '제고장
찾기' 운동을 전개하는 젊은 지도자 최현의 학습소에서 숙식하면
서 배웠는데, 이때 최현을 통해 이육사의 시와 생애에 대해 알게
되었다. 광주사범학교에서는 제적되었다. 온 가족이 아버지의 고
향인 원산으로 이주하려다가 실패하기도 했다. 12월 말에 제주로
돌아갔다.

1946년 백준혁과 긴밀한 관계를 유지하는 가운데 남조선노동당 예비위
원으로 입당했다.

1947년 반년간의 예비당원을 거쳐 남로당 연락원 요원이 되었다. 1월 15일자로 제주도 교원양성소의 촉탁(임시고용)으로 채용되었는데, 이는 당의 지시에 따른 것이었다. 교원양성소의 우편발송 업무를 맡으면서 우체국의 전보용지를 통한 연락 등 당의 업무를 수행했다. 3·1절 28주년 기념 제주도민대회에 오현중학교에서 학생합동집회를 치른 학생들과 함께 참가했다. 3월 9일 결성된 '제주도 총파업투쟁위원회'에 참여해 활동하다가 검거되어 2주 동안 구류되었다. 이후 상부와의 연락이 두절된 가운데 다발성 신경염으로 도립병원에 입원했다.

1948년 연락그룹의 일원으로서 3월 29일부터 나흘간 제주도인민유격대의 호소문을 손으로 옮겨 적었다. 봉기가 시작된 4월 3일 새벽에는 호소문이 적힌 입간판을 읍내에 설치했다. 이후 항쟁 상황을 알리는 삐라 살포 활동을 벌이다가 5월 말에 제주우체국 화염병 투척 미수 사건으로 도립병원, 미군기지 텐트, 외숙부네 구덩이, 학살당한 매형(외사촌 누나 남편) 집 고방 등에서 도피생활을 했다.

1949년 5월 26일부터 물이 든 죽통, 콩자반, 옷 꾸러미, 오십전 지폐, 청산가리를 품고 나흘 동안 관탈섬에 숨어 대기하다가 밀항선을 타고 6월 5일 오사카에 도착했다. 제주 출신이 많은 오사카의 이카이노에서 이후 하야시 다이조(林大造)라는 이름으로 생활했다. 오사카 난바에 있는 헌책방에서 오노 도자부로(小野十三郎)의 『시론』을 사서 읽고 깊은 감명을 받았다. 이후 야학(夜學)인 오사카 전문학교에 다니면서 일본어로 된 시를 쓰기 시작했다.

1950년 1월 일본공산당에 입당했다. 5월 26일 『신오사카신문(新大阪新聞)』에 공원 하야시 다이조(工員 林大造)로 투고한 「꿈같은 일(夢たいなこと)」이 게재되었다. 오노 도자부로가 선자(選者)의 한 사람이었다.

1951년 일본 정부에 의해서 강제적으로 폐쇄돼 있던 재일조선인연맹(조련)계의 나카니시조선소학교(中西朝鮮小学校) 재건 운동에 참여했다. 10월 오사카 조선인문화협회가 결성되어 12월 간행된 종합지 『조선평론(朝鮮評論)』 창간호에 시 「유민애가(流民哀歌)」를 발표했는데, 당시 편집 실무는 김석범이었으며, 김시종은 4호부터 편집 실무를 맡았다. 김달수(金達壽)와의 교제가 시작되었다.

1952년 4월 1일 나카니시조선소학교가 경찰기동대에 둘러싸여 개교하고, 5학년 담임으로 부임했다. 6월 24일 조선전쟁 2주년 기념일 전야제 참여를 시작으로 스이타사건(吹田事件) 데모에 당원 활동가로서 참여했다.

1953년 2월 8일 박실(朴實), 홍윤표(洪允杓) 등과 함께 오사카 조선시인집단 기관지 『진달래(チンダレ)』를 창간했다. 4월 나카니시조선소학교에서 전임해서 민전(民戰)(재일조선통일민주전선)의 상임위원에 취임했다.

1954년 2월 이쿠노후생진료소(生野厚生診療所)에 심근장애로 입원했다(56년 여름 끝 무렵까지 약 2년 반).

1955년 12월 10일 첫 시집 『지평선(地平線)』을 800부 한정(정가 250엔)으로 발행하다. 서문은 오노 도자부로가 썼다. 초판이 일주일 만에 매진되었다. 재일조선인 사회에서만이 아니라 일본 시단에서도 큰 반향이 일어났다.

1956년 2월 19일 오사카조선인회관에서 『지평선』 출판기념회가 열렸다. 병원을 빠져나와서 참석했다가 병이 악화되기도 했는데, 여름에 퇴원했다. 11월 18일 『진달래』 회원이던 강순희(姜順喜)와 결혼했다.

1957년 7월 『진달래』에 발표한 에세이 「장님과 뱀의 억지문답(盲と蛇の押問答)」과 시 「오사카총련(大阪総連)」으로 인해 북조선작가동맹 시분과위원장 조벽암 이름으로 장문의 규탄비판서가 발표되고 재일본조선인총연합회로부터는 조직적·정치적 비판을 받았다. 9월 종합잡지 『청동(青銅)』(주간: 김시종)을 간행했으나 창간호로 폐간되었다. 10월 아버지 김찬국 사망(9월 16일)의 부고를 받다.

11월 시집 『일본풍토기(日本風土記)』를 출간하다(정가 250엔).

1958년 1월 오사카 경제 통신사의 통신 편집을 맡다. 2월 오사카우정회관(大阪郵政会)에서 『일본풍토기』 출판기념회를 개최했다. 10월 『진달래』 20호가 발행되었으나, 이것이 종간호가 되었다. 이를 계기로 재일조선인 운동조직의 현장에서 떠났다.

1959년 2월 진달래 모임이 해산됐다. 3월 오사카 경제통신사를 퇴사하고, 장폐색 수술을 받다. 6월 20일 양석일, 정인 등과 '가리온의 모임(カリオンの会)'을 결성했다. 6월 『가리온』이 창간되었다. 『장편시집 니이가타(新潟)』 원고를 완성하지만 조총련과의 갈등으로 인해 1970년까지 출판하지 못한 채 원고를 금고에 보관했다.

1960년 2월 재차 조직 활동으로 돌아가기 위해 동아조선인상공회의 상공부장에 취임했다. 4월 3일 어머니 김연춘(향년 72세)이 사망하자, 아내와 함께 일본에서 장례를 치른다. 제3시집이 될 예정이었던 『일본풍토기 II』의 출판을 기획하는데, 조직비판이 혹독하여 중단했다.

1961년 일본어로 창작하는 김시종에 대한 조총련의 조직적 비판이 최고조에 달하였다.

1962년 6월 소상공인들의 부담을 덜어주고, 동아상공회의 운영보전을 도모하기 위해 1년 이상에 걸쳐 준비해 온 진료소 계획이 실현되는 단계였으나, 오사카부 본부로부터 '귀국사업'의 기운에 찬물 끼얹는 행위라는 이유로 부결되어 좌절한다.

1963년 4월 재일조선인문학예술가동맹(문예동) 오사카지부 사무국장에 취임했다. 하지만 창작활동은 허락을 맡아야 해서 사실상 절필 상태에 빠졌다.

1964년 조총련에 의한 '통일시범(統一試範, 소련의 '수정주의'를 규탄하고, 김일성의 자주적 유일사상을 주장)'을 거부해 탄압을 받았다.

1965년 5월에 제2차 '통일시범'도 거부함에 따라 6월 문예동 오사카 지부 사무국장을 스스로 물러나다. 조총련과 절연 상태로 접어든다. 9월 지인이 도산함에 따라 보증을 선 일로 보증채무 변제를 위해 11월에 마작점 '청룡'을 개점했다.

1966년 7월 오사카문학학교에서 「나의 시작(詩作) 체험부터」를 강연한 이후 문학학교 교장인 오노 도자부로의 추천으로 강사 생활을 시작했다.

1967년 마쓰기 노부히코(眞継伸彦), 무라카미 기미토시(村上公敏) 등과 교류를 가지다.

1968년 6월 25일 시즈오카 지방법원에서 김희로 사건 제1회 공판에서 고사명, 오카무라 하키히코와 함께 특별증인 3인의 한 사람으로 진술하다.

1969년 중국요리집 '청용'을 신축 개점하여 거주도 겸했다. 마작점도 나름대로는 운영하고 있었지만, 나그네 손님만 늘고 현금 수입은 불안했다.

1970년 5월 스이타(吹田)시로 이사. 마작점과 집이 딸린 중국집을 매각함으로써 간신히 채무 지옥에서 벗어났다. 8월 10년 가까이 원고를 그대로 간직해 온 장편시집 『니이가타』(構造社)를 출간하다 (발문=오노 도자부로).

1971년 1월 옛 친구 윤학준이 동양의약 주식회사를 도쿄에 설립함에 따라 경영 위탁을 받아 동양의약 오사카 출장소를 쓰루하시역 근처에 마련하다. 이후 2년에 걸쳐 중국 의약을 중심으로 한약 판매에 종사했다. 2월 17일 시즈오카 지방재판소의 김희로 공판에 증인으로 출석했다. 주로 차별 문제를 중심으로 논의하는 '접점의 모임'에 참가하다(멤버는 우에다 마사아키, 이이누마 지로, 오카베 이쓰코, 히지카타 데쓰, 세키 히로노부, 마쓰기 노부히코). 매월 1회 정기모임을 했으며, 7년간 존속했다.

1973년 9월 1일 효고(兵庫) 현립 미나토가와 고등학교 교원이 되다. 일본의 교육사상 처음으로 조선어가 공립 고교에서 정규과목으로 다루어지게 되었고, 일본의 공립고교의 첫 조선인 교사가 된 것이다.

1974년   8월 김지하와 '민청학련' 사건 관계자의 즉시 석방을 요구하고, 한국의 군사재판을 규탄하는 단식투쟁을 김석범, 일본 문학자 2명과 함께 도쿄 스키야바시 공원에서 10일간 감행했다.

1975년   2월 1일 잡지 『계간 삼천리』가 창간되어, 장편시 「이카이노 시집」의 연재가 시작되다.

1978년   10월 시집 『이카이노시집(猪飼野詩集)』(東京新聞出版局) 출간(발문=야스오카 쇼타로). 12월 19일 『이카이노 시집』 출판기념회.

1979년   6월 15일 고베(神戸) 대학 교양부 종합강좌 비상근 강사로 취임하다.

1980년   8월 9일 「광주오월의거로 희생된 학생·시민을 추모하고, 김대중 씨를 비롯한 전 민주인사의 즉시 석방을 요구하는 재일동포긴급집회」에 참석하여 「바란 시간의 속」을 한국어로 낭독했다. 11월 5일 에세이집 『클레멘타인의 노래』(文和書房)를 출간하다.

1981년   연작시 「광주시편」(일본독서신문) 발표. 10월 5일 시작(詩作)을 중심으로 하는 공부모임인 '구세주 모임'(정인, 오니시 미유키, 다키카쓰 노리, 사쿠이 미쓰, 후지나가 사코, 후지나미 구미코, 마쓰오 마치코, 노구치 도요코)에 참가했는데, 이 모임은 1983년 9월까지 이어졌다.

1983년   11월 20일 시집 『광주시편(光州詩片)』(福武書店, 해설=미키 타쿠)을 출간하다.

1984년   1월 오른쪽 신장 적제 수술에 이어, 2월에는 방광 및 요도 관련 수술을 받다.

1985년   2월 '한겨레 콘서트'의 기획에 참가했으나, 4월 변칙적으로 공연되었다. 이후 몸 상태가 좋지 않아, 정양에 전념하면서 한동안 금주하다.

1986년   5월 에세이집 『'재일'의 틈새에서('在日'のはざまで)』(立風書房)를 출간하다. 11월에 이 책으로 제40회 마이니치 출판문화상 본상을 수상했다.

1987년 1월 요로계 수술로 3월 말까지 통원하면서 집에서 정양했다. 3월 오사카예술대학 비상근 강사가 되다.

1988년 3월 15년에 걸쳐 재직한 효고 현립 미나토가와 고교를 퇴직하고, 4월에 미나토가와 고교 비상근 강사로 발령받다.

1989년 2월 12년간에 걸친 고베 대학 교양학부 종합강좌 비상근 강사를 사임하다.

1991년 시선집 『원야의 시(原野の詩)』(立風書房)를 출간하다. 이 책 앞 부분에 시집 『계기음상(季期陰象)』이 수록되어 있다.

1992년 『원야의 시』로 제25회 오구마히데오상(小熊秀雄賞) 특별상을 수 상했다.

1998년 10월 김대중 정부의 특별조치로 임시여권을 발부받아 아내와 함 께 49년 만에 한국에 입국했다. 밀창한 이후 처음으로 제주도의 부모 묘소를 찾아갔다.

1998년 10월 시집 『화석의 여름(化石の夏)』(海風社)이 발간되다.

2001년 11월 김석범과 함께 대담하고 문경수가 엮은 『왜 계속 써 왔는가, 왜 침묵해 왔는가: 제주도 4·3사건의 기억과 문학(なぜ書きつづ けてきたか・なぜ沈黙してきたか: 済州島四・三事件記憶文学)』(平 凡社)이 나왔다.

2003년 제주도를 본적으로 해서 한국 국적을 취득했다.

2004년 1월 윤동주 시를 번역한 『하늘과 바람과 별과 시(空と風と星と 詩)』(もず工房)를 냈다. 10월 강연록 『내 삶과 시(わが生と詩)』 (岩波書店)를 펴내다.

2005년 8월 『경계의 시(境界の詩)』(藤原書店)가 발간되다.

2007년 9월 NHK 〈하이비전 특집: 시인 김시종의 시대 「해명(海鳴) 속 을」〉(김시종의 재일의 궤적을 추적하는 다큐멘터리)이 방영되다 (90분). 11월 『재역 조선시집(再訳 朝鮮詩集)』을 이와나미서점에 서 발간하다. 11월 『왜 계속 써 왔는가, 왜 침묵해 왔는가』(제주대학교 출판부)가 이경원·오정은 번역으로 한국에서 출간되다.

2008년 5월『경계의 시』(소화)가 한국어로 번역(유숙자 옮김) 출간되다. 한국어로 번역된 첫 번째 시집이다.

2010년 2월『잃어버린 계절(失くした季節)』(藤原書店)이 발간되다.

2011년 시집『잃어버린 계절』로 제41회 다카미준 상(高見順賞)을 수상했다.

2012년 10월 김시종 편역의 문고판『윤동주 시집 '하늘과 바람과 별과 시'』(이와나미서점)가 발간되다.

2014년 6월『장편시집 니이가타』한국어판 출판(곽형덕 옮김, 글누림)에 맞춰 제주도를 방문해 제주4·3 당시 남로당 당원으로 활동했음을 처음으로 공표했다. 7월 NHK〈마음의 시대「해명(海鳴)의 끝에서 – 말·기도·사자(死者)들」〉(4·3사건 학살 수장시체 표착의 땅 쓰시마를 방문했던 다큐멘터리)가 방영되다(60분). 12월『광주시편』(푸른역사)이 한국어로 번역(김정례 옮김) 출간되다.

2015년 『조선과 일본에 살다: 제주도에서 이카이노로(朝鮮と日本に生きる: 濟州島から猪飼野へ)』(이와나미서점) 발간되다. 이 자전으로 제42회 오사라기지로 상을 수상했다.

2016년 4월『조선과 일본에 살다』(돌베개)가 한국어로 번역(윤여일 옮김) 출간되다.

2017년 12월『재일의 틈새에서』(돌베개)가 한국어로 번역(윤여일 옮김) 출간되다.

2018년 1월 김시종·사타카 마코토(佐高信) 대담집『'재일'을 산다: 어느 시인의 투쟁사('在日'を生きる: ある詩人の鬪争史)』(集英社)가 발간되고, 후지와라서점에서『김시종 컬렉션』(총 12권)이 발간되기 시작했다. 3월 시인 정해옥의 편집으로『기원 김시종 시선집(祈金時鐘詩選集)』(港の人)이 발간되다. 4월 29일 심부전으로 긴급 입원(40일간). 병석에서『등의 지도(背中の地図)』(河出書房新社)를 엮어 간행하다. 6월 한국에서『지평선』(소명출판)이 번역(곽형덕 옮김) 출간되다.

2019년 6월 국제심포지엄 〈월경(越境)하는 언어 – 시인 김시종 탄생 90
년과 도일 70년을 기념하여〉가 오사카대학 나카노시마센터에서
개최되다. 8월 『잃어버린 계절』(창비)과 12월 『이카이노시집/계
기음상/화석의 여름』(도서출판b)이 이진경 외 번역으로 한국에서
출간되다.

2020년 12월 김시종·사타카 마코토 대담집 『'재일'을 산다: 어느 시인의
투쟁사』(보고사)가 번역(이창익 옮김) 출간되다.

연보 정리: 김동윤

저자 소개(가나다순)

고명철(高明徹)

광운대 국어국문학과 교수. 문학평론가. 주요 저서로는『세계문학, 그 너머』, 『문학의 중력』, 『흔들리는 대지의 서사』등이 있고, 주요 관심사는 남북문학교류 및 구미 중심주의 문학을 넘어서기 위해 아프리카, 아시아, 라틴아메리카 문학 및 문화를 공부하고 있다.

김동윤(金東潤)

제주대 국어국문학과 교수. 문학평론가. 주요 저서로는『문학으로 만나는 제주』, 『작은 섬, 큰 문학』, 『기억의 현장과 재현의 언어』등이 있고, 주요 관심사는 4·3문학과 제주문학이며, 근래에는 오키나와문학, 재일조선인문학 등의 동아 시아 문학으로 연구 영역을 넓혀가고 있다.

김동현(金東炫)

문학평론가. 지은 책으로는『제주, 우리 안의 식민지』, 『욕망의 섬 비통의 언어』 등이 있다. 경희대학교 글로벌 류큐 오키나와 연구소와 제주대학교에서 제주와 오키나와의 문학과 문화사 등을 공부하고 있다. 제주민예총 정책위원장으로 일 하면서 제주 4·3 문화예술과 지역 문화 운동, 제2공항 반대 운동에도 손을 보 태고 있다.

김재용(金在湧)

원광대 국어국문학과 교수. 문학평론가. 『지구적 세계문학』 발행인. 주요 저서로 는『세계문학으로서의 아시아문학』, 『협력과 저항』, 『분단구조와 북한 문학』 등이 있고, 한국근대문학 및 세계문학을 공부하고 있다.

하상일(河相一)

동의대 국어국문학과 교수. 문학평론가. 주요 저서로『한국 근대문학과 동아시 아적 시각』, 『재일 디아스포라 시문학의 역사적 이해』, 『뒤를 돌아보는 시선』 등이 있고, 주요 관심사로 한국문학과 동아시아 문학 비교, 재일조선인문학, 지역 문학 연구에 중점을 두고 공부하고 있다.

트리콘 세계문학 총서 **4**

김석범 x 김시종
4·3항쟁과 평화적 통일독립

2021년 5월 28일 초판 1쇄 펴냄

지은이 고명철·김동윤·김동현·김재용·하상일
펴낸이 김흥국
펴낸곳 도서출판 보고사

책임편집 이순민
표지디자인 손정자

등록 1990년 12월 13일 제6-0429호
주소 경기도 파주시 회동길 337-15 보고사
전화 031-955-9797(대표), 02-922-5120~1(편집), 02-922-2246(영업)
팩스 02-922-6990
메일 kanapub3@naver.com / bogosabooks@naver.com
http://www.bogosabooks.co.kr

ISBN 979-11-6587-190-1 94800
      979-11-5516-700-7   세트
ⓒ 고명철·김동윤·김동현·김재용·하상일, 2021

정가 16,000원